© Hervé Pijac, 2025
Édition : BoD - Books on Demand, 31 avenue Saint-Rémy, 57600 Forbach, bod@bod.fr
Impression : Libri Plureos GmbH, Friedensallee 273, 22763 Hamburg (Allemagne)

ISBN : 978-2-3225-7164-2
Dépôt légal : avril 2025

Correction - Conception - Infographie : Alexandra Chillet

© La Voix Domitienne
www.lavoixdomitienne.com - ed.lavoixdomitienne@orange.fr

Couverture : mas cévenol (Vallée Française) - © Denis André

Hervé Pijac

LE HIPPIE CÉVENOL

Roman historique

Préface

En guise de témoignage

Une légende encore vivante voudrait que les *zippies*[1] installés en Cévennes après 1968 aient été attirés par l'imaginaire de résistance attaché à cette région, un imaginaire dont les racines remonteraient à la guerre des Camisards. Le « roman historique » d'Hervé Pijac déconstruit cette fable bien que les « fanatiques » opposés à Louis XIV ne soient pas absents du récit. Mais peut-on écrire sur les Cévennes en occultant ce passé de violence loué par les uns, décrié par les autres ? C'est impossible même si la mémoire de cette révolte singulière est parfois trop encombrante au point d'invisibiliser des moments clés de l'histoire de ce petit pays.

Historique, effectivement. Dans son précis déroulé chronologique, de mai 1968 au début du mois de juillet 1971, l'auteur retrace avec finesse ces années d'effervescence et d'utopie révolutionnaire. Sans aucun regret ni repentance, l'ancien soixante-huitard que je suis s'est retrouvé dans les pages consacrées à Laurent Serrière, le héros de ce livre : ses interrogations, ses perplexités, ses doutes, ses contradictions, ses espérances, ses déceptions, ses illusions, ses chimères... Mais

---
[1] Par humour ou dérision, les Cévenols prononçaient « les hippies » en créant une liaison qui n'avait pas lieu d'être entre l'article et le mot et en insistant sur le son « z ».

contrairement à lui, après avoir vécu – à l'intérieur de la faculté des Lettres d'Aix-en-Provence – ce mois de mai bouillonnant qui m'a ouvert des horizons inconnus, je suis remonté à Barre (mentionné 18 fois dans le roman !) au tout début du mois de juin pour « estiver » dans la maison de mon grand-père comme je le faisais chaque année depuis mon enfance.

La vallée de Témélac dite aussi de Trabassac, l'épicentre géographique du récit d'Hervé Pijac, était à cette époque devenue un « désert ». Cette vallée, je l'ai d'abord découverte en surplomb, en me promenant sur la crête qui la domine, en suivant le chemin de douleur emprunté par la Vieille Morte[2] et son âne. À l'époque, cette échine rocheuse était chauve, elle ne l'est plus depuis, les conifères l'ayant envahie. Les vertigineuses échappées de vue sur cette profonde vallée – depuis le rocher de Castelviel où la Vieille avait dormi, où les fées avaient laissé des traces – avoisinent au sublime romantique. Puis, j'ai pénétré au cœur même de ce *quartier* en venant de Pont-Ravagers, sa porte d'entrée principale. Je me souviens de bergeries, de clèdes, de mas abandonnés ou ruinés, de *bancèls*[3] étouffés par la végétation, de sentiers devenus impraticables, tout comme son ruisseau riche en truites et en ronces. Bref, le règne de l'ensauvagement et du silence assourdissant. Ici et là, dans les fermes isolées ou les hameaux dépeuplés : des couples humbles de personnes âgées dont les enfants étaient partis travailler à la Ville ; des veuves dignes mais guère éplorées ; des célibataires fatalistes, résignés à leur destin, les derniers « Indiens » ; un ou deux *réboussiés*[4] pittoresques, aussi avenants qu'un *pélous*[5] de châtaigne ; d'autres célibataires plus ou moins madrés malgré ou à cause de leur misère ; une poignée d'« originaux », souvent cultivés, des bienheureux vivant dans un bric-à-brac incroyable, des Diogène, des capricants aurait écrit Victor Hugo, au royaume des chèvres l'expression va de soi ; peu de filles nubiles au grand dam des mâles ;

---

[2] Très populaire en Cévennes, la légende de la Vieille Morte narre le mortifère voyage d'une femme âgée qui, pour avoir enfanté un enfant « naturel », est chassée de son *quartier*. Pour sa punition, une sorcière lui a intimé l'ordre de porter sur le dos une énorme pierre, métaphore de cet accablant et honteux « péché ». L'itinéraire part du col des Laupies (Saint-Germain-de-Calberte) et s'achève sur la montagne de la Vieille Morte au-dessus de Saint-Étienne-Vallée-Française.
[3] [Occitan] Langues de terre en terrasses soutenues par des murs de pierres (aussi *faïsses* ou *traversièrs*).
[4] [Occitan] Quelqu'un qui est pour ce qui est contre et contre ce qui est pour !
[5] [Occitan] Bogue de châtaigne.

quelques rares estivants ; une voiture de Hollandais ou de Suisses perdus dans le dédale des chemins non goudronnés ; une école à Témélac... Réticulée en une multitude de *vallats*[6], cette reculée très accidentée « crevait » dans sa splendide beauté et son isolement ! En 1962, la commune de Molezon dont fait partie cette vallée comptait 162 habitants ; en 1968, moitié moins ! Désastreuses ont été ici les trente années qui ont suivi la Seconde Guerre mondiale.

La vallée de Trabassac est entrée bruyamment dans l'histoire moderne à l'automne 1702. Tout commence à l'aube du vendredi 28 juillet 1702 par l'horrible massacre des habitants catholiques du château de la Devèze qui se poursuit, dans l'après-midi, au col de Fontmort quand le capitaine Poul surprend les assassins de l'abbé du Chayla et des châtelains de la Devèze. Au mois d'octobre suivant, la vallée résonne de coups de feu : Gédéon Laporte et sa bande sont surpris au-dessus du vallon des Terrades par les milices bourgeoises et la garnison de Barre. Je me souviens qu'en passant à Témélac, « on » m'avait montré des troncs de châtaigniers qui gardaient l'empreinte des balles tirées par les soldats du roi pourchassant les rebelles. Vrai ou faux, peu importe : la légende des Camisards était bien vivante en ce temps-là. Je me remémore encore les paysages somptueux de l'automne 68 ou 69 au moment de la cueillette des champignons. En hiver, la vallée était sinistre, désolée, tôt envahie par une ombre lugubre. Comment pouvait-on passer l'hiver en cet endroit si loin de tout et si près du Ciel ?

Au même moment... Pour comprendre l'essence même de ce beau roman, il faut s'arrêter au seuil de sa seconde partie – 1971-1972 – pour retenir ceci sans quoi on ne peut comprendre pourquoi ce hippie a répondu à l'appel du vide creusé par l'exode rural.

La partie cévenole du récit se déroule juste après la création en septembre 1970 du Parc National des Cévennes dont le projet avait suscité de vifs débats. Au même moment, l'historien Philippe Joutard sillonnait les Cévennes pour recueillir la mémoire orale de la « légende des Camisards ». Philippe est venu dans la vallée et à Barre. Ma rencontre avec lui a été décisive, un changement d'aiguillage. Alors que, passionné de romanité nord-africaine, je rêvais de devenir archéologue, il m'a encouragé à travailler sur l'histoire des Cévennes, sur le prophétisme, sur

---

[6] [Occitan] *Vallat* ou *valat* : vallée cévenole encaissée où coule un torrent.

Élie Marion. C'est ainsi que je suis devenu historien des Cévennes. Le Maître qu'il était pour moi, jeune étudiant, est depuis devenu un ami très cher. Au même moment encore, Jean Carrière obtenait en 1972 le prix Goncourt pour *L'épervier de Maheux*. La vallée du Briançon où le romancier avait placé Maheux présentait le même visage d'abandon et de désertification que celle de Témélac. C'est enfin au même moment qu'est sorti en salle le film de René Allio, *Les Camisards*, tourné du mois d'août au mois d'octobre 1970. René Allio met en scène dans la dernière partie de son film le combat dans lequel les premiers Camisards ont été battus non loin de Témélac. Les vues panoramiques qui précèdent l'affrontement ont été tournées au-dessus de Trabassac. On raconte que ce film aurait contribué à la venue des hippies en Cévennes subjugués par la beauté des paysages.

Roman, mêmement. Si l'Histoire est un « roman vrai[7] », un vrai roman se doit de raconter une histoire. De sa jeunesse « parisienne » à sa mort dans ce repli des Cévennes, la vie romancée de Laurent Serrière – narrée par l'écrivain Hervé Pijac – présente toutes les qualités littéraires d'une fiction nourrie par une connaissance intime, charnelle de cette partie des hautes Cévennes. Plus et mieux que Jean Carrière, l'auteur a parcouru et fréquenté longuement cette vallée et les communes environnantes.

De routard, Laurent Serrière devient sédentaire en débarquant un jour de l'été 1971 à Trabassac. C'est à cet instant que le héros « renaît » sous une nouvelle identité donnant son titre au livre : *Le Hippie cévenol*. Je me souviens très bien de cette première communauté, de ces jeunes hommes et de ces jeunes femmes de mon âge. On les croisait à Barre, à Sainte-Croix-Vallée-Française, au Pompidou, à Saint-Germain-de-Calberte ou à Saint-Martin-de-Lansuscle. On les retrouvait dans les bistrots, aux fêtes votives, sur les marchés. Leur comportement souvent provocateur et leur accoutrement détonnaient. Très vite, un bruit s'est élevé et a empli les cervelles, les poumons, la bouche des bonnes âmes du pays. Chacun sait que le Cévenol est tolérant et accueillant, ouvert à l'étranger… Qu'on en juge ! Trabassac a très vite été appelée « la vallée des Hippies ». On se chuchotait qu'il se passait là-bas des choses bizarres ; qu'on y fumait une herbe tout aussi bizarre ; que certains ou certaines se promenaient en tenue d'Ève et d'Adam ; qu'on ne savait pas

---

[7] L'expression est du grand historien de l'Antiquité romaine, Paul Veyne (1930-2022).

de quoi ils vivaient ; que filles et garçons se « mélangeaient » comme au temps des prophétesses et des prophètes ; que les unes et les autres passaient du « bon temps » en pratiquant… « l'amour libre » : les Tartuffe cévenols manquaient de s'étouffer. On affirmait qu'ils subsistaient grâce aux gros chèques de leurs parents, des bourgeois, des parisiens. À l'époque, on ne disait pas encore « bobos ». On racontait encore que les gendarmes les surveillaient avec des jumelles, qu'ils avaient trouvé des plants de cannabis au milieu d'un jardin, qu'ils avaient été verbalisés… Les sarcasmes allaient bon train, tout comme les moqueries, voire la contemption. Les plus remontés des autochtones dénonçaient des squatteurs : « On n'est plus chez nous ! ». La vallée des Hippies devenait celle des marginaux, méprisés car vivant ou abusant des aides sociales, des « chômedus » ! Aujourd'hui, on les qualifierait de « baba-cools », c'est plus gentil mais tout aussi condescendant. Faisant preuve de commisération, les bonnes âmes les plus indulgentes ou les plus libérales levaient les yeux au ciel : « Ils ne feront pas long feu ». Aux veillées, on tenait là un bon sujet qui occupait toute la saison froide et Dieu sait si elle est longue dans les hautes Cévennes…

Le grand intérêt et la force du roman sont de prendre le contrepied de cet imaginaire fantasmé. Hervé Pijac fait revivre, de l'intérieur, l'histoire de cette communauté et ses liens, pacifiques ou conflictuels, avec les « locaux ». L'écrivain se fait alors discrètement anthropologue, ethnologue, sociologue, philosophe sans jamais être didactique. Nous sommes bien installés dans la fiction et son écriture. Disons, sans m'étendre, que ce roman soulève deux questions majeures.

D'abord sur la façon dont tout individu s'enracine ou retrouve ses racines dans un lieu, donnant ainsi un sens à sa vie et à ses choix ; sur le sentiment d'appartenance à une terre. Je n'en dirai pas plus de crainte de dévoiler l'intrigue et son dénouement.

Une autre réflexion sous-tend ce récit et le déborde : celui de la fragilité des utopies communautaires. Une fois encore, il faut revenir à la fin des années 70, cette charnière temporelle. J'ai le souvenir de ce très beau film aujourd'hui oublié, *La Cécilia* de Jean-Louis Comolli (1941-2022). Le réalisateur présentait ainsi son œuvre : « À la fin du XIXe siècle, des anarchistes italiens, dix hommes, une femme, libertaires, collectivistes, émigrent au Brésil pour y fonder une communauté sans chef, sans hiérarchie, sans patron, sans police, mais pas sans conflit, ni passion. Cette utopie d'hier convoque quelques-unes des questions brûlantes d'aujourd'hui : celle d'une organisation non répressive, celle de la circulation du savoir et du pouvoir, celle de la libération des femmes et de la lutte contre l'appareil familial. Les seuls rêves intéressants sont ceux qui mettent en crise le vieux monde et, en celui-là même qui rêve, le vieil homme. L'utilité des utopies se mesure aux résistances qu'elles rencontrent. » Ces dernières réflexions sont précisément au cœur du roman d'Hervé Pijac, elles en font le prix et en sont le fruit.

Si la vallée de Témélac a été le splendide sépulcre d'une utopie libertaire, elle reste pour les amoureux des Cévennes et de sa littérature le théâtre d'une aventure qui n'en finit pas de nous interpeller.

Jean-Paul Chabrol,
Janvier 2025.

Prologue

De son fauteuil, installé sur la large terrasse en schiste roux surplombant le vallon, son regard embrassait un vaste paysage, austère, sauvage, mais d'une beauté émouvante et farouche. Un soleil d'automne, déjà déclinant, dessinait sur les crêtes des contrastes d'ombre et de lumière qui les rendaient presque palpables dans l'air vibrant, d'une pureté absolue. La sereine densité du silence ne semblait même pas troublée par les notes mélancoliques de la *Méditation de Thaïs*[8] qui s'élevaient doucement du lecteur de disques posé à ses côtés, tant elles s'accordaient au romantisme du lieu…

Laurent Serrière aimait intensément ce coin de Cévenne qui, depuis si longtemps, représentait son univers, tout ce à quoi il tenait ; c'était ici que son âme avait enfin trouvé son apaisement et, peut-être, une certaine sérénité…

Mais que de chemin et de tourments avait-il fallu pour en arriver là ! Dans la quiétude du moment, il s'appliquait à débrouiller l'écheveau de sa mémoire : que pouvait-il faire d'autre, maintenant ?

---

[8] Drame lyrique de Jules Massenet.

Chapitre premier

Sarcelles, mai 1968...

L'architecte Labourdette n'a certainement jamais vécu dans les grands ensembles qu'il conçut et fit réaliser à Sarcelles. Il ne pouvait donc imaginer quelle était la vie dans ces alignements d'immeubles tristes et froids, tous semblables, aux cages d'escalier impersonnelles où filtraient l'ennui et la solitude des banlieusards…

Laurent Serrière, lui, la connaissait bien cette vie sinistre puisqu'il habitait là depuis bientôt huit ans et avait ainsi passé l'essentiel de sa jeunesse entre la rue Léon Blum et le Square Lénine… Il venait d'avoir dix-huit ans et tentait maladroitement de poursuivre des études qu'il ne rattrapait jamais. Et ce n'était pas cette année de première au lycée du coin qui allait révolutionner son avenir ! Un avenir qu'il voyait très mal : comment aurait-il pu en être autrement quand les seules issues envisageables s'ouvrent sur les culs-de-sac du destin !…

Pourtant, Laurent Serrière possédait une intelligence vive et une grande sensibilité. Mais à quoi cela servait-il, ici, et dans les circonstances de son existence ? Dernier garçon d'une famille de six enfants, il devait partager sa chambre – pourtant minuscule – avec ses deux sœurs, l'une âgée de vingt ans et l'autre de quinze. Il souffrait de cette promiscuité mais toute la tribu se trouvait à la même enseigne, à l'étroit dans un appartement trop petit où l'on se gênait mutuellement en permanence et où, de surcroît, on entendait tous les bruits que faisaient les voisins d'à côté, du dessus ou du dessous… Sans compter que ces mêmes voisins profitaient également des disputes fréquentes de ses parents et des chamailleries incessantes entre ses frères et sœurs !

Son père, Antoine, ouvrier spécialisé – OS, comme on disait – chez Renault à Boulogne-Billancourt depuis quinze ans, semblait définitivement incapable de progresser socialement ; il rentrait, le soir, exténué et agressif, après une dure journée à la chaîne prolongée par deux heures de transports en commun, ne s'intéressant à rien d'autre qu'à son poste de télévision, sa fierté et le seul « luxe » de la maison. Sa mère, usée par sept maternités (une petite sœur étant morte à deux mois…) et par les corvées, tentait courageusement d'améliorer l'ordinaire par des ménages mais frôlait à chaque instant la dépression nerveuse.

Bref, dans un tel contexte, Laurent avait tendance à chercher refuge dans la rue… Ah, la rue !… La rue était sa deuxième famille, le lieu où il retrouvait ses copains, où il passait le plus clair de ses loisirs… et même davantage. C'est là qu'il avait joué aux jeux d'enfants, les billes, les « osselets » alors à la mode, et aussi, bien sûr, au ballon – au foot ! –, aux « gendarmes et aux voleurs » et autres occupations de gosses… C'est là qu'il avait perpétré les bêtises de tous les adolescents, depuis les boutons de sonnettes pressés intempestivement jusqu'aux feux de cartons, cageots et planches qui noircissaient les murs dans le dédale sordide des caves dont les portes étaient souvent fracturées pour voler bicyclettes ou vieilleries qui s'y entassaient. C'était là également qu'il tentait de trouver la chaleur lui faisant si cruellement défaut, dans l'amitié virile de la bande, là qu'il apprenait les dures réalités de la vie, des influences et du pouvoir au cours des bagarres entre les clans rivaux. Et c'est là aussi qu'il avait fait son éducation sentimentale : bien sûr, pour le romantisme, on aurait pu trouver mieux, entre voitures poisseuses et poubelles nauséabondes, aux courants d'air de couloirs obscurs ou appuyés contre les arbres étiques du square sans pelouse où l'on ne pouvait même pas s'asseoir… Comment faire autrement ?

Mais la rue restait son univers, le seul monde qu'il connaissait bien et où il se sentait finalement en sécurité. Il ne la trouvait ni laide ni belle puisqu'il n'imaginait pas d'autres paysages que le bitume, les trottoirs et les alignements vertigineux, tant horizontaux que verticaux, de bâtiments ternes et de fenêtres toutes semblables derrière lesquelles se déroulaient les mêmes existences que la sienne. De la nature, il n'entrevoyait que la végétation rabougrie et rongée par les multiples pollutions que l'on trouvait sur les places désertes, perdues au milieu du béton et ce qu'il avait entrevu à la télévision ou au cinéma. Laurent se souvenait pourtant d'un bref séjour à la campagne, avec d'immenses prés verdoyants, des forêts inimaginables, des animaux autres que des chiens tenus en laisse, des oiseaux en liberté et des fleurs sauvages, comme d'un émerveillement, comme un grand pan de ciel bleu dans sa mémoire, bien vite recouvert par la grisaille quotidienne…

Pour sûr, ces grands ensembles ne possédaient pas d'âme, pas de vie propre, pas ou si peu de commerces, tout juste un bistrot hors d'âge à la limite des « vieux » quartiers et, naturellement, aucune activité associative ou culturelle, aucune animation prévue pour cette jeunesse en jachère. Mais il n'y avait pas que le cadre pour être sans âme ! Les gens demeuraient fermés, tristes, véritables fantômes se pressant furtivement sous la pluie fine et sale vers leur travail ou vers leurs portes claquemurées. Les habitants s'engloutissaient dans leurs habitudes et leur banalité, dans un monde sans espoir, perdus au milieu d'une société bloquée qui n'en finissait pas d'agoniser, de s'étouffer… Alors, pour les illusions, Laurent avait, une fois pour toutes, tiré un trait.

Aussi, quand le 3 mai 1968, après la fermeture de la Faculté de Nanterre la veille, éclatent les incidents de la Sorbonne et l'évacuation brutale par la police des étudiants rassemblés, Laurent Serrière – qui ignorait tout du « mouvement du 22 mars » et de l'agitation estudiantine couvant sourdement depuis quelque temps déjà – est-il surpris devant les images retransmises par les informations télévisées. Certes, avec un père d'ancienne souche huguenote et républicaine, il a hérité d'un cœur battant à gauche, bien sûr, le syndicalisme militant de l'ouvrier de la Régie a profondément marqué sa sensibilité, mais il n'a cependant rien vu venir. Pas plus, d'ailleurs, que ses camarades de lycée ! On a bien parlé « des événements », le 4 mai, dans la cour du bahut, mais sans plus…

Pourtant, très vite, alors que, le 6 mai, de nouveaux affrontements ont lieu au Quartier latin, la tension monte d'un cran et plusieurs de ses copains plus âgés et politiquement plus mûrs parlent de « descendre sur Paris ». Et cette idée germera également dans l'esprit de Laurent quand, les jours suivants, des étudiants de Nanterre viendront à la sortie des cours lancer des slogans et inviter les lycéens à les soutenir dans leur combat. Sans bien comprendre ce qui se passe, sans opinion préconçue, il voit là une occasion de briser la monotonie de sa vie. Oui, décidément, il se joindra aux manifestants !

– Gérard, toi qui sais tout, peux-tu m'expliquer ce qui se passe exactement au Quartier latin ?

Laurent et son ami viennent de sauter dans un bus qui les déposera Porte de la Chapelle.

– M…ouais… Il paraît qu'ils ont fermé la Sorbonne après les manifs de ces derniers jours. Et puis les étudiants protestent contre les condamnations de certains d'entre eux.

– Bon, d'accord… Ça, je le sais ! Mais pourquoi ont-ils commencé ?

– Ben, ils se plaignent des conditions de travail déplorables, des facs bondées, de l'absence de débouchés, du manque de compréhension des profs, des flics… Tu vois le topo, quoi ! C'est un peu comme nous : qu'est-ce qu'on fera après le bac ? Et puis, y'en a marre, personne ne s'occupe de nous, tout nous est interdit, on étouffe quoi !

Laurent se tait. Son ami Gérard vient de résumer, en quelques mots, tout simplement, ce qu'il éprouve, cette oppression d'une vie sans espoir, dans une ville sinistre, dans des cages à poules insupportables, un bahut suffocant, avec des parents qui baissent les bras, des profs autoritaires et complètement coincés. Son regard se promène sur les maisons grises et poussiéreuses de la Plaine Saint-Denis, sur le ciel bas et gris lui aussi, sur les pavés suintants qui défilent… Ce 10 mai paraît bien maussade pour aller manifester !

Toute l'après-midi, des milliers de jeunes se sont rassemblés autour de la Sorbonne, au coin des boulevards Saint-Michel et Saint-Germain ainsi que dans les rues avoisinantes. Des banderoles et des slogans se sont élevés, des étudiants, juchés sur des capots de voitures haranguent leurs camarades… Laurent et Gérard sont là, sans trop comprendre ce qui se passe. Ils se fraient leur chemin au milieu de cette cohue turbulente. Soudain, des mouvements se font rue Le Goff. Ils s'élancent… Des centaines de jeunes renversent des véhicules, arrachent des grilles d'arbres, enlèvent des pavés… En moins d'une demi-heure, la première barricade est dressée et les deux compères ne sont pas les derniers à y avoir contribué ! La nuit tombe et la tension monte tandis que les informations les plus folles et les plus contradictoires circulent : la police a bouclé le quartier et attend l'ordre de donner l'assaut, des négociations sont en cours avec les autorités universitaires mais n'aboutissent pas… Une sorte de ferveur et d'espérance se répand. Les garçons et les filles sont mélangés, un sentiment nouveau de force submerge cette jeunesse, partout des barricades poussent ! Gérard et Laurent sont abasourdis. Jamais ils n'auraient pensé participer à de tels événements, être mêlés à une telle liesse, voir ainsi poindre une sorte de lueur d'espoir dans leur univers morne.

— Eh ! les gars, voulez-vous manger ?...

Malgré le brouhaha indescriptible, cette voix venue du ciel fit lever les yeux d'un groupe de jeunes agglutinés derrière la barricade. À sa fenêtre, un homme d'une soixantaine d'années, le cheveu grisonnant, leur souriait en montrant diverses victuailles qu'il tenait à bout de bras. Les manifestants, surpris, gardèrent le silence un instant, mais la révolution, ça creuse et l'estomac de Laurent se rappela soudain à son souvenir, surtout qu'il n'avait pratiquement rien ingurgité depuis le matin. Il fut le premier à réagir :

— Ben... C'est pas de refus !
— Ouais, ouais ! entonnèrent ses compagnons.
— Attendez-moi, je descends ! fit la voix miraculeuse.

Quelques minutes plus tard, le battant d'une porte-cochère s'ouvrit et l'homme s'avança, portant un panier d'une main et trois baguettes parisiennes sous l'autre bras.

— Il n'y en aura pas pour tout le monde, débrouillez-vous ! annonça-t-il en procédant à la distribution d'un saucisson, de tranches de jambon, d'œufs durs et de deux camemberts.

Puis il plongea la main au fond du panier et en sortit deux bouteilles de côtes-du-rhône rouge.

— Ça, c'est vraiment sympa ! dit l'un des jeunes bénéficiaires.
— Oh, ce n'est pas grand-chose, vous devez commencer à avoir faim !

L'homme parlait avec calme. Malgré la veste d'intérieur qu'il portait, il semblait distingué. Un étudiant barbu déclara alors :

— Pour notre « Papy des barricades »... hip, hip, hip ! Hourra !

Et le groupe présent autour de lui reprit en cœur :

— Hip, hip, hip ! Hourra ! Hip, hip, hip ! Hourra !

Toutes les têtes s'étaient tournées vers l'endroit d'où montait la clameur et, sans vraiment en comprendre la raison, des centaines de voix hurlèrent à leur tour :

— Hip, hip, hip ! Hourra !

Des rideaux bougèrent aux fenêtres de la rue Le Goff, certaines s'ouvrirent, les gens, un peu effrayés mais curieux, voulant éclaircir ce qui se passait. Alors, l'homme monta au sommet de la barricade et, mettant ses mains en porte-voix, il cria :

— Ces jeunes ont faim ! Apportez-leur à manger !

Il réitéra plusieurs fois sa demande aussi fort qu'il put puis redescendit vers le groupe qu'il avait déjà alimenté. Dans les minutes qui suivirent, la liesse devint totale car les riverains faisaient passer de la nourriture aux manifestants par les fenêtres désormais toutes ouvertes… L'ambiance devenait bon enfant et chaleureuse. Laurent et Gérard n'en croyaient ni leurs yeux, ni leurs oreilles !

Leur bienfaiteur, décidément à l'aise, s'était assis sur le capot d'une voiture renversée qui servait de base à la barricade en disant simplement :

— C'est la mienne !…

Et il regardait les jeunes dévorer le ravitaillement qu'il avait apporté en souriant avec bienveillance. L'étudiant barbu de tout à l'heure, qui avait vraiment l'air d'un intellectuel, l'interpella, la bouche pleine :

— Alors là, Papy, je n' comprends plus ! On vient foutre le bordel dans votre rue tranquille, on casse votre bagnole, on dresse une barricade et vous, vous venez gentiment nous donner à manger et discuter, comme si vous étiez dans votre salon de bourgeois ! Non, vraiment, je n'pige pas !

Souriant toujours, l'homme resta songeur un instant puis déclara :

— Je ne vais pas vous dire que je suis ravi de voir ma voiture dans cet état, mais… après tout, l'assurance paiera et même si elle ne paie pas, il ne s'agit que d'un tas de ferraille ! Ce que vous faites est autrement plus important ! Vous ne l'imaginez peut-être même pas mais moi, je le pressentais : vous, les forces vives du pays, la jeunesse, vous êtes en train de faire la révolution, de faire sauter le couvercle de la marmite, un couvercle sur lequel pèse bien trop d'immobilisme, de lourdeurs étatiques, d'imprévoyance ! Vos revendications sont justes, il faut faire éclater les verrous de la société !

Laurent et Gérard, un peu plus jeunes et moins avertis que certains étudiants présents, écoutaient, bouche bée. Une étrange émotion envahit Laurent, une émotion née de l'impression de vivre quelque chose de fort, d'important, l'impression de participer à des événements exceptionnels. L'impression de changer enfin sa vie ! Tout cela, bien sûr, restait imprécis dans son esprit mais il venait de décider de se jeter à corps perdu dans les manifestations, dans tout ce qui allait, il n'en doutait plus, arriver qui transformerait immanquablement le monde.

L'homme continuait à discuter, répondant d'une voix grave et posée aux questions qui fusaient, énonçant des principes philosophiques dont la profondeur semblait pénétrer l'auditoire. Puis, vers 22 heures, il quitta la barricade et rentra chez lui. La nuit s'annonçait longue, entre les manifestants qui paraissaient vouloir demeurer sur place le temps qu'il faudrait, le temps nécessaire pour obtenir satisfaction et les forces de police qui avaient bouclé le quartier et attendaient on ne savait quel ordre, retranchées sous leurs casques effrayants, derrière leurs boucliers immobiles. Les slogans circulaient, les ordres et les contrordres se succédaient... La lassitude gagnait quand, soudain, vers 2 heures du matin, le bruit courut que les négociations entre les autorités universitaires et les étudiants avaient échoué. Tout se précipita alors quand les CRS chargèrent, matraque au poing. La résistance fut vive, violente même. La police devait affronter des jets de pavés, de boulons et autres projectiles disponibles. Ah, les deux lycéens de Sarcelles s'en donnèrent à cœur joie et se défoulèrent : ils étaient exténués à force de courir à droite et à gauche, de lancer des pavés de deux livres par-dessus les carcasses de voitures ! La barricade était en feu et une âcre fumée assombrissait la lueur des flammes. La bataille fut acharnée mais les manifestants durent finalement reculer, céder du terrain, se repliant sur la rue Gay-Lussac... L'odeur irritante des gaz lacrymogènes mêlée aux incendies rendait l'atmosphère irrespirable ; les filles encore présentes toussaient et pleuraient. Beaucoup se débandèrent. Une poignée de jeunes, pourtant, au nombre desquels Gérard et Laurent, reculant toujours, parvint à se retrancher dans les locaux de l'École normale supérieure de la rue d'Ulm. Le jour pointait à l'est, au-dessus de la Seine, quand les derniers résistants se dispersèrent...

Appuyés aux murs des quais de la Seine, entre le pont Saint-Michel et le Pont-Neuf, profitant des pâles rayons du soleil matinal, des groupes de jeunes hirsutes et débraillés sont rassemblés. Certains, rompus de fatigue, ont sombré dans le sommeil ; des filles, peu nombreuses il est vrai, sont là, échevelées, les yeux hagards. Quelques-unes se blottissent dans les bras de leur compagnon, indifférentes aux regards réprobateurs de rares passants qui sont venus promener leurs chiens, après cette nuit d'émeute.

Laurent et Gérard ont pu dormir deux petites heures mais on ne peut pas dire qu'ils soient dans une forme éblouissante ! Réprimant un bâillement, Laurent déclare :

— Tu t'rends compte, Gérard, la nuit que nous avons vécue ? C'est formidable ! C'est une véritable révolution ! Il faudra bien qu'ils nous écoutent et que ça change !…

— M…ouais…

— J'en ai marre de la vie que nous menons : tu as entendu le vieux, hier soir… Il faut que nous prenions notre destin en main, nous les jeunes mais aussi les ouvriers, sinon le système va nous bouffer. Comme nos parents !

Gérard semble trop fatigué pour avoir envie de refaire le monde, ce matin. Bien sûr, les images fortes de la nuit dansent encore devant ses yeux, ainsi que les discussions, les slogans qui résonnent à ses oreilles, mais il n'a pas les idées assez claires pour discuter… pas maintenant ! Alors, il laisse son ami Laurent continuer :

— T'as vu l'intello, il dit que nous devons nous unir avec les syndicats et continuer à manifester, qu'il faut foutre le bordel pour être entendu. Moi, tu vois, j'ai bien envie d'aller au meeting organisé par les leaders, Sauvageot et Geismar et ce mec au nom impossible, Cohen je ne sais pas quoi…

— Cohn-Bendit !

— Oui, c'est ça ! Je voudrais savoir ce qu'ils vont faire… Je ne tiens pas à continuer la galère de mon pater. Il n'a que le Front populaire à la bouche mais, malgré son Front populaire, il mène une vraie vie de con… et nous avec ! Il faut faire la révolution !

Il avait prononcé ce mot tabou avec une force et une conviction qui contenaient toute la hargne de cette jeunesse des banlieues parisiennes, toutes ses frustrations aussi, mais également tous ses espoirs !

Laurent Serrière avait-il trouvé sa voie ?

Le 13 mai, les Français occupent le pavé ! Plus d'un million de personnes sont venues défiler de République à Denfert-Rochereau, à l'appel des trois chefs de la contestation universitaire. Les syndicats ont répondu présent, Séguy et Descamps en tête. Les hommes politiques de gauche, quant à eux, sont relégués à l'arrière du cortège. À côté des pancartes énormes de la CGT et de la CFDT, des banderoles proclament « 13 mai 1958-13 mai 1968 : 10 ans, ça suffit ! » ou « la révolution est dans la rue », montrant bien que le pouvoir est visé. Les slogans restent traditionnels mais l'ampleur du mouvement impressionne… Le gouvernement saura-t-il comprendre le message ? Et, surtout, y répondre ?

Le 15 mai, l'Odéon et la Sorbonne sont occupés par une jeunesse soudain décidée à prendre la parole qu'on lui refusait, créant une gigantesque kermesse idéologique où rivalités et tendances politiques semblent vouloir s'effacer derrière une révolution symbolique qui recueille la sympathie de la population toute entière. Puis, soudain, pendant que le général de Gaulle, ignorant la « chienlit », se pavane, insouciant – ou inconscient ? – en Roumanie, la grève paralyse la France, se répandant comme une traînée de poudre d'usines en administrations, sans que les syndicats, dépassés, ne puissent contrôler cette explosion spontanée de « ras-le-bol » généralisé. Dix millions de salariés ont cessé le travail et l'on ne peut véritablement savoir quelle est la part des grévistes et celle des employés bloqués par l'absence de transport en commun et le manque de carburant… Très vite, cependant, la carence des services publics, l'impossibilité d'obtenir des approvisionnements normaux et réguliers, les manifestations, défilés et occupations de locaux qui se succèdent, la remise en cause totale de l'équilibre social, toute cette atmosphère insurrectionnelle et quasi apocalyptique vont conduire les Français à la peur, une peur si grande qu'elle annihilera la bienveillante compréhension dont bénéficiait cette turbulente jeunesse.

Laurent et son ami sont de toutes les assemblées, de tous les mouvements et ne passent certes pas pour les moins virulents ! Cela fait plusieurs jours qu'ils vivent au Quartier latin, ne voulant rien rater de « leur » révolution. À peine sont-ils remontés quelques heures dans leur banlieue pour se laver et changer de vêtements quand ils ont réalisé à quel point ils étaient devenus repoussants et malodorants !

À son retour de Bucarest, le 19, le président de la République déclare qu'il ne reconnaît plus la France ; pourtant, la véritable question qui semble se poser est plutôt : « le peuple français reconnaît-il le chef de l'État et son gouvernement ? » car quelle peut bien être la légitimité des dirigeants d'un pays dans la situation que traverse la France, à ce moment-là ? Bien sûr, Georges Pompidou tente, avec une certaine habileté, d'entamer des négociations avec les syndicats. Mais ces tractations secrètes n'enthousiasment pas les responsables étudiants qui ne veulent absolument pas se laisser « récupérer » par la CGT et, derrière elle, le Parti communiste. La proposition d'un referendum sur la participation lancée par de Gaulle, le 24 mai, est un échec total qui entraîne une nouvelle nuit d'émeutes et de violences au Quartier latin, nuit que nos deux héros passeront, de manière pas vraiment héroïque, à pleurer à cause de l'explosion d'une fichue grenade lacrymogène à quelques mètres d'eux, au début de la rue de la Harpe !

Les négociations qui se sont poursuivies sans discontinuer pendant tout le week-end ont débouché sur les « accords de Grenelle » prévoyant des augmentations de salaires, des réductions d'horaires, un abaissement de l'âge de la retraite et diverses autres mesures sociales. Mais la base se prononce contre la reprise du travail, désavouant ainsi les organisations syndicales qui voulaient endiguer la crise. Le soir du 27, une foule immense est rassemblée au stade Charléty et scande « ce n'est qu'un début, continuons le combat ! ». Les organisateurs exaltent la solidarité des ouvriers et des étudiants et prétendent « qu'aujourd'hui, tout est possible ! »

Pris dans le feu de l'action, porté par cette multitude prête à refaire le monde, Laurent est fou de joie et entrevoit des lendemains qui chantent. Il sentait bien, confusément, que sa vie ne pouvait pas continuer dans cette médiocrité étouffante : ce soir, il a l'éblouissement, la vision subite d'une société différente, meilleure, une société qu'il ne manquera pas de construire, qu'il a d'ailleurs déjà commencé à bâtir, avec son pote Gérard, par leur engagement dans cette révolte merveilleuse... Son ami, cependant, grince à ses côtés :

— C'est un véritable foutoir, ce rassemblement ! T'as vu : des maoïstes, des cégétistes qui viennent juste de signer avec les patrons aujourd'hui et qui vocifèrent ici, ce soir, l'UNEF, le PSU et, regarde là à droite, le drapeau noir des anars... Je m'y perds un peu : qui manipule qui ?

— Eh bien, justement, c'est la preuve qu'on est tous unis, qu'on veut tous la même chose !

— M...ouais... Je n'en suis pas aussi sûr que toi ! Et puis, je m'demande pourquoi le pouvoir laisse régner cette pagaille ? T'as bien vu, l'autre soir, quand ils veulent, les CRS cognent fort... Ce désordre doit bien faire l'affaire de quelques-uns ! Ce qu'il y a, c'est que je ne parviens pas à m'y retrouver dans tout ça.

Vexé de la douche froide à son enthousiasme que venait de lui faire subir son ami, Laurent s'est détourné... En face de lui, une blondinette d'une vingtaine d'années lui sourit. Leurs regards s'étaient déjà croisés un moment auparavant :

— Je m'appelle Laurent, et toi ?
— Moi, c'est Brigitte…
— Tu n'trouves pas que c'est extraordinaire ce qui se passe ce soir ?
— Oui… Comme vient de le dire Barjonet, « tout est possible » !

Quelque chose dans les yeux de la fille laissait planer une ambiguïté sur son propos. L'espace d'un éclair, Laurent se dit que tout était peut-être possible… Il s'approche et, le plus naturellement du monde, prend sa main. Elle se laisse faire mais se détourne légèrement, dans un mouvement pudique et féminin que démentent le tremblement et la moiteur de sa paume. Ils restent ainsi, immobiles et silencieux, au milieu de la cohue, de la liesse environnante, troublés, le cœur battant.

Tout était effectivement possible, ce 27 mai 1968 !

Le 29 mai, dans l'atmosphère d'inquiétude générale d'une société paralysée, une nouvelle incroyable se répand : le général de Gaulle et sa femme ont disparu ! Où sont-ils ? Nul ne le sait, à ce moment-là, mais, jusqu'à ce qu'ils réapparaissent, en fin d'après-midi, un vent de panique s'est abattu sur le monde politique et s'est étendu instantanément à la nation toute entière. La France, en état cataleptique, réalise qu'elle n'a plus de chef, que le pouvoir est vacant, qu'elle est, en quelque sorte, orpheline. La trouille sournoise qui habitait depuis déjà plusieurs jours tout ce que le pays comptait de gens bien-pensants et conservateurs enfle soudain, s'exacerbe, explose… Le 30, un million de personnes selon les uns, trois cent mille selon les autres – disons, vraisemblablement… de l'ordre de cinq cent mille ! – défilent sur les Champs-Élysées, clament leur horreur de la « chienlit », du désordre et leur soutien « au Général ». Rasséréné, de Gaulle dissout l'Assemblée nationale tandis que les étudiants, hébétés, voient s'écrouler leurs espoirs… Dès le lendemain, ils hurlent « élections, trahison ! », tandis que le PC, complètement dépassé – schizophrène, disent certains… – ne maîtrise plus un mouvement qu'il était supposé accompagner, sinon provoquer !

À la suite de cet extraordinaire renversement de tendance, Laurent tombe dans une phase d'abattement total : il ne comprend rien à ce qui s'est passé et éprouve un étrange sentiment de frustration, comme si on lui avait volé « sa » révolution, comme si, subitement, on le privait de ses illusions. Oh, certes, il n'est pas le seul dans ce cas et la plupart des étudiants s'estiment floués. Au moment des barricades, ils avaient crié « sous les pavés, la plage ! » et que trouvaient-ils aujourd'hui, après le piétinement dévastateur des Champs-Élysées ? La chape de plomb que faisaient peser sur leurs épaules les mêmes notables qu'hier…

Gérard, lui, bien que profondément affecté, tentait de ricaner, au matin du 1er juin :

– C'est tout de même remarquable, ça !… Voilà près de quinze jours qu'on ne trouvait pas une goutte d'essence dans Paris et ce matin, comme par enchantement, les pompes coulent à nouveau à flots…

En effet, profitant de la douceur ensoleillée d'un printemps enfin installé sur la capitale, les Parisiens sortaient leurs voitures pour partir pendant le long week-end de Pentecôte ; ils filaient pour oublier ces journées d'inquiétude et d'incertitude, pour oublier cette révolution qu'ils avaient voulue avant de la rejeter. Car, à l'évidence, le retour miraculeux de la distribution de carburant sonnait l'hallali de ce qui restera tout de même dans les mémoires comme « les événements de mai 68 »…

Et, de fait, dès le 6 juin, le travail reprend dans les entreprises publiques et, progressivement, la situation se régularise un peu partout en France. Partout ? Pas vraiment ! Les étudiants, déçus, mécontents des accords de Grenelle dont ils ne bénéficient guère, s'arc-boutent sur leurs revendications et continuent à occuper la Sorbonne où, d'ailleurs, nous retrouvons notre duo, pardon, notre trio, Laurent, Brigitte et Gérard…

Ils avaient rejoint, comme des centaines d'autres, ce dernier bastion de la résistance qui bourdonnait d'une frondeuse animation ; le grand amphithéâtre ne désemplissait jamais des assemblées générales qui se succédaient à un rythme effréné sans parvenir à refaire le monde et qui avaient même parfois tendance à le défaire… Des leaders chevelus improvisés haranguaient une foule alternativement amorphe ou vociférante, debout sur les bancs de bois et sous le regard étonné des statues et peintures de personnages illustres plus habitués à ouïr des professeurs chenus qui enseignent les humanités que ces diatribes vengeresses.

Toutes les salles de cours étaient occupées et les jeunes, garçons et filles mélangés, vivaient, mangeaient, dormaient, forniquaient même, jusque dans les couloirs. Il y avait des semaines que l'entretien et le nettoyage n'étaient plus assurés ; les sanitaires, complètement bouchés, étant devenus inutilisables, on faisait les besoins à même le carrelage, dans des recoins ou des corridors reculés. Les odeurs, amplifiées par la chaleur de ce début de juin, empestaient l'atmosphère d'une façon insoutenable et une crasse infecte s'accumulait partout, sur les lieux, sur les occupants et même, d'une certaine façon, dans les esprits et les consciences ! Les murs, tapissés d'affiches et de graffitis, proclamaient, côte à côte : « usines, universités, union », « l'art, c'est vous ! », « halte au chômage », mais aussi « crève, salope ! », « mort aux cons ! » et autres inscriptions triviales ou dessins obscènes…

Qui étaient donc ces étudiants réfractaires ? Où se trouvait cette jeunesse débridée et pleine d'espoirs des premières barricades, il y a moins d'un mois ? Car, il fallait bien le constater, d'un seul coup, depuis la manifestation pro-gouvernementale du 30 mai, quelque chose dans le ton avait changé et l'on pouvait se demander si des agitateurs patentés n'avaient pas remplacé les révolutionnaires en herbe du début. On ne rencontrait plus les mêmes garçons ni les mêmes filles s'extériorisant avec l'enthousiasme spontané d'une juvénilité un peu insouciante mais des individus sales et hirsutes, blasés et destructeurs ; des personnages profitant parfois du désordre ambiant pour assouvir leurs plus bas instincts, pour casser, provoquer, aller toujours plus loin. Des jeunes qui confondaient libéralisation avec licence, indépendance et permissivité ; des étudiants de circonstance qui tentaient ainsi de tromper leur ennui et leur inutilité !

La marijuana et le LSD permettaient d'oublier que l'on avait faim et libéraient les inhibitions. Ce n'étaient plus des adolescents découvrant et apprenant l'amour après des années d'interdictions, de frustrations, mais des débauches sans nom : une inscription sur un mur disait « j'ai baisé 26 fois et mon enfant naîtra révolutionnaire, comme ses pères ! ». Il ne s'agissait plus de profiter de la liberté de penser et de s'exprimer mais d'injurier l'univers, de cracher sur la société et de la contraindre à se plier à leur volonté, par la violence si nécessaire.

Et l'on peut naturellement s'interroger sur la présence de ces « étudiants » attardés, quadragénaires ou peu s'en faut pour certains, qui semblaient là uniquement pour exciter les occupants de la Sorbonne, de plus en plus déboussolés et incertains quant à la suite des événements. À qui donc profitait cette gangrène, cette « chienlit » pour reprendre l'expression de De Gaulle ? Qui manipulait qui et… pourquoi ?

Laurent, Gérard et Brigitte étaient allés prendre l'air dans la cour d'honneur pour fuir les miasmes et jouir de la douceur de la soirée. Ils rejoignirent une partie du groupe avec lequel ils s'étaient acoquinés ; affalés dans un coin, une douzaine de garçons et de filles discutaient d'un air las, en fumant…

— …pour rien ! Plutôt crever que céder !

— Ouais, il a raison…

— Peut-être, mais tu n'crois pas si bien dire ! Ils sont prêts à te faire crever : t'as vu le mec qui s'est soi-disant noyé, hier à Meulan ?… Il était poursuivi par les CRS-SS qui ne lui ont pas fait de cadeau !

— C'est vrai ! Et celui qui s'est fait suriner y'a quelques jours ? C'était le copain d'un de mes potes et il paraît que sa mort n'est pas nette, qu'il y aurait de la provoc dans l'air… D'ailleurs, ajoute-t-il en baissant la voix, moi je trouve que quelquefois y'a des types pas clairs qui s'baladent par ici. Y'en a même qui prétendent que ce sont des flics !…

— Ouais, intervient Gérard, j'en suis certain ! Moi, l'autre jour, j'en ai surpris trois qui montaient dans une bagnole banalisée vers Jussieu. Malgré leurs jeans et leurs cheveux longs, j'suis sûr que c'étaient des flics !

— Décidément, j'y comprends plus rien, gémit une fille. Alors, le barbu qui gueulait dans l'amphi, cette après-midi, c'était qui ? Pas un étudiant, en tout cas ! T'as vu son âge et sa dégaine ?

— Ce qui est sûr, c'est que lui, c'était pas un flic mais un fouteur de merde, ricane son compagnon.

— Vraiment, elle est mal barrée, notre révolution ! soupire Laurent.

Il se lève et entraîne Brigitte à l'écart ; tous deux vont s'allonger sur un reste de pelouse, à l'abri d'un massif d'hortensias en piteux état. L'obscurité a gagné et on ne les distingue pratiquement pas : ils seront tranquilles pour faire « leur » révolution !

Le 12 juin, on apprend le décès de deux étudiants, aux usines Citroën. Le durcissement de la situation devient évident, sans que l'on puisse vraiment analyser s'il est le fait d'une augmentation des provocations, d'un renforcement de la répression ou… des deux à la fois. L'incendie d'une partie de la Bourse, ce symbole honni du capitalisme et le saccage de deux commissariats vont conduire les forces de l'ordre à se déchaîner contre les « gauchistes » qui, désormais, font peur. Toute la nuit, les affrontements seront d'une rare violence, faisant de nombreux blessés parmi les manifestants. Mais de multiples témoignages – et pas seulement dans les rangs des victimes – confirment le rôle odieux de la police qui moleste des passants et frappe des blessés à terre, tandis que de jeunes inspecteurs en civil attisent la violence de façon délibérée en lançant pavés, boulons et cocktails Molotov sur les CRS…

Laurent, écœuré par tout ce qu'il voit, se fait d'ailleurs bêtement coincer sous une porte cochère par deux CRS qui lui ouvrent l'arcade sourcilière à coups de matraques ; c'est à moitié groggy et la vue voilée par le sang qu'il regagne la Sorbonne où une copine le soigne tant bien que mal et le réconforte. Dans la fumée et la pagaille, il a perdu Gérard, Brigitte et plusieurs autres de la bande. Son ami et quelques-uns reviendront au petit matin, exténués, sales, les vêtements en lambeaux, mais de nombreux jeunes, dont Brigitte, manquent à l'appel. Ont-ils été blessés ou arrêtés ? Nul ne le sait…

Pour l'heure, les occupants de la Sorbonne comptent leurs « pertes ». Tout cela sent la fin car les défections se multiplient. Laurent est sans illusions. Il ne sait plus trop pourquoi il reste : sans Brigitte, rien n'est pareil ! Peut-être, au fond, espère-t-il son retour ou bien s'accroche-t-il encore à son idée, à ses espoirs, à cette utopie ?… Gérard n'y croit plus, non plus. Ils sont là, tous les deux, assis sur les marches d'un escalier ; la fatigue se lit sur leur visage amaigri par un mois de privations et de manque de sommeil, dans leurs yeux presque hagards.

— Tu vois, Gérard, je crois bien que c'est foutu ! Et pourtant, j'y ai cru aux lendemains qui chantent… Et je suis persuadé que beaucoup, comme nous, sont volés de leurs espérances. En vérité, il s'agissait vraiment d'une révolution de la jeunesse, d'une explosion contre l'étouffement qui nous opprimait. Nous avons tout perdu quand les syndicats et les partis politiques s'en sont mêlés, quand ils ont récupéré notre mouvement. Nous avons été manipulés et utilisés par les politicards, par les flics, par ceux qui voulaient la peau du pouvoir… Remarque, ils se sont bien fait avoir, eux aussi : tu vas voir le résultat des élections, de Gaulle va faire un festival ! Il va en sortir renforcé… Et nous ? Que dalle ! Rien !

— T'oublies les accords de Grenelle…

— De la merde, oui ! De la poudre aux yeux des ouvriers, un su-sucre qu'on leur jette, mais nous, rien, que dalle, j't'e dis !

— Ben, toi, mon gars, ce mois de mai t'aura drôlement mûri politiquement ! Mais tu as raison : on nous endort avec les idées sur la participation et la réforme universitaire. Faudra voir mais j'n'y crois pas beaucoup… En attendant, qu'est-ce qu'on fait ?

Laurent et Gérard n'auront pas longtemps à se poser la question : le 16 juin, les gardes mobiles évacuent la Sorbonne par la force. Pour la forme, les quelques dizaines d'étudiants présents résisteront un peu et Laurent aura même la satisfaction personnelle de s'être vengé des coups de matraques reçus trois jours plus tôt en « sonnant » un des assaillants d'un gros boulon catapulté sur son casque. Mais tout est fini…

Les « événements de mai » ont vécu et les 23 et 30 juin 1968 verront effectivement un raz de marée gaulliste aux élections. Comprenne qui pourra…

Chapitre 2

Sarcelles, septembre 1968...

L'été est passé… Il a fait très chaud sur la capitale qui se remettait de ses blessures de mai et de juin. Laurent Serrière a tout mis en œuvre pour retrouver Brigitte, sa compagne des « manifs », perdue au soir du 12 juin, après les violences de cette nuit d'émeute. Et ce qu'il découvrira une quinzaine de jours plus tard le laissera effaré, complètement abasourdi. Brigitte s'était toujours montrée évasive en ce qui la concernait… et pour cause ! Elle était en effet ce qu'il est convenu d'appeler « une fille de bonne famille » dont le père occupait un poste important, proche du pouvoir. Elle avait profité des événements pour fuir l'oppression de son milieu et vivre sa vie. Activement recherchée par ses parents qui avaient pourtant fait appel aux Renseignements généraux, elle avait réussi à passer par maille jusqu'à ce fameux soir où, légèrement blessée et conduite à l'hôpital, elle fut identifiée. Sa famille l'avait « récupérée ». « Envoyée en province pour se soigner »… C'est tout ce qu'il put apprendre. Il ne l'a jamais revue.

Mai 1968 est bien fini…
Les « z'acquis » de cette révolution sont faibles pour Laurent. À dire vrai, mis à part l'immense espoir soulevé, en dehors de l'enthousiasme et des moments très forts de solidarité vécus sur les barricades et dans les meetings, on peut même affirmer qu'ils sont nuls. La vie a repris son

cours, à Sarcelles, avec sa routine, sa médiocrité, la promiscuité... Comme avant ! Simplement, cette existence faite d'habitudes, insignifiante, confinée dans un appartement trop étroit dans une cité horrible et écrasante où la rue, les cages d'escalier, le béton, représentent le seul horizon et la seule ouverture, cette absence d'avenir, cet atroce sentiment d'inutilité, tout l'insupporte.

Là-dessus est arrivée la rentrée des classes qui coïncide avec les pluies automnales et la chute des premières feuilles des arbres rachitiques du square. Compte tenu des circonstances du dernier trimestre et de ses piteux résultats du reste de l'année scolaire écoulée, Laurent doit redoubler sa première, ce qui, naturellement, ne l'enchante guère. Le bahut lui paraît plus sinistre que jamais avec ses murs décrépis, ses salles de cours obscures aux chaises bancales, aux bureaux sales et maculés d'encre et d'inscriptions laissées par des générations de jeunes aussi désespérés que lui, ses stores pisseux qui pendent lamentablement, inutiles, son préau trop petit et ses grilles immenses et rouillées qui le font ressembler à une prison...

Les profs conservent le même visage résigné et paraissent de plus en plus étriqués, dans leur corps et dans leur tête... En observateurs attentifs, Laurent, son ami Gérard et quelques autres de la bande remarquent cependant des transformations, certaines imperceptibles, d'autres plus visibles, comme la quasi-disparition des blouses sombres et mal seyantes – pourtant théoriquement obligatoires – qui faisaient ressembler la cour à un champ envahi de corbeaux, aux heures des récrés ; ou encore la discrétion soudaine des pions qui ne ferment plus le portillon d'entrée à huit heures moins deux pour « coincer » les retardataires et ne passent plus leur temps « à gueuler » dès que l'un des élèves ose lever les yeux... Mais l'évolution la plus remarquable, tellement évidente que personne ne l'avait encore soulignée, c'est Laurent qui la note, un éclair ravi dans le regard :

– Ce qui est tout de même chouette, c'est qu'il y a quelques nanas en terminale !

Jusque-là, en effet, les lycées n'étaient pas mixtes et le mélange des sexes a débuté progressivement à cette époque.

– Ouais... mais ce sont des polardes de maths élém et de sciences ex et on ne peut pas dire qu'elles soient canons ! rétorque Rémy.

— Ben… moi, j'emballerais bien la petite rousse à lunettes ! observe Gérard en connaisseur.

— Y'z'auraient pu en mettre quelques-unes en première également, regrette Alain.

Après un temps de réflexion, il ajoute :

— Mais, finalement, s'il n'y en a que trois ou quatre par classe, ça va foutre la pagaille entre nous, alors…

Le grésillement métallique de la sonnerie marquant la reprise des cours étant venue interrompre la philosophique remarque, nous ne connaîtrons jamais l'aboutissement de cette prolepse qui se transforme en :

— Pfff ! Deux heures de maths… Quelle barbe !

Le soir, après la sortie des cours, on se retrouve dans la rue, on discute à n'en plus finir… Si le temps le permet, on joue au foot sur le square ou, s'il pleut, on va faire un baby chez René, le seul bistrot du coin, on flirte dans les couloirs des caves où il s'en passe quelquefois de belles, on commet des bêtises – plus par désœuvrement que par méchanceté – bref, on s'ennuie… Puis, à la nuit tombée, on rentre dans son clapier, derrière ces milliers de volets clos où rancissent toutes les aigreurs de vies hachées, manquées, triturées par la misère et les difficultés, déchirées par les mesquineries qu'engendre la promiscuité, avec pour seule ambition : survivre ! Car, en fait, le problème est bien là. Ces gens ne sont pas mauvais mais les embêtements du quotidien consomment toute leur énergie, toute leur humanité et les conduisent, par instinct de survie, vers une sorte d'égoïsme que l'on retrouve aussi bien dans les rapports interfamiliaux que sociaux.

Et Laurent en souffre de cette promiscuité, de cette tiédeur des relations, lui qui est si sensible. Bien sûr qu'il aime ses parents, ses frères et sœurs… La question ne se pose même pas ! Mais quand vous rentrez chez vous et que vous devez répartir quelques dizaines de mètres carrés entre huit individualités, entre huit personnalités possédant chacune ses contraintes, ses besoins propres, cela ne va pas sans heurts ! Et puis, même si vous le vouliez vraiment, comment faire sérieusement vos devoirs quand il faut partager la table de la cuisine avec les épluchures ou le fer à repasser, les factures diverses et la vaisselle, le tout dans le brouhaha de mille conversations, avec la télévision en fond sonore ? Sans parler, naturellement, de l'utilisation de la minuscule salle de bain où les serviettes et les brosses à dents se mélangent, où l'un fait sa toilette pendant que l'autre charge la machine à laver, ni de la gestion des « commodités », prises d'assaut aux mêmes moments, avec les commentaires désagréables pour celui qui aurait l'idée saugrenue d'en jouir une minute de plus que l'autre…

Mais ce qui gêne le plus Laurent, d'une gêne équivoque, indéfinissable, c'est la promiscuité régnant dans sa chambre, partagée avec ses deux sœurs. Certes, la mère a bien confectionné un rideau de séparation entre son lit et les lits superposés des filles, mais ce mince paravent est incapable d'arrêter les mille petits bruits intimes qui font la vie de chacun. Et puis, il suffit que le tissu soit mal tiré pour laisser filtrer une image fugace mais indiscrète sur le monde secret des occupants. À neuf ou dix ans, ces choses-là restent sans conséquence mais trois ou quatre ans plus tard, quand commence à poindre la période trouble de la puberté, quand les fantasmes de la sexualité s'éveillent, il en va différemment… Laurent avait naturellement tout fait pour surprendre la nudité de ses sœurs et ces visions avaient alimenté ses rêves érotiques, jusqu'à ce qu'il découvre chez l'aînée qu'il se passait, chaque mois, des choses étranges qui l'avaient d'abord bouleversé, puis dégoûté. Maintenant, bien sûr, tout cela était du passé mais il ne parvenait pas à se faire à l'idée que les soupirs qu'il surprenait parfois en pleine nuit apportaient la preuve tangible que ses sœurs, tout comme lui, pouvaient aussi avoir des tentations onanistes et, les matins, au réveil, il se culpabilisait parfois de sentir son membre dressé, s'imaginant que les deux filles allaient venir découvrir son lit et se moquer de cette protubérance durcie… En fait, même si ses relations avec le sexe opposé semblaient normales, ainsi que sa brève aventure avec Brigitte le confirmait, il était évident que partager sa chambre avec Anne-Marie et Solange avait entraîné chez lui une sorte de désir incestueux latent qui contribuait à alimenter son sentiment de malaise. Il luttait contre cet inavouable penchant en passant le moins de temps possible dans ce lieu exigu tout empli du parfum caractéristique des femmes…

Il est vrai que la discipline du lycée s'était assouplie sous l'effet des événements du printemps. On pouvait désormais fumer dans la cour, les permanences étaient plus décontractées et les professeurs eux-mêmes semblaient disposés à davantage de compréhension et de mansuétude. Enfin, pas tous ! Mais il fallait bien, cependant, respecter les contraintes, la routine des cours qui se succédaient, monotones et ennuyeux, les horaires, les punitions du jeudi – pas complètement abolies – bref, tout un univers d'assujettissement et de règles devenues insupportables à ceux qui avaient connu l'enthousiasme des barricades et l'anarchie festive et libératrice des rassemblements capables, en quelques harangues bien senties, de refaire le monde.

Alors, dans ces conditions, les résultats scolaires de Laurent et de nombre de ses camarades laissaient fort à désirer. Quelle importance puisqu'il s'en moquait totalement, puisque les professeurs s'en désintéressaient également, la plupart du temps et puisque ses parents ne réagissaient même pas, trop occupés qu'ils étaient à résoudre leurs tourments quotidiens, trop fatigués pour réfléchir et, de toute façon, incapables d'apporter le moindre soutien moral ou intellectuel à leurs enfants. Plus le temps passait et plus Laurent prenait conscience de la vacuité de son existence, de l'inanité de ses illusions, de la morosité de son avenir. Il étouffait véritablement, aspirant à la liberté, à l'espace, à la découverte... à l'espoir ! Il rêvait de soleil brûlant, de fleurs multicolores et parfumées, d'oiseaux insouciants, d'indépendance... De vent. C'est alors qu'il tomba, par hasard, sur un poème, dans une revue. Ce poème s'intitulait *Le souffle de l'aventure* et il fut ébloui, ému, chaviré même, parce qu'il découvrait, noir sur blanc, tout ce qu'il ressentait au fond de lui. Voici ce que disaient les stances :

> *Le vent souffle du nord*
> *Et balaie les grands espaces,*
> *Purifiant le ciel,*
> *Agitant les arbres majestueux...*
> *Spectacle grandiose !*
> *Cet air vivifiant*
> *Qui descend d'horizons lointains*
> *Vers d'autres horizons*
> *Aussi lointains...*
> *Cet air qui voyage, libre,*
> *Cet appel de l'Aventure...*
> *Oh ! Partir !*
> *Être comme le grain de sable,*
> *Libre,*
> *Être comme le papillon,*

Être comme l'oiseau,
Ballotté,
Au gré des vents,
Au péril des migrations
Et découvrir l'immensité
Et atteindre l'infini
Et parvenir à la grandeur,
À la sagesse
Et obtenir une félicité sans nom...
Mais enfin partir !
Partir...
Ne pas étouffer,
Ne pas s'enterrer
Ne plus abandonner !
Quand le vent appelle
Par monts et plaines
Et par mer
À partir...
À voir...
À connaître...
À respirer à pleins poumons,
À découvrir la plénitude,
L'air de la vie,
L'air de l'Aventure,
L'air d'autre chose,
Obéir au vent
... Ou le braver
Mais avaler sa vie miraculeuse,
Mordre à pleines dents son néant,
Abandonner le corps à ses assauts,
Les cheveux ébouriffés,
Libre.
Être libre !
Respirer enfin...
À pleins poumons !

Mais... quelle est cette oppression ?
Quelle est cette étreinte

Qui me retient dans son étau ?
Qui enserre ma vie ?
Que fais-je donc ici ?
Et toi, nuage, où vas-tu ?
Sombre et épais nuage d'hiver
Ou léger et blanc duvet d'été
Emmène-moi !
J'étouffe !
Pourquoi cet appel ?
Pourquoi ce besoin
De grands espaces ?
Pour ne pas mourir
… D'ennui.
Pour ne pas étouffer
Pour ne plus être submergé,
Entraîné,
Prisonnier de l'habitude.
Pour voir et voir encor !
Pour découvrir !
Pour être comme le vent,
Pour être comme le sable,
Pour être comme le papillon
… Et comme l'oiseau :
Libre !
Je rêve d'un cheval de nuages,
Je rêve de steppes,
De déserts sans fin,
Je rêve d'immensité
Où l'on respire,
Où l'on vit,
Où l'on n'est plus enfermé,
Étouffé !
Ah ! Sentir le vent fouetter mon visage !
Ah ! Lutter contre le vent !
Lutter contre l'Infini,
Lutter contre l'Absolu !
Être libre…

Et pourtant…
Comme les autres, je vais mourir !
Ou, pire encor
Je vais être prisonnier,
Engrené
Par la vie,
Par la société,
Par l'habitude,
Par la déchéance !
Mais je veux vivre, moi !
Mais je veux respirer, moi !
Attends-moi, grand vent,
Je veux partir avec toi,
Grand vent !
Non… ne me laisse pas !
Attends-moi !
Ne pars pas !
Ah !… J'étouffe…
Ça y est
Je suis mort.

Tout était dit dans ces vers, tout ce qu'il éprouvait confusément, depuis longtemps… Mais il ne voulait pas mourir, Laurent ! Ah, ça non ! Cette lecture provoqua comme un déclic en lui, il réalisa que lire n'était pas seulement cette contrainte scolaire imposée par un enseignant blasé et un programme inadapté mais un moyen irremplaçable de s'évader, de voyager dans sa tête, de créer en soi un autre univers, tellement différent de sa morne vie. Il se mit à dévorer Blaise Cendrars, Joseph Kessel, Pierre Loti, bref, à construire une personnalité que les circonstances ne lui avaient pas vraiment laissé l'occasion d'exprimer.

Seulement, l'abîme qui se creusait entre la réalité et l'imaginaire ne pouvait se poursuivre sans rupture. Il sentait vaguement que quelque chose devait se passer, sans pour autant oser provoquer l'ouverture attendue. On se croit fort, à dix-huit ans, mais au fond, on reste fragile, parce que c'est ainsi, la famille, la société n'incitent pas véritablement à responsabiliser une jeunesse, particulièrement lorsqu'elle se trouve en déshérence, comme celle de Laurent ! Il aurait fallu posséder une grande force de caractère pour décider d'agir mais, avant tout, encore aurait-il été nécessaire de savoir qu'entreprendre !

L'élément déterminant qui conduirait à la fracture ne pouvait donc être qu'extérieur. Depuis plusieurs semaines, déjà, son ami Gérard Darras, qui vivait dans des conditions proches des siennes, montrait des signes d'exaspération et son existence l'insupportait de plus en plus. Aussi avait-il, à diverses reprises, évoqué l'envie de « foutre le camp », pour reprendre son expression favorite. Leurs résultats scolaires du premier trimestre furent franchement catastrophiques. Mais, contrairement à Gérard qui s'était fait sérieusement sermonner par son père – pourtant assez peu enclin à soutenir ce fils délaissé –, les parents de Laurent n'avaient même pas réagi devant le nouvel échec... Il s'était alors demandé s'il n'aurait pas préféré « se faire engueuler », lui aussi, ne serait-ce que pour avoir, au moins, l'impression d'exister ! Mais non, rien, aucun commentaire sur le bulletin de note déplorable qui avait traîné toute la soirée sur la table, le jour de son arrivée, entre les épluchures de légumes de la sempiternelle soupe et les outils que son frère aîné avait utilisés pour réparer l'interrupteur du lampadaire.

Là-dessus, Noël était arrivé. Comme de bien entendu, le temps s'annonçait gris et triste, il faisait froid... Comme toujours, Laurent savait que sa mère préparerait sa dinde aux marrons, qu'on mangerait une écœurante bûche au beurre – dont il avait horreur ! – et que lui et ses frères et sœurs se partageraient un sac de papillotes en ouvrant leurs maigres présents, qui un disque 45 tours, qui un livre, telle autre une paire de bas nylon... Avec un peu de chance, il y aurait les « petites enveloppes » de l'oncle Henri, celui qui a « réussi » dans l'épicerie en gros, à Montauban !

La réalité fut pire ! Tout se passa effectivement à peu près comme il l'avait pensé jusqu'au moment où, par suite d'un faux mouvement, dans l'exiguïté de la salle à manger bondée, il renversa le vase contenant l'habituel bouquet de fleurs que son père offrait chaque année à sa femme, le jour de Noël. Non seulement le vase se cassa, bien sûr, mais, ce faisant, il renversa et brisa plusieurs verres « du service » et écrasa la bûche qui ne put être consommée. L'affaire du vase de Soissons avait été diablement moins grave et ses conséquences pas forcément plus dramatiques ! Dans une réaction d'humeur, son père le gifla – ce qui ne lui était plus arrivé depuis des lustres ! –, sa mère quitta la table en pleurant et ses frères et sœurs, bien que se moquant très certainement des dégâts, le conspuèrent de ne pouvoir déguster le dessert ! Laurent, penaud de son involontaire maladresse mais furieux des effets, se leva, enfila son blouson et sortit en claquant la porte. Il n'aimait pas ces Noëls sinistres qui suintaient la tristesse à force de conventionnalisme mais alors là, le Noël 1968 était complètement raté !

Il marcha sans but, dans les rues désertes où, par moments, on percevait des bribes de ces fêtes familiales qui se déroulaient derrière les fenêtres closes. Ne pouvant retrouver ses copains parce qu'ils ne sortaient pas, ce jour-là, il déambulait sur l'asphalte mouillé et, ne le dites surtout à personne, il est probable qu'il pleura, il pleura sur l'injustice, sur son malheur, sur sa pauvre vie… Il pleura sur ce monde qui se complaisait à apparaître si différent de ses rêves, des lieux où son imagination et ses lectures l'entraînaient. La bruine tombait en fines gouttelettes froides sur les maisons, le ciel plombé, oppressant, recouvrait toutes choses, la fumée âcre des cheminées répandait comme un brouillard nauséabond quand Laurent aurait, à cet instant, eu besoin d'espace, de chaleur, du bruit du ressac sur les rochers ou du chant des oiseaux dans les frondaisons… Quel espoir lui restait-il ?

Quand il regagna son logis, à la nuit tombée, le front buté, sa décision était arrêtée.

– Combien t'as ? demande Laurent en empochant la monnaie que venait de lui rendre le guichetier de la SNCF, avec le billet qu'il avait acheté.

– Toutes mes éconocroques, c'est à dire trois cents balles et des poussières… sans compter le billet de cinq cents balles que j'ai piqué à mon père ! répond Gérard en clignant de l'œil.

– Wouah ! T'es gonflé ! Moi, je n'ai réussi à rassembler que quatre cents balles. On n'ira pas loin avec ça. T'as vu le prix du billet de train ?

– Je t'avais dit qu'on aurait dû partir en stop !

– Ouais… Mais je préfère qu'on se barre rapidement le plus loin possible d'ici !

– Et qu'est-ce qu'on fera à Bordeaux ? demande Gérard.

– …

– Bon, d'accord ! On verra bien…

Les deux compères n'avaient pas mis longtemps à se décider : sans aucune préparation, avec peu d'argent et juste quelques effets jetés dans un sac de sport, ils partaient… Ils partaient à l'aventure, abandonnant sans remords et sans se retourner l'univers étriqué qu'ils ne supportaient plus, inconscients des difficultés qu'ils ne manqueraient pas de rencontrer dans leur errance.

Quand le train entra en gare de Bordeaux, la nuit tombait. Bien entendu, Laurent et Gérard ne savaient pas où aller. Ils achetèrent des sandwichs au Buffet et, tandis qu'ils les dévoraient avidement, assis sur un banc, Laurent proposa :
— Et si nous passions la nuit dans la salle d'attente, c'est chauffé, ça devrait aller ! On avisera demain pour la suite…

Le lendemain, après une rapide toilette aux sanitaires de la SNCF, ils se retrouvèrent devant la gare, comme le soleil se levait dans un ciel pratiquement sans nuage. Certes, il faisait froid, en cette fin d'année, mais la ville leur parut avenante sous cette luminosité inhabituelle pour eux ; même l'air leur semblait différent, plus pur, plus léger. La foule des gens qui se pressaient vers leurs occupations, les guirlandes de Noël pas encore éteintes, tout donnait une atmosphère de fête, bon enfant. Ils respirèrent à pleins poumons, emplis d'optimisme quant à l'avenir. La *Brasserie du Terminus* leur offrit ses sièges capitonnés et un café brûlant accompagné de quelques croissants… La vie était belle !
Quand le garçon vint encaisser les consommations, Gérard demanda :
— On cherche du boulot et une piaule, vous savez où on peut trouver ça ?
Levant les yeux, comme s'il les découvrait à l'instant, le serveur resta silencieux le temps de compter la monnaie puis réfléchit :
— Ben… Vous devriez aller voir au port, ils embauchent parfois des dockers pour décharger les bateaux ou nettoyer les quais. Mais attention ! Passez par le Syndicat, sinon vous vous ferez jeter !
Puis, après quelques secondes, les observant toujours, il ajouta :
— D'où venez-vous ?
— On arrive de Paris, on en avait marre de la pluie et du brouillard !
Avec un clin d'œil entendu, le garçon déclara :

– Je comprends ! Moi, je suis de Thionville et c'est un peu pour ça que je suis venu dans le sud-ouest ! Il y a deux ans que je vis à Bordeaux. Si vous ne trouvez rien, revenez me voir, je verrai ce que je peux faire !

Les deux amis, ravis de l'accueil, de rencontrer des gens souriants, se dirigèrent sans se presser vers le port, faisant un détour par les rues animées du centre, passant devant la cathédrale Saint-André avec ses deux flèches effilées, le théâtre aux imposantes colonnades, la fameuse esplanade des Quinconces…

Parvenus au port, après avoir longuement erré entre les docks et le long des quais sans fin, ils finirent par dénicher le Syndicat des dockers où un employé peu aimable les rabroua :

– Y'a pas de boulot maintenant ! Revenez après le jour de l'an !

– Mais vous ne savez pas, au moins, où on pourrait dormir, en attendant ?

– J'en sais rien ! Débrouillez-vous !

Il n'y avait rien à tirer de cet ours mal léché ! Pas refroidis par cette réception peu amène, ils profitèrent de l'agréable journée pour flâner, éprouvant un délicieux sentiment de liberté, n'hésitant pas à s'offrir un bon restaurant, convaincus qu'ils étaient de trouver rapidement du travail.

Pourtant, quand le soir arriva – et il vient vite, en hiver ! – il fallut bien songer à trouver un endroit pour dormir. Le prix des hôtels, même dans les quartiers louches, les dissuada. Un peu penauds, ils atterrirent en définitive pour une seconde nuit dans la salle des pas perdus de la gare où, même si le confort et la tranquillité laissaient à désirer, il faisait au moins chaud !

Le lendemain, il pleuvait… Et oui, même à Bordeaux, il pleut. Fatigués par une deuxième nuit inconfortable, ils se retrouvèrent, baillant, au *Terminus*. Le garçon les accueillit avec bienveillance :

– Alors, les jeunes, ça a marché ?

– Y nous ont dit de revenir après les fêtes… On a passé une deuxième nuit dans la salle d'attente. C'est pas terrible ! Z'avez pas une autre idée ?

– Vous avez de l'argent ?

– Pas beaucoup ! À cette allure, on tiendra trois ou quatre jours, pas plus !

– Attendez-moi !

Le garçon revint avec les cafés et les croissants qu'il déposa sur la table sans prononcer un mot mais en décochant un clin d'œil qui signifiait « patientez, je m'occupe de vous ! ». Une demi-heure plus tard, il s'approcha :

— Soyez à midi pile là, devant, vous voyez en dessous de l'horloge. Un copain qui s'appelle André viendra vous trouver. Il m'a dit qu'il pense vous dégoter un job de plonge ou quelque chose comme ça, en attendant... Et peut-être aussi une piaule pour vous dépanner. Vous verrez, c'est un grand type un peu dégarni sur le front mais avec les cheveux longs derrière...

— Merci, c'est sympa !

À midi moins cinq, ils étaient à l'endroit indiqué. Quelques minutes plus tard, ils virent arriver le gars qu'ils reconnurent facilement. Il s'approcha :

— Vous êtes Laurent et Gérard ? Moi, c'est André, salut ! Christian m'a dit que vous cherchiez du boulot ? J'ai un truc à vous proposer mais c'est juste un extra pour le réveillon de la Saint-Sylvestre. Allez vite au *Montesquieu*, un restaurant qui se trouve en face du Palais Gallien, dites que vous venez de ma part mais ne traînez pas car ils fileront la place à d'autres...

— Où c'est ?...

— Là, vous prenez tout droit puis à gauche au premier feu et c'est sur la place, à trois cents mètres.

— Merci pour le tuyau...

— Allez-y vite ! Ah, au fait, vous voulez aussi une piaule ? Je peux vous en proposer une, mais je vous préviens, c'est pas terrible, une chambre et une cuisine minuscules, WC sur le palier et libre jusqu'à lundi prochain. C'est à mon frangin qui est parti passer les fêtes chez nos parents à Mont-de-Marsan. Ça vous intéresse ?...

— Euh... oui, pourquoi pas !

— Bon, je suis réglo, je vous file l'adresse et la clef et vous me donnez quatre cents balles. Allez, vous m'êtes sympa, disons... trois cents balles. Pour six nuits à deux, c'est pas cher ! Ça gaze ?

— Euh, mais... c'est à dire...

— Bon, écoutez, je n'ai pas que ça à faire ! C'est à prendre ou à laisser !

— Écoute, Gérard, on ne va pas coucher tous les soirs à la gare ! Ça dépannera et puis, si on bosse, on aura du fric...

– Bon, alors ?
– Bon OK, on prend.
– Tenez, voilà la clef. Lundi matin, en partant, vous fermez et vous la glissez sous la porte, assez loin pour qu'on ne puisse pas l'attraper. Voilà, c'est au dix rue Monge, quatrième étage à gauche. Ne mettez pas trop la panique, svp !

Gérard et Laurent sortirent chacun cent cinquante francs et les donnèrent à André qui les empocha :
– Merci, salut et… bonne chance !

Il fit deux pas et se retourna :
– Grouillez-vous pour *Le Montesquieu*, sinon vous allez vous faire griller la place !

Bien entendu, l'affaire sentait « l'arnaque » mais Laurent et Gérard étaient encore trop tendres pour l'avoir compris… avant ! Le restaurant *Le Montesquieu* cherchait effectivement des « extras » pour faire la plonge, le soir du réveillon et le jour de l'an, ainsi que le confirmait un écriteau bien visible sur la porte, mais personne ne connaissait d'André… Quant au numéro dix de la rue Monge, il correspondait à l'adresse d'un bureau de Poste !

Cependant, dans leur malheur, ils ne perdirent pas tout puisqu'ils passèrent le dernier jour de l'année 1968 et le premier de 1969 à laver des assiettes, des couverts, des casseroles, à vider des poubelles et à balayer des carrelages… Et, dans son infinie bonté, le patron du restaurant, en plus des quelques centaines de francs convenues, les autorisa à manger les restes des agapes et même à boire un fond de champagne abandonné par de riches négociants en vins qui n'avaient pu terminer leur dernière bouteille ! Le luxe !

Ainsi commencèrent les tribulations de nos deux jeunes héros à peine tombés du nid… Un nid certes loin d'être véritablement douillet mais un nid tout de même où ils avaient leur place, leurs habitudes et d'où ils pouvaient observer d'un œil critique les imperfections de l'arbre. Ainsi commencèrent les « galères » de deux jeunes routards contraints d'accepter des « jobs » impossibles pour gagner trois sous qui leur permettaient tout juste de survivre, de commettre de menus larcins que la faim commandait le plus souvent, de rencontrer des gens d'un milieu interlope dont ils n'avaient pas vraiment idée bien qu'ils aient souvent voulu se donner des airs de durs. Au moins apprend-on vite ainsi et la débrouille devient alors une seconde nature !

Bordeaux, c'est bien connu, fut jadis une ville anglaise et, qu'on le veuille ou non, elle a conservé une légère atmosphère britannique. En outre, grâce au port, les influences américaines se font également sentir… Aussi n'est-il pas vraiment surprenant qu'au cours de leurs pérégrinations, Laurent et Gérard soient entrés en contact avec le milieu hippie, né deux à trois ans plus tôt aux États-Unis, en réaction aux mouvements raciaux et à la guerre au Vietnam ; via l'Angleterre, il commençait à se répandre en France, en particulier depuis les événements de mai 1968. Tous deux ne pouvaient rester insensibles à ce qui semblait prolonger les idées pour lesquelles ils avaient construit les barricades, cette effervescence psychédélique basée sur la non-violence, l'amour et les fleurs qui, au travers de la musique des Doors, de Grateful Dead, des Who ou Janis Joplin, rejetait la société marquée par le matérialisme, l'injustice et la guerre… Scott McKenzie et son *San Francisco* trouvait ici un écho de plus en plus évident, même dans la jeunesse dorée qui se réfugiait dans les élucubrations de gourous hindous et, surtout, dans l'invitation de Timothy Leary à « tout larguer » grâce au LSD et à la marijuana.

Bref, les deux amis s'abandonnaient aux tentations hédonistes qui avaient déjà envahi toute une génération américaine et, dans leurs difficultés quotidiennes, rêvaient de plus en plus souvent d'autre chose : « Nous voulons le monde et nous le voulons maintenant ! » s'était écrié Jim Morrison. Pour eux, Bordeaux n'était déjà plus cet Eldorado qu'ils avaient cru trouver, Bordeaux devenait trop petite, trop terne, insuffisante à leurs espoirs et à leurs ambitions.

Quelques hippies venus de la « côte ouest », par ailleurs pourvoyeurs de paradis artificiels, racontaient avec des lumières dans les yeux le festival de Monterey qui s'était déroulé durant l'été 67. « L'été de l'amour » l'avaient-ils baptisé, au cours duquel on avait entendu la *soul music* d'Otis Redding, les *ragas* de Ravi Shankar, la guitare incandescente de Jimmy Hendrix et tous ces groupes californiens dont ils se saoulaient les oreilles : Jefferson Airplane, The Mama's and the Papa's, les Byrds, les Buffalo Springfield et tant d'autres… C'était là-bas, à San Francisco, que se trouvait la vie. La vraie.

Chapitre 3

Bordeaux, mai 1969...

Laurent et Gérard ont, pour la troisième fois, obtenu un « job » d'une quinzaine de jours au port. C'est rudement pénible, mais ça paie bien ! L'ennui, cependant, c'est que cela donne des idées de grands départs, ces bateaux qui arrivent, chargés d'odeurs et de mirages tout autant que de produits exotiques puis repartent les cales pleines de vins, de voitures ou d'autres marchandises…

De Gaulle a démissionné il y a quelques jours, à la suite de l'échec de son referendum – plébiscite ? – sur la régionalisation.

– Drôle de premier anniversaire de mai 68, pour lui comme pour nous ! a simplement commenté Laurent à l'annonce de la nouvelle.

De fait, il s'agit d'un singulier anniversaire pour les deux amis. Le souvenir des espoirs déçus d'il y a un an, l'abandon de leur famille, la « galère » des routards, l'expérience étrange du monde des hippies et de la drogue… Beaucoup d'événements en douze petits mois ! Et, surtout, des questions à se poser quant à l'avenir.

L'Aguascalientes, un cargo mexicain antédiluvien et complètement pourri, doit appareiller dans deux jours pour Veracruz, avec une escale prévue à New York. Laurent et Gérard sont affectés à son chargement, un lot d'énormes caisses marquées « matériel agricole ». Soudain, une discussion animée s'engage, près d'eux, entre un homme en civil et un autre qui porte un uniforme d'officier de marine défraîchi. Ce dernier, dans un français approximatif teinté d'un fort accent espagnol, finit par s'emporter :

— Enfin, quoi ! Zé vous z'avais dit qué zé voulais *dos*[9] mécanos, *caramba* ! Vous comprénez ? *Dos* mécanos !

— Mais je n'ai trouvé personne qui veuille…

— … Zé né veul pas lé savoir !

— Mais si vous avez un contrôle ?

— Zé m'en fous ! Zé veul *dos* mécanos *mañana por la mañana*[10] !

Que se passa-t-il alors dans la tête de Laurent, à cet instant ? Ce serait sûrement difficile à expliquer, surtout qu'il a agi sur une impulsion irraisonnée… Il donne un discret coup de coude à son camarade et s'approche à grandes enjambées de l'homme en civil qui part, l'air furieux :

— Hep, monsieur !

— Ouais, quoi ?

— Nous avons entendu votre discussion… Ça nous intéresserait, ces places sur *L'Aguascalientes* !

— Sur ce rafiot pourri ? Vous êtes fous ! Personne ne veut y aller et en plus, le capitaine est complètement barjo !

— Bof, vous savez, il n'est pas plus pourri que notre bonne vieille Terre !…

— Vous êtes mécanos ?

— Euh… On sait réparer des mobylettes…

— Eh bien, les gars, vous aussi vous êtes barjos ! Vous devriez vous entendre avec cette bourrique d'Alvarez !

Gérard écoutait cet échange, de plus en plus effaré :

— Eh, oh ! Attendez ! C'est quoi, le boulot ?

— Il s'agit de seconder le mécano en titre. Le rafiot est tellement pourri qu'il ne suffit pas à le rafistoler… sinon, il ne faut pas être grand clerc, vous pourriez faire l'affaire !

— Mais enfin, Laurent, t'es malade ou quoi ?

— T'as envie de voir du pays, oui ou non ? Dites, ça paie bien ?

— Comme il ne trouve personne, on doit pouvoir discuter : bien nourri parce qu'il aime bouffer, mal logé parce que rien ne fonctionne dans ce tas de ferraille, plus mille ou douze cents francs chacun pour les

---

[9] [Espagnol] Deux.
[10] [Espagnol] Demain matin.

quinze ou seize jours de traversée, y compris, en principe, deux jours d'escale à New York.

— Ben dis donc ! ne put retenir, Gérard, ça fait une somme !

Des contrôles douaniers tatillons firent prendre quatre jours de retard au cargo qui quitta finalement Bordeaux le 16 mai. Le capitaine Alvarez était effectivement complètement fou, mais un fou sympathique ! Disons plutôt… un excentrique qui connaissait parfaitement son métier de marin mais ne réagissait jamais comme on aurait pu s'y attendre en dehors de ses responsabilités. Ses colères étaient homériques et faisaient trembler la quinzaine de membres de l'équipage ; cependant, Laurent eut vite compris qu'il suffisait de discuter gastronomie pour l'amadouer ! Il lui parla donc de la dinde aux marrons de sa mère, des ortolans dont il avait découvert l'existence lors de leur bref passage au restaurant *Le Montesquieu*, à leur arrivée à Bordeaux, du cassoulet qui était la spécialité de son oncle Henri, sans compter nombre de recettes qu'il inventait, au gré de son imagination. Les yeux d'Alvarez brillaient alors de concupiscence et il se pourléchait les babines à l'idée de ces mets. À son tour, il racontait, dans son français inimitable, les découvertes culinaires qu'il avait faites partout dans le monde, au cours de ses périples maritimes : on dit que les marins ont une fille dans chaque port, lui possédait un carnet d'adresses de restaurants ! Cela pouvait durer assez longtemps puis, soudain, il abattait son poing sur la table et déclarait d'une voix de stentor :

— Hey, *hombre*, faudrait voir dé rayouter dé l'ouile d'olivé dans la *máquina*[11], sinon les *pistónes*[12], y vont faire una drôla d'*insaláda*[13] !

Et sa bedaine tressautait sous l'effet de son rire gras. Mais Laurent et Gérard savaient que la récréation était terminée : ils finissaient leur bière et retournaient à leur poste.

Le travail n'était pas amusant à cause du bruit épouvantable des moteurs, de la chaleur insupportable et des odeurs poisseuses qui régnaient dans la salle des machines, de la graisse et du cambouis dont ils étaient en permanence recouverts, mais les deux amis ne se plaignaient pas. Ils s'en sortaient plutôt bien et le mécanicien en titre, un Allemand

---

[11] [Espagnol] Machine.
[12] [Espagnol] Pistons.
[13] [Espagnol] Salade.

taciturne qui avait vite noté la connivence entre eux et le capitaine, leur fichait la paix.

Les huit jours de traversée jusqu'à New York se passèrent sans encombre. Le bateau parvint en vue de la côte américaine en fin d'après-midi et Laurent et Gérard se débrouillèrent pour rester quelques minutes sur le pont avant de retourner s'enfermer dans les entrailles apocalyptiques du monstre fumant et cliquetant, pour les manœuvres finales. Un immense soleil rougeoyant, voilé par une sorte de brume irisée, dessinait un disque de commencement du monde sur lequel se découpaient, en ombres chinoises, les menhirs dressés des gratte-ciel new-yorkais ; la mer prenait des teintes sanguines et mouvantes qui viraient au bleu sombre, au pied des constructions. Légèrement en avant et déjà presque dans la pénombre, telle un éclaireur de bienvenue, la statue de la Liberté élevait son flambeau figé pour guider les âmes errantes… Vision sublime, inoubliable, impressionnante et émouvante à la fois. Laurent était resté silencieux, en contemplation, mais Gérard crut bon d'extérioriser son émotion :

— Je n'arrive pas à y croire… Tu te rends compte ? C'est l'Amérique ! On arrive en Amérique !

— Espérons que ce sera la Terre promise…

Alvarez avait piqué une grosse, une énorme colère quand les deux compères lui annoncèrent qu'ils restaient à New York :

— Vous êtes dé pétites *coños*[14], dé salopards, dé… dé…

Il ne trouvait plus ses mots mais, en vérité, il ne pouvait s'empêcher d'éprouver de la sympathie pour eux et sa réaction ressemblait plus à du dépit qu'à du courroux. Quand il eut vidé son sac, plus pour se soulager que pour les faire changer d'avis, il conclut :

— *Bueno !* Zé mé réconnais bien là ! Zé dou faire la *misma cosa*[15] à votre âge… Zé vais rétinir *diez per ciento*[16] sour vos gages et pouis foutez lé camp ! Zé né veul plou vous voir !

Le dessein de Laurent et de Gérard était clair : ils voulaient gagner San Francisco pour se joindre au mouvement hippie, mais de l'intention à la

---

[14] [Espagnol] Cons.
[15] [Espagnol] Même chose.
[16] [Espagnol] Dix pour cent.

réalisation, il y a… la réalité ! La « galère » des routards connue à Bordeaux semblait une douce plaisanterie comparée aux difficultés qu'ils rencontraient sur le sol américain. D'abord, la langue : bien sûr, l'anglais et l'espagnol appris au lycée pendant plusieurs années auraient dû faciliter les choses mais, outre que ni l'un ni l'autre n'avait beaucoup « bûché » ces matières, il est vrai que le parler de la rue n'a que peu à voir avec l'enseignement dispensé dans les établissements scolaires. Il leur fallait donc des efforts considérables pour se faire comprendre et, plus encore, pour comprendre ! Ensuite, l'autorisation de séjour qu'ils avaient pu décrocher, limitée à trois mois, leur interdisait de travailler officiellement. Et, comme il faut bien vivre, on ne peut vraiment prétendre qu'ils restèrent toujours dans la parfaite légalité : les petits boulots « au noir », la « fauche », la politique du « pique-assiette » devinrent leur lot quotidien, au fur et à mesure qu'ils apprenaient à mieux se débrouiller – la « démerde » dans leur langage imagé ! – et qu'ils se forgeaient une philosophie de la survie en milieu urbain.

Mais New York avait de bons côtés. Cette cité de démesure possède une incroyable capacité à « digérer » les nouveaux venus qui trouvent toujours le moyen de s'intégrer à l'une ou l'autre des communautés ethniques ou confessionnelles que l'on retrouve suivant la géographie compliquée des différents quartiers, du Bronx à Harlem, de Greenwich Village à Chinatown, de Manhattan à Bowery… Il y règne une sorte de solidarité de la misère, qui ne va pas sans heurts, certes, mais dont on parvient assez bien à comprendre les mécanismes. En outre, en cette année 1969, de multiples mouvements intellectuels, nés dans le monde des artistes, des universités, dans les communautés minoritaires des Noirs, des Portoricains – dans la veine de *West Side Story* ou, plus récemment, de *Hair* – manifestent contre le racisme, contre la violence, contre la guerre au Vietnam, pour davantage de démocratie et de liberté, en bref, pour que le rêve américain, l'*American way of life*, devienne enfin réalité !

Une telle sensibilité ne pouvait qu'attirer les deux amis, eux qui s'étaient révoltés l'année précédente, pour briser le carcan de la société et qui venaient aux États-Unis pour vivre ce que vivaient les jeunes issus de ces revendications, ceux que l'on commençait à appeler la *Beat generation*…

Ainsi s'étaient-ils intégrés, tant bien que mal, dans cette mouvance marginale et cosmopolite où ils avaient rapidement hérité du surnom peu original de *Frenchies*. C'est dans ce contexte, assis à même le trottoir devant un magasin vendant des téléviseurs et comme, dit-on, six cent millions de téléspectateurs, qu'ils avaient assisté avec un émerveillement certain au premier pas de Neil Armstrong sur la Lune : « C'est un petit pas pour l'homme mais un bond de géant pour l'Humanité » avait annoncé l'astronaute en posant le pied sur le sol pulvérulent de notre satellite, le 20 juillet… Et c'est également comme cela que, le temps d'un week-end de la mi-août, ils se retrouvèrent avec plus de quatre cent mille autres jeunes sur les terres d'une ferme du nom de Woodstock pour le plus grand festival de musique de l'histoire. Pendant deux jours, ils vibrèrent à l'unisson des accords de Santana, de Jimi Hendrix, des Who, de Joe Cocker ou de Joan Baez dans un royaume de paix, de musique et de liberté, en fumant des « joints » de marijuana et en s'offrant des voyages au LSD ou à la mescaline. Même la pluie qui transforma l'endroit en bourbier ne put réfréner l'enthousiasme, le sentiment d'amour universel et de défi débonnaire à l'ordre établi ; on se vautrait nu dans la boue et on baisait sous les trombes d'eau, voilà tout ! Toute une jeunesse avait soudain l'impression qu'elle pouvait refaire le monde, à sa façon, meilleur, plus libre, pacifique, empli de fleurs et d'amour, l'impression qu'enfin on parlait d'une même voix, qu'on se comprenait, au-delà des clivages sociaux, des races, qu'on allait vraiment marcher dans la même direction. Laurent avait bien sûr vibré comme tous les autres pendant ces heures irréelles où le temps s'était suspendu mais, dans les jours qui suivirent, passées la liesse et les transes inoubliables, alors que tous les médias titraient sur « Woodstock, la fête pacifique du rock et du sexe », il se demandait ce que cela changerait à son univers et à celui de ses milliers de congénères.

– Regarde, dit-il à Gérard, un peu exaspéré, on y a cru, nous aussi, sur les barricades… Et qu'est-ce que ça a changé ? Si on a fait mai 68 pour la loi Faure, j'ai bien peur qu'on ait perdu notre temps et nos illusions !

– T'as peut-être raison mais ici, c'était différent… Quatre cent mille qu'on était ! Ça les a tous impressionnés !

– Ouais… En fait, ce qui les a étonnés, c'est qu'avec autant de jeunes livrés à eux-mêmes, tout se soit bien passé, sans violence et dans la bonne humeur. Ils auraient certainement préféré qu'il y ait eu des bagarres et des blessés ou des morts, comme ça, ils auraient pu dire : « Vous voyez bien, on ne peut pas vous faire confiance etc, etc… ». Mais maintenant que c'est terminé, que reste-t-il ? Des souvenirs extra, de la musique plein les oreilles mais crois-tu que Nixon va arrêter la boucherie au Vietnam, que tous ces vieux cons ouvriront leur cœur et leur portefeuille ?

— Alors, ce sont bien les hippies qui ont raison ! Il suffit de faire de la musique et de regarder avec détachement le monde s'agiter, laisse tomber Gérard, fataliste.

Puis, il se met à fredonner :

« Here comes the sun
Here comes the sun
And I say, it's alright[17]*… »*

Avant de reprendre :
— À propos, tu sais que notre permis de séjour expire dans moins de quinze jours ? Si on veut voir Frisco, il faudrait peut-être se magner le train !
— Bof !… On le fera renouveler…

Ils ne se rendirent pas à San Francisco…

Pourtant, le 15 novembre 1969, ils auraient bien aimé s'y trouver avec les quelque deux cent mille contestataires, rassemblés dans le parc du Golden Gate, qui scandaient : « Donnez une chance à la paix ! » En revanche, ce même jour, ils défilèrent pour des motifs identiques à Washington. Ce fut le plus grand rassemblement pacifiste jamais vu dans la capitale des États-Unis… Deux cent cinquante mille manifestants, avec en tête de nombreuses personnalités politiques telles que les sénateurs McGovern et McCarthy ou du spectacle comme le célèbre chanteur folk Arlo Guthrie, défilèrent du Capitole au monument de George Washington. Parmi ce peuple réclamant la paix, à côté d'une banderole qui proclamait : *America is wasting her resources*, l'Amérique gaspille ses richesses, Laurent, Gérard et leurs amis hurlaient alternativement « la guerre, ça suffit ! » et « faites l'amour, pas la guerre ! » en brandissant l'emblème de la paix. Ce jour-là, Coretta Scott King, la veuve du pasteur noir assassiné dix-huit mois plus tôt, prononça un discours émouvant mais engagé en affirmant que « la poursuite obstinée de la guerre était stupide et scélérate »…

---

[17] Chanson de George Harrison, *Here comes the sun*, 1969.

Cette manifestation calme et pacifique fut le dernier grand moment, le dernier engagement politique des deux *Frenchies* aux États-Unis car, quelques jours plus tard, alors qu'ils tentaient de faire prolonger une nouvelle fois leur autorisation de séjour, l'agent du bureau de l'immigration leur déclara sèchement :

– Nous sommes informés de vos agissements politiques sur le territoire américain, ce que vous vous étiez engagés par écrit à ne pas faire et nous savons, en particulier, que vous avez participé à la manifestation de Washington. Compte tenu du fait que votre permis expire bientôt, nous n'avons pas envisagé de mesure d'expulsion mais vous devrez avoir quitté les États-Unis d'Amérique le 26 novembre au plus tard ! Je dois vous prévenir que si vous ne le faites pas, vous vous mettez dans l'illégalité et vous vous exposez à une peine d'emprisonnement !

C'était clair et net !

Après avoir réfléchi un certain temps à leur situation et, même, envisagé de rester malgré tout, les deux amis optèrent pour la sagesse :

– Finalement, six mois aux *States*, y'en a marre ! dit Gérard.

– Ouais… D'autant qu'on était venu pour trouver le soleil, pour changer de vie et New York, c'est pas la joie de ce côté-là ! Il y a longtemps que j'en rêve : si on allait au Mexique ?

– Pour quoi faire ?

– Je n'sais pas… C'est un pays qui me fascine… J'avais lu quelque chose sur les Mayas ou les Aztèques – je ne me souviens plus – quand j'étais môme et ces pyramides, ces monuments, les rites solaires… ça m'avait passionné !

– Remarque, c'est vrai, moi aussi, ma mère m'avait amené voir un film avec Shirley Anne Field et Yul Brynner qui se passait là-bas, *Les rois du soleil* ou quelque chose comme ça… C'était super ! Ça m'a marqué… T'as raison, on pourrait y aller !

Et voilà comment nos deux routards, avec toujours aussi peu d'argent en poche, quelques vêtements de rechange et beaucoup d'illusions, se retrouvèrent au Mexique, à la poursuite de leur inaccessible Graal. Cela faisait un an qu'ils avaient quitté Sarcelles et les sinistres souvenirs de leur enfance, sans pour autant avoir atteint leur équilibre ni fait fortune… Quatre ou cinq cartes postales à leur famille représentaient le seul et ténu cordon ombilical les reliant à ce passé oppressant qu'ils semblaient avoir honni à jamais.

Mais il est vrai que la jeunesse a besoin de découvrir ses marques, sa place dans le monde : Laurent et Gérard vivaient leur parcours initiatique, à leur manière, avec la force et la faiblesse de leur âge et ses certitudes qui ne sont souvent qu'incertitudes.

Étaient-ils heureux ? Il y avait des moments forts, intenses – peu nombreux – et d'autres difficiles, très durs même, où le doute les assaillait. Mais au moins avaient-ils choisi et non subi. L'inconfort, ils s'en moquaient : on ne s'arrête pas à ces détails, à vingt ans ! Mangeaient-ils mal ou insuffisamment ? Ils s'en contrefichaient également : que sont les nourritures terrestres devant les folles espérances que l'on éprouve quand on a la vie devant soi ?

Non, ils n'avaient pas trouvé leur voie… mais ils cherchaient !

Le Mexique est véritablement un pays fascinant, pauvre sur le plan économique mais riche de cultures multiples, riche d'histoire et de civilisations, riche de couleurs, de senteurs et de musiques, un pays profondément attachant. En cette fin de janvier 1970, cela fait bientôt deux mois que nos deux héros parcourent le pays. Enfin, il serait plus juste de dire « se trouvent » au Mexique. Gérard est en effet tombé malade et a dû rester alité près de trois semaines pendant lesquelles Laurent l'a, bien entendu, veillé. Un bon *padre*[18] les a recueillis quand c'est arrivé et les a accompagnés dans un monastère de la Sierra Madre del Sur. Là, Gérard a été bien soigné et nourri jusqu'à son rétablissement, tandis que Laurent aidait les moines aux travaux des champs. Ces derniers non seulement n'ont exigé aucun dédommagement mais sont restés d'une discrétion absolue sur les convictions et le passé de leurs protégés, se bornant à faire ce qu'ils faisaient parce que c'est ainsi, parce que les Évangiles invitent à aimer son prochain et à soulager ses maux. Leur seul prosélytisme, en vérité, fut leur exemplarité et cela troubla fortement Laurent : il était certain que cette expérience le marquerait…

Pour l'heure, Gérard, bien qu'un peu pâle encore, était guéri. Après avoir quitté le monastère, ils se rendirent à Oaxaca, la ville toute proche qui a conservé son charme colonial avec son Zócalo ombragé, sa belle cathédrale et ses nombreuses petites églises. Cette cité abrite l'un des

---

[18] [Espagnol] Prêtre.

marchés indiens les plus pittoresques et les plus animés de toute la contrée et elle sert de point de départ pour la visite du prodigieux centre archéologique de Monte Albán qui vit s'épanouir la riche et troublante civilisation zapotèque.

Afin de ne pas fatiguer inutilement son ami qui avait manifesté le désir de découvrir le site de Monte Albán, Laurent avait décidé d'emprunter le mini bus qui, pour quelques pesos, évite une longue et harassante montée sous la canicule, au milieu des cactus candélabres. Alors qu'ils traversaient le Zócalo pour se rendre dans une rue adjacente au point de départ de l'autobus, Laurent, sans pour autant y prêter une attention particulière, aperçut un couple de touristes qui sortait de l'hôtel *Francia*.

Attendant à l'ombre d'une arcade que le véhicule, exposé en plein soleil et à l'intérieur duquel régnait une chaleur d'étuve, démarre, les deux amis discutaient tranquillement.

— Vous êtes Français ?…

Se retournant, Laurent reconnut le couple entrevu quelques minutes plus tôt :

— Oui… De la région parisienne… Et vous ?

— De Marseille ! Nous sommes en voyage de noces… Voici Caro et je m'appelle Jeff, Jeff pour Jean-François !

— Moi, c'est Laurent et lui, Gérard.

— Vous êtes là pour longtemps ?

— Bof… On n'sait pas… ça dépend…

Le mini bus était parti et après avoir tourné dans quelques rues populeuses et colorées, il attaquait la montée vers le plateau rocheux sur lequel s'étendait l'antique cité. Pendant le trajet, les deux garçons racontèrent leurs mésaventures.

— Est-ce que tu as vu un médecin ? demanda Jean-François.

— Euh… non. Mais les moines ont été sympa et m'ont bien soigné !

— Oui, peut-être, mais tu as l'air encore un peu faible ! Tu devrais être prudent !

— Où dormez-vous, le soir et qu'est-ce que vous mangez ? interrogea Caroline.

— Ben… c'est à dire… On n'a pas de ronds et vu la santé de Gérard, on n'peut pas chercher du boulot, alors…

— Ouais… On couche dehors, compléta Gérard. Cette nuit, par exemple, on a dormi sous un arbre, derrière la station-service…

— Mais c'est dangereux, on peut vous attaquer…

— Pour nous prendre quoi ? Et puis, s'il le faut, on peut se défendre, fanfaronna Laurent en sortant un magnifique couteau à cran d'arrêt caché dans le revers de la jambe droite de son jean.
— Que crois-tu que ça changerait si tu devais t'en servir ? laissa tomber Jean-François en faisant une moue dubitative.
— Et pour manger, alors, comment faites-vous ? insista Caroline.
— On se débrouille... On achète des fruits, des bananes surtout parce que c'est nourrissant et on les mélange avec du lait... Et puis, les tortillas, c'est pas cher !

Le bus était parvenu sur l'esplanade où fleurissait tout un petit commerce de marchands de souvenirs, de trafiquants de « vraies-fausses » *antigüedades*[19] – des statuettes ou autres objets antiques, supposés authentiques mais, bien sûr, fabriqués à la chaîne et vieillis artificiellement ! – de vendeurs de noix de coco ou de boissons... La vue était sublime, à couper le souffle, sur un horizon infini se déroulant sur 360 degrés, avec une luminosité inhabituelle qui accentuait l'atmosphère inoubliable et troublante du lieu. Et, surtout, là devant, se dressaient les vestiges, les ruines altières de ces pyramides, de ces temples et observatoires, de ces riches tombes mystérieuses qui encadraient une vaste place, impressionnante de perfection et de nudité.

Chacun était parti de son côté pour visiter les ruines écrasées de soleil, dans la torpeur de l'air immobile et brûlant, malgré l'altitude. Gérard restait encore trop faible pour parcourir entièrement l'immensité du site ; aussi s'était-il rapidement abrité sous la fraîcheur relative d'un arbre. C'est là que le jeune couple le retrouva vers midi :
— Que fais-tu ?
— Je me repose en attendant mon pote qui tenait à escalader toutes les pyramides !
Il avait les traits tirés et sa pâleur indiquait la fatigue.
— Où allez-vous manger ?
Gérard fit un geste qui signifiait à la fois qu'il l'ignorait et que, de toute façon, il était habitué à jeûner...
— Et tu crois que tu guériras vraiment, à ce régime ? L'aventure, c'est bien beau, mais pas à n'importe quel prix !

---

[19] [Espagnol] Antiquités.

S'asseyant à côté de Gérard, Jean-François réfléchit un instant puis déclara :
– Bon, attendons ton ami Laurent et vous viendrez manger avec nous au restaurant ! Je vous invite…

Chapitre 4

Mexico, octobre 1970...

Quand il réfléchit aux deux années écoulées, Laurent ne peut s'empêcher de songer à l'image d'un maelstrom... Dix-huit ans d'une vie morne et creuse qui ont soudain basculé dans un autre univers, tellement différent, où l'on ignore ce que réserve le lendemain, où l'on doit constamment lutter pour survivre, où les moments forts et intenses sont bien vite bousculés par des déboires sans fin...

L'anniversaire de ses vingt ans, en mars dernier, par exemple ! Drôle d'anniversaire puisqu'il le passa... en prison ! Eh oui, la « galère » des routards continuait pour lui et son ami Gérard. On aurait même pu dire qu'elle croissait et embellissait car s'il est déjà difficile de survivre à Bordeaux ou à New York, dans des pays à niveau de vie élevé, cela prend des dimensions inattendues dans un pays comme le Mexique où la misère est telle qu'il est parfois impossible de trouver de l'aide auprès de gens qui n'ont rien.

On pourrait certes, à la rigueur, obtenir à manger dans les campagnes, mais les contacts sont assez malaisés avec une population craintive et suspicieuse.

De plus, les *peóns*[20], dans les contrées indiennes, ne parlent même pas toujours espagnol, ce qui ne facilite pas les rapports. Ces problèmes n'existent bien sûr pas dans les villes : en revanche, l'approvisionnement

---
[20] [Espagnol] Ouvriers agricoles.

devient très compliqué et onéreux ! Il est donc parfois plus simple de… voler ! Et puis, comment faire autrement quand la faim tenaille le ventre ? On dit qu'elle est mauvaise conseillère et c'est bien vrai puisque Laurent s'est fait prendre en dérobant de la nourriture. Oh, ce n'était pas la première fois qu'il agissait ainsi, ni même la première fois qu'il se faisait pincer, mais il est encore des gens pour laisser filer les voleurs de pommes ! Ce ne fut, hélas pour lui, pas le cas ce fameux jour de mars où il fut arrêté la main dans le sac, dans un grand *supermercado*[21] du centre, situé à deux pas du *Palacio de Bellas Artes*[22]… On ne fait pas de cadeau dans ces endroits et être Français constitua en outre une circonstance aggravante. D'autant qu'il ne disposait naturellement pas des moyens de glisser des « billets verts[23] » aux policiers venus « s'occuper de lui », ce qui auraient pourtant pu arranger beaucoup de choses au royaume de la *mordida*[24]…

Il se retrouva donc en pension complète dans une charmante résidence, au confort raffiné et au personnel stylé portant uniforme, pendant une vingtaine de jours avant qu'un jugement expéditif – au cours duquel il n'eut même pas le droit à la parole ! – ne le condamne à deux mois de prison ferme et à une amende de six mille *pesos*[25]… Au moins put-il accomplir de rapides progrès dans sa maîtrise de la langue courante, au cours de ce séjour, dans la promiscuité d'une cellule prévue pour quatre et occupée par dix détenus ! Il n'est bien entendu pas certain qu'une telle situation forme véritablement le caractère ou incite à s'amender ; on pourrait même, sans grand risque, affirmer qu'elle aurait plutôt l'effet inverse ! Heureusement, sa qualité d'*extranjero*[26] le mit à l'abri de sombrer dans la délinquance caractérisée, seul avenir probable de ses compagnons d'infortune.

Son ami Gérard ne s'était pas totalement remis de sa maladie et il traînait de plus en plus difficilement le fardeau de sa pauvre vie. Leur relation, jusque-là étonnamment complice, commençait donc à se

---

[21] [Espagnol] Supermarché.
[22] Palais des Beaux-Arts.
[23] Des dollars US !
[24] À mi-chemin entre pourboire et corruption, une institution au Mexique, à l'instar du *bakchich* dans les pays arabes !
[25] Environ deux mille francs, à l'époque.
[26] [Espagnol] Étranger.

détériorer quand Laurent fut emprisonné. Livré à lui-même, affaibli et ne sachant que faire pour son camarade, Gérard appela sa famille à la rescousse. Après presqu'un an et demi de vagabondage, il rentrait au bercail, penaud et fatigué. Triste issue d'une aventure riche d'espérance !

De retour à Sarcelles, Gérard Darras rendit néanmoins visite aux parents de Laurent. Les Serrière se saignèrent aux quatre veines pour rassembler la somme correspondant à l'amende, à la caution permettant à leur fils une libération anticipée et au prix du billet d'avion pour le retour de l'enfant prodige et prodigue… Le consulat de France à Mexico se chargea « du bout des lèvres » des différentes formalités et, en une quinzaine de jours, l'affaire aurait pu être réglée. Mais c'était sans compter sur le caractère de Laurent !…

Au cours de ses nombreuses visites au consulat, pour remplir un nouveau formulaire ou signer un papier, il avait souvent eu affaire à une jeune secrétaire autochtone et tout son être avait ressenti comme une intense décharge électrique en sa présence. Elle était belle, d'une beauté farouche telle qu'il lui semblait impossible de la décrire de peur de rester trop en deçà de la vérité, avec une peau sombre et satinée, des yeux de braise et une abondante chevelure de jais qui coulait en cascade sur ses épaules. Elle possédait ce fascinant type mexicain mâtiné d'indien que des générations de mélanges ethniques avaient forgé dans le pays. Dans sa détresse morale et sa solitude, elle lui apparut comme, au choix, l'archange libérateur, une fée inespérée ou la promesse d'une vie meilleure. Il multiplia les occasions de se rendre à la *calle*[27] Havre, dans cette parcelle du territoire français où, curieusement, il rencontrait tout ce que le Mexique avait de mieux. Comme il s'en rendit vite compte, la jolie Juanita Perez – ainsi que l'indiquait le cavalier posé sur son bureau – ne paraissait pas totalement insensible au charme du jeune Français un peu aventurier, il advint ce que vous aviez sans doute déjà deviné…

La belle était de tendresse et de feu, sagesse et volupté, tempérament et raison, violence et féminité : Laurent en tomba fol amoureux, comme jamais il ne l'avait été. Alors que cela semblait une gageure, l'amour de Juanita parvint à l'assouvir et à le stabiliser. Il alla vivre avec elle dans le petit appartement qu'elle habitait dans la *Zona Rosa*, tout près du consulat et de la colonne de l'Indépendance. Elle l'aida à trouver du travail : c'est ainsi qu'il devint serveur au *Tenampa*, l'une des innombrables *cantinas*[28] de

---

[27] [Espagnol] Rue.
[28] [Espagnol] Lieux où l'on sert à boire et à manger, souvent en musique.

la *plaza* Garibaldi où les touristes noctambules ne manquent pas de se rendre pour écouter, jusque tard dans la nuit, les mariachis. Et, ironie du sort, parmi tous ces *Mexicanos* revêtus de leur magnifique costume traditionnel, chemise et pantalon sombres décorés de médailles scintillantes et tintinnabulantes, il était le seul à dissimuler sous son grand sombrero des cheveux blonds et des yeux bleus !

Les mois qui suivirent peuvent, sans hésitation, être portés au bilan positif de son existence. Il vivait comme dans un rêve, un rêve exotique, de surcroît ! Il était heureux et amoureux ou, si vous préférez, amoureux et donc heureux ! Juanita ne se contentait pas d'être très belle : elle possédait ce tempérament fougueux et déterminé hérité des conquistadors espagnols et des farouches guerriers aztèques qui transformait leurs nuits en délices infernaux et leurs journées en furia. Elle lui fit découvrir et aimer sa ville, son pays, sa culture… Elle décidait de tout et construisait pierre par pierre la pyramide de leur vie, équilibre et fantaisie, exaltation et sérénité. Laurent lui mangeait dans la main et trouvait cela normal. Lui aurait-on, à ce moment-là, demandé comment il envisageait son avenir que la réponse aurait fusé, assurée et définitive : une destinée à Mexico avec Juanita et des *niños*[29] à la peau sombre et aux yeux clairs.

Mais le propre des rêves, c'est qu'on se réveille toujours au meilleur moment ! Non, il ne passera pas sa vie avec la brûlante Mexicaine ! En cette fin d'octobre 1970, il se retrouve à nouveau seul et… à la rue. Décidément, ce rêve-là devait paraître trop idyllique, trop parfait pour lui être vraiment réservé, il y avait eu maldonne quelque part.

La différence de culture, de comportement, le niveau social, les incompréhensions mutuelles, des horaires décalés qui conduisaient l'un à dormir quand l'autre devait partir au travail, toute une conjonction de menues choses, avait provoqué une usure prématurée… Ah, il n'est pas près d'oublier ce qu'elle lui a dit, froidement mais le regard en feu, le matin où elle l'a congédié :

— En une semaine, tu n'as pas trouvé le moyen de rencontrer le *señor* Vallejo qui, sur mon insistance, était pourtant disposé à t'embaucher dans son agence de voyage. Tu es un incapable, Laurent… Pire ! Tu es un perdant !

---

[29] [Espagnol] Enfants.

— Mais, Juanita, je…
— Va-t'en ! Je ne veux plus de toi, je ne veux plus te voir ! Va-t'en…

Il avait passé la journée à pleurer, comme un enfant, vautré sur le canapé, mais un reste de fierté, ou de dignité, l'avait convaincu de quitter les lieux avant que sa farouche compagne ne rentre du bureau. Rassemblant ses maigres effets, il s'était rendu au *Tenampa* où son patron avait accepté de l'héberger dans l'une des inconfortables chambres occupant les étages.

Pendant une douzaine de jours, il avait, tant bien que mal, continué à assurer son service au milieu de la joyeuse cohue de la place Garibaldi, mais les rires stupides des touristes l'excédaient chaque jour davantage et même la musique des mariachis, qu'il adorait pourtant, ne parvenait plus à lui redonner la joie de vivre. À l'aube, il montait se coucher, épuisé, mais ne parvenait pas, le plus souvent, à trouver le sommeil tant il était obsédé par le souvenir, l'image, le parfum de Juanita. Mexico qu'il avait aimée avec elle devenait soudain une ville insupportable où trop de choses, trop de lieux rappelaient des moments heureux, maintenant révolus.

Il est quatre heures du matin et Laurent, exténué, regagne son antre : il se sent incapable de réfléchir vraiment, mais la décision qu'il rumine depuis plusieurs jours s'impose à son cerveau embrumé : demain, il part… demain, il reprend la route.

Il se jette tout habillé sur le lit, comme une masse, et s'endort.

Laurent a repris sa vie de routard, après cette parenthèse de quelques mois de bonheur absolu.

Il n'apprendra jamais – et peut-être est-ce mieux ainsi ou bien alors s'agit-il d'un drame ? – que, deux jours après son départ, Juanita est venue le chercher… Serait-il resté insensible au regard brouillé de larmes qu'elle ne put réprimer en apprenant qu'il s'était enfui sans laisser d'adresse ? La destinée semble parfois bien étrange et qui sait si, à deux jours près, deux existences n'auraient pas basculé différemment ?

Mais, pour l'heure, Laurent se dirigeait vers le nord. On ne peut pas dire qu'il allait sans but puisque son idée était de tenter de gagner, enfin, San Francisco, bien qu'il soit conscient des difficultés qu'il rencontrerait pour pénétrer aux États-Unis. Cependant, le moral n'y était plus… Il se trouvait seul désormais et le souvenir de Juanita l'obsédait jusqu'à la déraison, jusqu'à lui couper l'appétit, au fur et à mesure qu'il s'éloignait de Mexico. Il restait silencieux et prostré dans la cabine des *camiones*[30] qui acceptaient de le prendre en charge sur le bord des routes. Les journées passaient ainsi, mornes et tristes, le long de chemins poussiéreux, d'étendues arides et désertiques. Il s'était arrêté une semaine à Aguascalientes, en souvenir du rafiot qui les avait amenés dans le Nouveau Monde, puis quelques jours à Torreón et poursuivait sa fuite, toujours plus loin.

Était-ce à cause de l'eau ou des repas sommaires qu'il avalait du bout des lèvres, parce qu'il fallait bien se sustenter un peu, était-ce à cause de cette langueur qui le submergeait ? Toujours est-il qu'il ne se sentait vraiment pas dans son assiette, le jour où ce routier le ramassa à Yermo… Après plusieurs haltes d'urgence, le lourd véhicule était finalement parvenu à Ciudad Jiménez, une petite ville de l'État de Chihuahua, mais c'est à l'hôpital que le chauffeur déposa Laurent.

Sa maladie se prolongea une bonne quinzaine de jours pendant lesquels il fut correctement soigné, bien que l'établissement du lieu fût particulièrement ancien et vétuste. Cependant, comme il ne disposait ni de domicile ni de famille où se rendre en convalescence, les médecins décidèrent de le garder quinze jours supplémentaires afin de parfaire sa guérison, si bien qu'on n'était plus très loin de Noël lorsqu'il fut véritablement remis. Au cours de ces semaines d'hospitalisation, il avait gagné la sympathie du personnel qui considérait ce grand garçon *francés*[31] – si étonnant avec son physique de viking – comme la « mascotte » de l'hôpital. Il ne rechignait pas, dès qu'il fut en état de le faire, à prêter main forte aux travaux courants, aidant à la cuisine, s'occupant de l'entretien, tenant compagnie aux malades… Avec la santé revenue, il avait retrouvé sa joie de vivre, même si un observateur attentif aurait pu déceler, par moments, un voile de tristesse qui traversait son regard bleu virant alors au gris !

L'estime dont il jouissait lui fut bien utile quand il quitta l'hôpital. Il n'avait naturellement pas pu payer les soins et demeurait sans moyens. La police le convoqua et voulait le jeter en prison pour toutes ces raisons, pour vagabondage et puis parce que ses papiers n'étaient plus en règle. Mais ses *amigos*[32] intercédèrent en sa faveur, allant jusqu'à se cotiser afin

---

[30] [Espagnol] Camions.
[31] [Espagnol] Français.
[32] [Espagnol] Amis.

qu'il dispose d'un peu d'argent. Ce soutien inattendu lui permit d'éviter le cachot... pas la mesure d'expulsion prise à son encontre !

C'est ainsi que le 28 décembre 1970, deux ans presque jour pour jour après avoir quitté Sarcelles et sa famille, Laurent se retrouva dans un avion d'*Aero Mexico* qui le ramenait vers Paris...

Il avait appris à parler couramment l'américain et l'espagnol mais c'était bien la seule richesse avec laquelle il revenait !

Chapitre 5

Sarcelles, début de l'été 1971...

La chaleur est vraiment intenable dans les « cages à poules » de la cité. Malgré les fenêtres ouvertes – qui n'offrent même plus leur mince rempart aux bruits du voisinage – on dort mal et tout le monde semble tendu, énervé, agressif ; par moments, des éclats de voix s'élèvent d'un appartement et couvrent, en résonnant et se répercutant sur les façades, le son des postes de télévision, les cliquetis de vaisselle ou les pleurs de quelque bébé qui ne parvient pas à trouver le sommeil.

Laurent ne supporte pas mieux ses parents et leurs remontrances continues, leurs aigreurs étriquées, leur fatalisme de survie, leur mesquinerie de la pauvreté... Il étouffe également avec ses frères et la promiscuité de la chambre qu'il partage à nouveau avec ses sœurs le rend malade. Cette sensation de malaise est d'autant plus vive que, dans les semaines qui ont suivi son retour au bercail, l'attitude équivoque de sa jeune sœur Solange – qui vient d'avoir dix-sept ans – l'a troublé. En deux années, sa beauté s'est épanouie et, visiblement assez fière de son corps superbe, elle semblait en effet s'ingénier à s'exhiber devant lui, voire à le provoquer. Ainsi pendant cette période où Anne-Marie, l'aînée, s'était absentée trois nuits pour un stage de coiffure que son patron lui avait demandé de suivre à Marseille : le premier soir, quand il était entré dans la pièce, Solange, entièrement nue, s'affairait à ranger ses affaires dans le placard avant d'enfiler, avec une lenteur calculée, sa chemise de nuit. Laurent avait ressenti un choc étrange devant la perfection émouvante de ce jeune corps et s'était souvenu de ses émois et de son trouble d'antan, alors qu'il essayait de surprendre l'intimité de ses sœurs. Ce soir-là, il n'avait rien dit et s'était contenté de tirer le rideau de séparation.

Le lendemain, il la retrouva, toujours en tenue d'Ève, allongée sur son lit, occupée à feuilleter un magazine. Ses longues jambes étaient légèrement écartées et la vision qu'il eut, en pénétrant dans la chambre, fut ce petit sexe excitant à peine dissimulé par le duvet doré de son mont de Vénus. Plus troublé qu'il ne voulait l'admettre, il bougonna :
— Tu ne peux pas te tenir convenablement !
Et il tira rageusement le rideau pour s'isoler dans son coin.
Quelques instants après, Solange se dressait devant lui, la poitrine palpitante en avant, le regard provoquant :
— Ça te gêne de voir ta frangine nue ? Tu ne me trouves pas belle ?
Détournant les yeux, il répondit :
— C'est complètement déplacé !
— Tu ne vas pas me faire croire qu'en deux ans, tu n'as pas eu l'occasion de voir d'autres filles nues !
— Elles n'étaient pas mes sœurs…
— Et alors ? Tu fiches le camp sans rien dire, tu reviens en te prenant pour le Messie et tu voudrais imposer ta façon de vivre à tout le monde. Figure-toi que pendant ton absence, Anne-Marie et moi, on avait pris l'habitude de se mettre à l'aise : je ne vois pas pourquoi je me gênerais ! Moi, ça ne me dérangerait pas que tu te mettes à poil… Et puis, tu crois que je n'ai pas vu que tu bandes, le matin, en te réveillant ? ajouta-t-elle pour le défier.
Rougissant sous la remarque, il lâcha, moqueur :
— Tu ferais mieux de te trouver un petit ami !
— Ça me regarde !
— Bon, écoute, ça suffit ! File te coucher !
Vexée, elle lui tourna le dos… en lui montrant son derrière, qu'elle avait fort beau !

Pour couper court à tout nouveau problème, le troisième soir, Laurent se rendit au cinéma avec ses copains. Quand il rentra, assez tard, Solange dormait…

Néanmoins, depuis ces incidents, il se sent mal à l'aise dans cette chambre et la moiteur du moment qui oblige à coucher par-dessus les draps n'arrange pas les choses. Il étouffe, au sens propre comme au sens figuré.

Mais, en vérité, il éprouve également ce sentiment d'oppression en constatant le fossé infranchissable qui le sépare plus que jamais de sa famille. Depuis son retour, il doit bien admettre que leurs différences de conception de la vie paraissent insurmontables ; en un mot, il ne possède plus rien en commun avec eux. Les expériences vécues l'ont mûri, l'ont ouvert à autre chose que ce frileux et craintif repliement dans cette banlieue sinistre et sans espoir. Et puis, il y a le souvenir, obsédant, de Juanita. Ah, Juanita...

Bien sûr, au mois de mai, il a rencontré Nathalie et cela ne marche pas mal pour eux ; il aime bien cette fille un peu plus âgée que lui, avec son joli minois plein de taches de son et sa chevelure flamboyante, mais, au fond de son cœur, secrètement, c'est aux cheveux de jais de Juanita qu'il rêve, à ses profonds yeux noirs, de velours ou de braise, à sa peau cuivrée plus satinée et plus douce que la soie, à son corps ardent d'odalisque et, surtout, à son tempérament fougueux et tendre qui avait si bien su le dompter...

Alors il « traîne », Laurent, il traîne son oisiveté – que ses parents lui reprochent – il traîne son sentiment d'inutilité. Son univers, plus que jamais, est la rue où il retrouve ses copains et un peu de chaleur et de fraternité. Du moins le croit-il ! Il s'imagine bien, pourtant, qu'il faudrait faire quelque chose... mais quoi ? Ainsi, la bande de garçons et de filles se rassemble dans la toute relative fraîcheur des caves des immeubles, à l'ombre des arbres du square ou dans la salle de baby du café, en écoutant, comme une rengaine, Julien Clerc dans *Hair* en français, Johnny Halliday qui, comme Laurent il y a quelques mois, se voit à San Francisco ou les Beatles susurrant *Let it be* sur le juke-box de l'endroit...

Bien sûr, ils « fument » un peu car il est connu, n'est-ce pas, que la marijuana colore en rose les images grises de la vie. Et puis, comme le soutient Alain, qui n'est pourtant pas musicien, sa guitare joue beaucoup mieux quand son esprit s'échappe et s'envole avec les volutes psychédéliques de son « joint »... Ils chantent Dylan et Moustaki, vont au « cinoche » pour voir *Le Cercle rouge*, *Le Messager* ou *Orange mécanique*, piquent parfois des mobs ou une tire pour « faire les fous dans le quartier » – car il faut bien passer le temps ! – mais leur principale occupation consiste à refaire le monde, lors de discussions sans fin. Un monde qui se délite suffisamment sans eux…

Depuis son retour, Laurent a appris les mille événements qui font le quotidien de l'actualité, la mort du général de Gaulle à la fin de l'année dernière comme la bataille des ligues moralistes contre les « sex-shops » ou la chanson de Birkin et Gainsbourg *Je t'aime, moi non plus* ; les affrontements étudiants à Nanterre et Assas ou l'immolation par le feu de deux lycéens lillois au début de 1970 qui montrent que mai 68 n'a servi à rien ; mais aussi les « sit-in » qui ont récemment marqué l'injuste arrestation de Gilles Guiot, cet élève de Math sup' accusé de violence à agent, la progression inquiétante du chômage qui fait le pendant aux « affaires » défrayant la chronique ; ou encore la révolte des petits commerçants prêchant la grève de l'impôt derrière Gérard Nicoud, en mars 1970, tout autant que la victoire, bruyamment saluée par son père, de François Mitterrand au congrès d'Épinay, il y a à peine quelques jours…

Alors, à défaut de changer tout cela, ils rêvent d'une vie meilleure, à leur idée, une vie fraternelle, d'où la violence serait exclue, une vie communautaire, proche de la nature et en harmonie avec elle, avec le plaisir de faire pousser des fleurs, des milliers de fleurs que les filles disposeraient en couronnes dans leurs cheveux, de cultiver des fruits savoureux et bienfaisants, d'élever de blancs agneaux dont on tisserait la laine soyeuse ; ils imaginent s'arrêter, le soir venu, pour écouter le chant du rossignol en contemplant la voûte étoilée et faire l'amour dans un lit de mousse, avec le clapotis d'une source à leurs pieds…

Issu du *Flower Power* que les Américains avaient exporté sans difficulté vers le Vieux Continent, le romantisme du retour à la terre n'était pas loin et il suffisait de gratter un peu le vernis de cette jeunesse banlieusarde blasée et sans illusions pour trouver des trésors d'espérance candide. Et puis, il faut le dire à leur décharge, cette aspiration était dans l'air du temps !

— Et si on allait vivre dans une communauté, quelque part au soleil ?

Laurent était incapable de se souvenir qui, dans la bande, avait lancé cette idée mais elle devenait la formulation de ce qui trottait vaguement, depuis quelque temps déjà, dans sa tête.

Étendus, nus, sur le lit de Nathalie, après avoir fait l'amour dans la minuscule chambre de bonne qu'elle louait sous les combles d'une vieille maison bourgeoise mais sans confort, Laurent et son amie discutaient en fumant :

— T'en as pas marre de ton boulot à la con ? dit-il soudain.
— Ben… si, un peu. Mais comment faire ?…

Depuis qu'elle avait abandonné le lycée et sa famille, Nathalie avait fait divers petits métiers ; en ce moment, elle emballait des morceaux de viande dans des barquettes en plastique au Monoprix de Sarcelles, trois ou quatre heures par jour et, à ses moments libres, elle effectuait les commissions de personnes âgées ou un peu de ménage… Pas vraiment de quoi faire fortune !

— C'est vrai, c'est pas marrant, reprit-elle, mais c'est mieux que rien ! Tu devrais trouver un petit boulot, toi aussi…

Laurent tira plusieurs fois sur sa cigarette en silence puis se lança :

— Ça n'te dirait pas d'aller bosser à la campagne, je sais pas, moi : élever des poules, des lapins, cultiver des légumes… Être libre, être son propre patron, au bon air et au soleil toute l'année…

Nathalie se souleva sur un coude pour regarder Laurent d'un œil interrogatif mais ne dit rien. Perdu dans ses pensées, dans son rêve, il poursuivit :

— Je crois qu'il y en a plusieurs de la bande qui sont prêts à partir dans une de ces communautés dont on parle dans le Midi. J'aurais bien envie d'essayer car je n'en peux plus, j'étouffe, je n'arrive pas à me réhabituer à cette banlieue pourrie ! C'est sûr, j'ai galéré pendant deux piges mais au moins, j'ai vu autre chose, autre chose que ces immeubles hideux et que ce ciel gris ! Je ne veux pas crever ici, comme mes parents, comme tout le monde…

Un silence, puis, prenant la fille dans ses bras :

— Tu ne voudrais pas qu'on essaie ?

Nathalie ne ressemblait pas à Juanita, ni par son physique, ni par son caractère. En fait, personne ne pouvait la remplacer dans le souvenir du garçon. Pourtant, il s'entendait bien avec cette petite rousse douce et plutôt soumise qui comblait tant bien que mal son profond vide affectif. Si elle l'accompagnait, peut-être parviendraient-ils à changer leur destin, à construire quelque chose ? Sans se l'avouer, il avait besoin d'elle pour oser franchir le pas, comme il avait jadis eu besoin de son ami Gérard Darras pour partir à l'aventure. Mais Gérard n'habitait plus ici…

Si elle avait dit non, il est probable que le projet en serait resté là. Pourtant, après une courte hésitation qui voila, l'espace d'un instant, son regard, elle répondit :

— Pourquoi pas ? Ça ne peut pas être pire que ce qu'on a !

Laurent éprouva comme une sorte de délivrance : il venait de retrouver un but à son existence. Et de savoir qu'il ne s'engageait pas seul dans ce nouveau défi lui donnait le courage et la volonté nécessaires.

Dès le lendemain, tous deux évoquèrent avec enthousiasme leurs intentions devant leurs copains, en concluant :

— Et si on partait tous ensemble ?

Un certain nombre de ceux qui discutaient d'abondance sur le sujet regardèrent le bout de leurs chaussures ou trouvèrent de bonnes excuses pour se défiler, car entre vouloir refaire le monde et retrousser ses manches pour s'y atteler, il y a loin ! Même s'ils n'avaient pas grand-chose à perdre, quelques autres hésitaient devant l'inconnu ; ils étaient néanmoins tentés par l'aventure, d'autant que l'ascendant de Laurent sur ses camarades semblait important en raison de l'expérience de routard qu'il avait acquise pendant son odyssée de deux années !

En définitive, six se déterminèrent, deux filles et quatre garçons : outre Laurent et Nathalie, il y avait Christiane, Alain, Jean-Paul et Sébastien, surnommé « Cocotte » en raison de son premier diminutif qui était « Seb »[33] ! La plus âgée du groupe avait vingt-trois ans et le plus jeune, le seul à ne pas être majeur, allait avoir vingt ans dans quelques jours mais ne risquait pas le courroux de sa famille, étant orphelin de père et sa mère se trouvant bien trop occupée à nourrir ses quatre frères et sœurs pour s'aviser de critiquer.

Ils fixèrent leur départ au 6 juillet, se donnant deux jours pour préparer l'expédition. Au repas du soir, autour de la table familiale, Laurent annonça :

— Vous pouvez être satisfaits ! Avec des copains, on a décidé de descendre dans le Midi pour travailler à la ferme… Comme ça, je ne serai plus à votre charge ! On part le 6.

Tous les regards se tournèrent vers lui, marqués par la surprise. Le silence se fit, lourd, dans l'attente de la réaction du père. Ce dernier continua à manger un instant sans rien dire, puis il regarda enfin son fils avec – ô surprise ! – une lueur de bienveillance :

---

[33] La cocotte Seb était l'ustensile de cuisine incontournable des années 1960-1970.

— Décidément, Laurent, tu ne fais jamais rien comme les autres ! Au moment où tout le monde quitte la campagne pour embaucher à l'usine, toi tu veux aller travailler la terre ! Est-ce que tu t'es rendu compte qu'elle est basse, la terre ?

Il sembla réfléchir un instant :

— Remarque, il est bien temps que tu te prennes en main, alors... pourquoi pas ! Je vais te dire, j'y ai songé plusieurs fois moi aussi, mais, avec vous tous à nourrir, c'était guère possible...

Il cassa un morceau de pain, prit une bouchée qu'il mâcha consciencieusement. Sa réaction surprenante avait détendu l'atmosphère. Laurent qui s'était attendu au mieux à une indifférence sarcastique, au pire à la terrible colère paternelle, fut plutôt déconcenancé et ne trouvait rien d'autre à ajouter. Son père reprit :

— Savez-vous vraiment ce que vous ferez et où vous irez ?

— Euh... Pas trop, non. On verra bien...

— Une décision comme celle-là se prépare ! Bon, je sais que l'aventure ne t'effraie pas mais tout de même...

— On se joindra à des groupes qui sont déjà retournés à la terre...

— Ah ! Les « z'hippies » ! interrompit son père, d'un air goguenard. Je n'y crois pas beaucoup... C'est bien beau en théorie, mais paysan, c'est un métier et qu'en connaissez-vous, à part ce que vous voyez à la télé ? Quant à la gestion en collectivité, nous ne sommes ni en Russie, ni en Israël, alors les kibboutz à la Française...

— Eh bien, justement ! Pourquoi ça ne marcherait pas ? Il suffit de vouloir ! Et puis... t'as mieux à me proposer ?

— Non... c'est vrai... Va-s-y, mon fils : après tout, c'est une expérience qui en vaut une autre, conclut-il.

Laurent était sidéré : non seulement son père ne le condamnait pas mais il partait même avec sa bénédiction. Vraiment, il n'en revenait pas, pas plus que les autres convives, autour de la table. S'il avait su, Laurent, à quel point Antoine, son père, aurait aimé repartir vers la terre de ses ancêtres, vers une autre vie que la sienne, il aurait sûrement mieux compris son attitude et, peut-être, l'aurait-il estimé davantage ! Mais le destin en avait disposé autrement et jamais, chez les Serrière, on ne parlait du passé, de ce grand-père Louis, mort à la guerre, la Grande, en 1916, ni de sa femme, Françoise, que Laurent n'avait pas connue, pas plus qu'on ne mentionnait cette lointaine contrée cévenole d'où la famille était partie...

Tout cela était une autre histoire… Encore que !

Quand Laurent gagna sa chambre pour se coucher – il ne réalisait pas encore qu'il s'agissait de son avant-dernière nuit dans cette pièce honnie ! – il trouva Solange en pleurs. Anne-Marie était allée au cinéma avec son fiancé. Mis de bonne humeur par la compréhension paternelle autant que par les préparatifs de départ, il s'approcha du lit sur lequel il s'assit et demanda d'un ton compatissant :

— Qu'est-ce que tu as ? Pourquoi pleures-tu ?

Sans répondre, Solange se jeta dans ses bras, posa la tête sur son épaule et sanglota de plus belle. Il caressa doucement ses cheveux pour l'apaiser, ému et troublé par son parfum, cette odeur de femme qui hantait tous ses souvenirs depuis sa tendre enfance.

— Allons, allons, calme-toi… Qu'est-ce que tu as ?

Au milieu des hoquets et des spasmes qui secouaient son corps, accrochée à Laurent comme à une bouée, elle murmura à son oreille, de façon à peine audible :

— Emmène-moi avec toi… Je t'en prie, emmène-moi !

Il ne répondit pas, surpris de la requête et continua à caresser ses cheveux ; elle insista :

— Emmène-moi, Laurent ! Je t'en supplie ! Je ne veux plus rester ici…

— Tu sais bien que ce n'est pas possible, petite sœur !

— Mais pourquoi ?

— Eh bien parce que tu es trop jeune, papa ne voudrait jamais… Et puis, il faut que tu comprennes : on ne sait pas où on va, on ne sait pas si ça marchera !

— Y'a des filles qui viennent avec vous ?

— Oui, deux !

— Alors, pourquoi pas moi ?

Gentiment mais fermement, il la repoussa et la força à s'allonger. Elle était si belle avec son visage inondé de larmes, ses yeux suppliants et les convulsions qui l'agitaient encore. Elle prit la main de son frère et la serra sur sa poitrine, moite de son émoi et de la chaleur ambiante. Au travers du fin tissu de la chemise de nuit légère, Laurent sentait palpiter son cœur et le contact avec la rondeur ferme de son sein le troubla tellement qu'il frissonna. Il se détourna sans toutefois retirer sa main, l'esprit en ébullition. Comprimant encore davantage la main prisonnière sur sa poitrine, elle répéta :

– Pourquoi pas moi ?

Que pouvait-il répondre ? De sa main libre, il caressa délicatement son visage et essuya les larmes autour de ses yeux éperdus. Puis il se pencha pour déposer un baiser sur son front. À cet instant, elle l'attira vivement par surprise et, avant qu'il puisse comprendre ce qui lui arrivait, elle l'embrassa avec une violence inouïe, une fougue insensée, une passion proche de la déraison… Quand, finalement, ils reprirent leur souffle, il l'entendit murmurer d'une voix rauque, haletante, méconnaissable :

– Tu ne vois donc pas que je t'aime, que je t'aime à en perdre la tête ?

Ce qui se passa ensuite peut s'imaginer mais paraît difficile à exprimer… Un égarement que Laurent n'était pas près d'oublier, un égarement qui venait de s'inscrire dans sa mémoire et sa conscience en coupables et douloureuses lettres de feu.

Ce fut, en vérité, la dernière nuit qu'il passa chez ses parents car il partit rejoindre Nathalie dès le lendemain matin, l'âme chagrinée…

Chapitre 6

Trabassac[34], en Cévennes, été 1971...

Comment étaient-ils arrivés à Trabassac ?... Ce serait une longue histoire, un peu compliquée, à raconter ! Disons simplement que préexistait dans ce *vallat* des hautes Cévennes une communauté libertaire assez connue de la mouvance hippie adepte du fameux *Flower Power* et qu'un grand nombre de jeunes marginaux défilaient là pour quelques mois, parfois, ou, le plus souvent, pour quelques jours seulement...

Situé sur la commune de Molezon, débouchant sur la Vallée Française, ce lieu austère de la montagne schisteuse, marqué par des épisodes dramatiques de la guerre des Camisards, était alors déserté par les Cévenols. Les *zippies*, comme les baptisaient les autochtones, avaient trouvé dans ces confins reculés des quartiers[35] abandonnés, tombant en ruines, dont personne ne leur contestait l'occupation : Trabassac-le-Haut, Trabassac-le-Bas – les quartiers éponymes –, la Devèze, la Roquette, le Villaret, Ségalières, Témélac... Autant de noms aux consonances exotiques qui résonnaient comme des symboles de liberté et de retour aux sources aux oreilles de cette jeunesse post-soixante-huitarde ! Répondant au chant désespéré de Jean Ferrat, oui, ils la trouvaient belle, cette montagne, un refuge où pouvait s'épanouir la puissance du rêve, de

---

[34] Les principaux lieux cévenols mentionnés figurent sur la carte en annexe p. 209.
[35] Nom donné à un hameau, en Cévennes.

l'imaginaire, des représentations bucoliques et virgiliennes de la campagne…

Bien sûr, il y avait beaucoup de murs à remonter, ceux des mas qui s'accrochaient au roc jusqu'à se confondre avec lui, ceux des *faïsses*[36], aussi, où subsistaient les mûriers et le cyprès huguenot, qui serviraient aux cultures biologiques nécessaires à la vie du groupe. Mais on ne manquait pas d'enthousiasme et la vigueur de l'âge compensait – à la surprise goguenarde des paysans du cru – l'absence évidente de compétence et l'ignorance des contraintes du pays. Et, puisque cette société ne leur convenait pas et qu'ils aspiraient à une autre vie faite d'amour, de non-violence, de valeurs simples mais solides, il leur fallait absolument construire un petit univers indépendant sur des bases nouvelles. Donc, ils n'avaient pas le choix : tant pis s'ils passaient pour des hurluberlus, ils devaient réinventer le monde, leur monde !

L'immensité d'un ciel uniformément bleu, la beauté farouche du paysage, l'eau claire et fraîche du torrent, le silence, la légèreté parfumée de l'air, toute une sereine harmonie qui leur laissait deviner une douceur de vivre inconnue, composèrent les premières impressions des six amis qui s'étaient lancés dans l'aventure. L'accueil chaleureux et fraternel qu'ils reçurent dans la communauté de Trabassac, avec ses dizaines de garçons barbus et chevelus, ses filles, moins nombreuses, souvent vêtues à l'indienne ou avec des tissus fleuris, des bouquets ou des rubans dans les cheveux, ne pouvait que les convaincre qu'ils atterrissaient sur une autre planète, celle dont ils rêvaient au pied des immeubles sinistres de leur cité.

Les premiers arrivés avaient naturellement choisi d'occuper les *soulanes*[37] ; aussi conseillèrent-ils aux nouveaux venus de se joindre au groupe, davantage clairsemé, demeurant à Trabassac-le-Haut, le hameau le plus reculé du *vallat*, juste au-dessous de la crête de Fontmort, à la limite supérieure de la châtaigneraie. Il n'y avait là que quelques *bories*[38] en piteux état, rassemblées autour d'une étroite ruelle cahoteuse qui se perdait en une sente à peine marquée dans la lande rase. Seules deux ou

---

[36] [Occitan] Synonyme de *bancèls* et *traversièrs*, terrasses construites au flanc de la montagne et supportant les cultures.
[37] Adrets.
[38] Fermes d'aspect rustique.

trois bâtisses, une *segalièra*[39] et une clède[40], possédaient un toit en tôle ondulée dont la couleur métallique tranchait sur la teinte sombre des rustiques pierres de schiste composant les murs. Mais ce qui choquait le plus était l'étonnant entrelacs d'échafaudages aux tubes rouillés, les tas de gravier ou de sable, la bétonnière et une petite grue efflanquée.

Quand Laurent et ses compagnons arrivèrent, après la terrible montée en lacets qui avait considérablement alourdi leurs sacs à dos, dans l'intense canicule de cette après-midi de juillet, la source, à l'entrée des ruines, les accueillit. Elle aurait certes mérité d'être curée mais son eau limpide et glacée, qui coulait en abondance, leur parut la meilleure qu'ils n'aient jamais bue ! Le silence, ou plutôt la torpeur, était à peine troublé par des accords aériens de guitare portés, par moments, par une brise légère et brûlante.

Dans la fraîcheur apparente d'une grande pièce occupant tout le rez-de-chaussée de la ferme en cours de restauration, au milieu d'un bric-à-brac indescriptible, ils trouvèrent les hôtes des lieux, six garçons et trois filles. À l'exception de l'un d'entre eux, assis le dos au mur, qui grattait joliment sa guitare, ils étaient tous allongés sur des nattes et fumaient dans une pénombre propice...

— Salut ! Je m'appelle Laurent. On nous a dit, en bas, de venir nous joindre à vous parce qu'il y avait plus de place !

— Salut... Ouais, ricana l'un des garçons, pour ça, de la place, on n'en manque pas ! T'as vu toutes les ruines dehors ? Vous pouvez vous installer ici et dans la pièce au-dessus... Moi, c'est Willy !

— Vous passez ou vous comptez rester ? demanda une magnifique blonde en se levant sur un coude.

— Ben... on vient pour rester... Pourquoi ?

— Oh ! Travailler, c'est pénible... alors y'en a beaucoup qui repartent... Surtout les nanas, ajouta-t-elle en défiant Nathalie et Christiane du regard.

— On verra bien... laissa seulement tomber cette dernière qui compléta : je m'appelle Christiane !

Après les présentations, ils passèrent un moment à discuter, interrogeant leurs nouveaux collègues sur les us et coutumes du coin, sur

---

[39] [Occitan] De « seigle », grenier à céréales.
[40] Petit bâtiment servant au séchage des châtaignes.

ce qu'il était possible d'espérer et de faire... Finalement, Willy, qui semblait être reconnu comme le meneur de la tribu, déclara :

– Bon, c'est pas le tout, mais il faut aller bosser... Installez-vous et vous viendrez nous donner un coup de main pendant que Chris et Nat aideront les filles à préparer la bouffe...

Cela semblait clair et net et ne souffrait aucune discussion !

Les jours s'ajoutaient aux autres, sous un ciel constamment clément – ce qui émerveillait les jeunes Sarcellois, plus habitués aux nuages, à la grisaille et à la pluie – dans un environnement dont ils ne se lassaient pas d'admirer la beauté et la quiétude. On était déjà à la fin juillet alors qu'on avait l'impression d'être arrivé hier ou avant-hier !... Il faut dire qu'on n'avait pas le temps de s'ennuyer !

Tout à l'enthousiasme de la découverte, Laurent travaillait d'arrache-pied, comme jamais il ne l'avait fait. Non seulement il aidait le groupe à restaurer la ferme commune mais il s'était mis en tête de relever une vieille borie, au bout du chemin, dont le linteau, à l'entrée, portait gravée la date de 1667 ! Il avait fallu débroussailler, déblayer, trier les décombres, dégager, aplanir... Il faudrait bientôt gâcher du ciment, tailler des parpaings, renforcer, consolider, reconstruire... Mais en plus de tout cela, il y avait les chèvres, à traire et à soigner, les poules et les lapins à nourrir, le potager à biner, à fumer, à arroser afin d'obtenir ces légumes « biologiques » dont ils se régalaient ! Les filles s'occupaient des repas, de l'entretien, s'essayaient à l'artisanat, tissage ou poterie – Nadine, qui avait fait les Beaux-Arts à Paris, s'était même lancée dans la peinture sur lauzes ! – et prêtaient quelquefois main forte aux garçons...

Et puis, bien sûr, il y avait tous les travaux agricoles, car ils devaient aussi entretenir les superficies concédées par les propriétaires : coupes de bois et nettoyage des forêts, fenaison, soins aux châtaigneraies, défrichements... Et là, les conseils un peu narquois des anciens du village étaient certes bien utiles mais ils n'ôtaient rien à la difficulté de la tâche ! Bref, l'ouvrage ne manquait pas.

Bien entendu, tout le monde participait aux travaux collectifs, y compris ceux qui arrivaient un soir, la tête pleine de projets, et repartaient trois jours plus tard, fourbus, en soutenant que l'on gagnait davantage à chanter à la terrasse des cafés... Cependant, tous n'y apportaient pas le même rythme ni la même qualité : aux capacités physiques différentes des uns et des autres s'ajoutaient les divergences de vues, l'incompétence, quand ce n'étaient pas la paresse ou le parasitisme pur et simple ! Il devenait alors inévitable d'exclure celui ou celle qui nuisait au groupe. À son grand désespoir, Laurent avait ainsi dû, sur la pression de Willy et des autres « permanents », se résoudre à chasser Jean-Paul de leur petite communauté comme étant totalement inadapté à ce genre de vie.

Pourtant, malgré la lourdeur de la tâche, Laurent se sentait bien à Trabassac ; il avait l'impression – confuse, encore – d'avoir donné un but, un espoir, à son existence. Il partageait l'essentiel des idéaux de ces jeunes qui remettaient tant de choses en question et l'esprit libertaire ambiant (qu'il refusait de confondre avec les thèses anarchistes !) correspondait assez bien à son tempérament. En outre, à côté des contraintes, il y avait tellement de moments intenses, inoubliables !…

Les veillées, le soir, autour d'un grand feu allumé sous les étoiles, dans la douceur d'un air immobile et parfumé, avec le chant des grillons et le coassement des grenouilles dans la mare en fond sonore, représentaient un de ces moments privilégiés. On refaisait le monde, tout en couleur, on chantait, on « fumait » un peu, aussi, mais pas trop car il fallait être en forme, le lendemain. Puis, on allait se coucher et là, dans la pièce commune, on faisait l'amour… avec sa compagne ou avec une autre car, dans un groupe, tout se partage, n'est-ce pas ? Et, comme les filles étaient moins nombreuses, comment les célibataires, sinon, auraient-ils eu droit au repos du guerrier, pourtant bien mérité ? Après tout, cela ne posait guère de problème, depuis que le chanteur Antoine avait proposé de mettre « la pilule en vente dans les Monoprix » !

En vérité, même si ce n'était pas le cas présentement dans le hameau où Laurent et ses amis s'étaient installés, il y avait dans la communauté de Trabassac bon nombre de bébés nés non pas d'un couple constitué mais comme étant le fruit de ces amours collectives ; les enfants se trouvaient, de fait, adoptés par la tribu toute entière où ils s'épanouissaient dans un climat à la fois de grande liberté mais aussi d'affection attentive. Ces garçons et ces filles, élevés pour la plupart dans le carcan de principes dépassés, appliquaient à leur progéniture des méthodes qui choquaient, bien sûr, les vieux Cévenols du village mais qui avaient au moins l'avantage de bousculer les coutumes anciennes, d'essayer des logiques éducatives différentes… Et puis, croiser quelques filles qui affichaient avec une orgueilleuse impudicité leur grossesse débutante ou déjà avancée ne pouvait qu'émouvoir le curieux qui se serait aventuré par là.

D'autres instants bienheureux se déroulaient sur les berges du Gardon, quand la grosse chaleur du début d'après-midi invitait à aller se rafraîchir à l'onde limpide des vasques que les crues millénaires avaient creusées dans les roches brunes. Laurent avait découvert à cette occasion de nouvelles sensations indicibles, à la fois simples et chargées d'une étrange sensualité : celles de se baigner nu, de nager sans aucune contrainte, en sentant l'eau glisser partout sur la peau, puis de sortir, essoufflé, et de s'étendre voluptueusement sur la pierre tiédie, aux côtés de Nathalie qui, en tenue d'Ève, se gorgeait de ce soleil dont elle avait tant été privée… Il avait l'impression de se trouver au Paradis, en ce lieu enchanteur qui ressemblait aux premiers jours du monde. Et comme, dans cet Éden d'avant le péché, tout était permis, il ne se privait pas de croquer la savoureuse pomme étendue tout contre lui ! Sublimes instants d'extase que cette fusion des corps dans une autre dimension, seulement troublée par le doux clapotis de la rivière et les stridulations lancinantes des cigales… Ou, parfois, aussi, par le craquement d'une brindille ou le roulement d'un galet sous les pas de loup de ceux qui venaient sans vergogne *espincher*[41] les *zippies* nudistes ! Car si les Cévenols ne se gênaient guère pour critiquer ces *estrangers*[42] originaux, ils ne dédaignaient pas de laisser traîner leurs regards sur les formes émouvantes et largement offertes à leurs yeux de ces dévergondés !… Mais tout cela n'était pas bien grave et ne troublait aucunement les ébats de cette jeunesse qui avait décidé de s'affranchir une fois pour toutes des blocages de leurs parents et de la société.

La société, pourtant, ils la côtoyaient en bonne harmonie : ils ne la rejetaient plus, souhaitant seulement vivre en marge, à leur manière, avec leurs propres règles. Les rapports avec le village et les institutions restaient courtois et si l'on s'observait, on collaborait aussi, quand les intérêts des uns et des autres coïncidaient. Ainsi, les *zippies* avaient-ils rapidement appris à profiter des différentes aides dont ils pouvaient bénéficier, primes d'installation, emprunts au Crédit Agricole, fonctionnement en « GFA[43] » et ils convoitaient les conseils et le savoir-faire des anciens du pays. De leur côté, les autochtones appréciaient de voir cette jeune sève insouciante et finalement sympathique irriguer à

---

[41] [Occitan] Reluquer, lorgner.
[42] [Occitan] Étrangers.
[43] Groupement foncier agricole.

nouveau leur montagne moribonde, redonner vie à ces *bancèls* et ces *traversièrs*[44] abandonnés, repeupler les écoles et raviver le commerce, retardant d'autant l'exode final. Et si les vieux se montraient satisfaits de voir revivre les écarts, d'entendre encore tinter les sonnailles des moutons et des chèvres sur les herbages, de fouler des châtaigneraies entretenues, ils ne crachaient certes pas, non plus, sur les revenus – même maigres – qu'ils retiraient ainsi des terres jadis en jachère et désormais louées ou prêtées, moyennant versement d'une part de la récolte…

En définitive, tout le monde y gagnait et n'eussent été les profondes divergences de conception, la cohabitation ne se passait finalement pas si mal. Il y avait bien, par moments, des tensions lorsque des larcins étaient commis ou que d'autres événements mineurs survenaient mais, à la vérité, cela servait surtout à alimenter les disputes entre les « anti » et les « pro », à la terrasse du café ou bien les commérages chuchotés avec des regards de commisération, les jours de marché. Car le marché restait le lieu où les deux populations se rencontraient. Les *zippies* apportaient, en même temps que les fromages de chèvres, les légumes ou leur artisanat, une bonne dose d'excentricité et le chatoiement de leurs accoutrements qui choquaient dans ce milieu austère et policé. Les uns jouaient de la musique ou discutaient derrière leurs étals, en fumant leur herbe aux étranges parfums ; certains déambulaient entre les marchands d'un air oisif, s'arrêtant ici et ailleurs pour regarder, toucher un objet ou un vêtement, chapardant au passage une pomme par ci, un bibelot par là ; d'autres enfin en profitaient pour acquérir l'outil qui leur manquait ou les provisions indispensables à la survie de leur communauté, en payant sans barguigner…

Dans ces circonstances, mais aussi dans la vie courante, les contacts entre ces hippies et les gens du pays conservaient un caractère de cordialité même s'ils demeuraient en général assez superficiels. Car si les Cévenols sont cultivés et ouverts aux idées nouvelles – comme ils l'ont prouvé à diverses occasions, notamment en épousant très vite les thèses de la Réforme aux XVIe et XVIIe siècles – ils n'en restent pas moins méfiants et sévères, à l'image de leur rude et beau pays. Il leur faut du temps pour déverrouiller leur cœur et découvrir leurs sentiments : ils considéraient donc avec intérêt mais circonspection cette jeunesse déferlante qui, depuis deux ou trois ans, déboulait, l'été, dans leurs *vallats*

---

[44] [Occitan] Synonyme de *faïsses* et *bancèls*, terrasses cultivées.

et disparaissait, pour la plupart, dès les premières pluies de l'automne… Pourtant, les liens commençaient à se tisser, plus solidement, avec les courageux qui parvenaient à s'accrocher et à demeurer au pays.

En Cévenne, on connaît l'opiniâtreté et on la respecte !

Chapitre 7

Trabassac, hiver 1971-1972...

Une pluie pénétrante et froide sourd inexorablement, depuis trois jours, des lourds nuages ancrés aux crêtes de la montagne... Tout est triste et gris, l'humidité pénètre par les fenêtres et les portes disjointes sans que le grand feu qui brûle dans la cheminée – la seule note gaie – parvienne à réchauffer l'atmosphère. Mais l'ambiance régnant dans la borie restaurée de Trabassac-le-Haut n'est pas davantage chaleureuse. Des six garçons et trois filles présents à l'arrivée de Laurent et de ses amis, il ne reste, en ce milieu du mois d'octobre, que Jean-Louis, un bon à rien parasite et sale qui s'incruste, n'ayant nulle part où aller et trouvant à peu de frais, ici, le gîte et le couvert et Damien. Damien, lui, est un gentil garçon de vingt-quatre ans, plein de bonne volonté mais qui nage dans la plus complète utopie post-soixante-huitarde et n'a pas su tourner le dos à l'impasse politique de ce mouvement. Il voudrait bien rester, plus pour poursuivre son rêve que par véritable conviction, mais son état de santé et sa faible constitution laissent supposer qu'il ne tardera pas à regagner le douillet appartement familial du XVIe arrondissement, à Paris.

Par contre, à part Jean-Paul qui a rapidement été chassé par le groupe quelques semaines après leur arrivée dans la communauté, tous les amis de Laurent sont encore là, très certainement en raison de l'influence qu'il exerce sur eux, mais il paraît probable que cela ne durera pas.

— J'en ai marre de ce pays pourri, grogne Christiane. L'été, encore, ça va, mais maintenant, c'est sinistre et puis, on se gèle déjà… alors, qu'est-ce que ça sera, en janvier !

— Mais tu le savais, on en a souvent parlé…, argumente Laurent.

— Peut-être, mais j'en ai assez ! Et puis, ça suffit de servir de Madelon pour le repos du guerrier à tous les paumés qui passent par là et qui se barrent sans dire merci huit jours plus tard ! Ça suffit de se crever dix heures par jours pour des chèvres qui puent, quelques lapins et des poireaux étiques.

— Si tu le vois comme ça, alors… lâche « Cocotte », fataliste.

— Ouais, elle a raison ! Moi aussi, j'en ai marre ! dit Alain. Dès qu'il aura cessé de « déluger », je fous le camp ! Tu viens avec moi, Chris ?

Laurent voit rouge :

— Bon, écoutez ! Si c'est comme ça, vous êtes libres mais alors, partez tout de suite, qu'on n'en parle plus !

Surpris, Alain regarde son ami Laurent, puis les autres. Il va répliquer quand il constate que Christiane s'est levée et qu'elle commence à rassembler ses affaires.

— Bon, très bien ! se contente-t-il de répondre.

Christiane et Alain partis, le reste de la communauté libertaire des autres quartiers du *vallat* de Trabassac considérablement diminué, également, la vie s'organise pour passer l'hiver le mieux possible. Ce sera difficile car, à l'enthousiasme des premières semaines où, sous un soleil permanent, on restaure les ruines, on cultive des tomates et des radis, on célèbre le retour à la terre, succèdent les dures réalités cévenoles : le climat rigoureux, l'isolement extrême, les difficultés matérielles et les conditions de vie précaires, mais aussi le manque d'argent qui se fait beaucoup plus cruellement ressentir qu'aux beaux jours.

Pourtant Laurent n'en a cure : il a connu bien d'autres « galères » dans sa vie de routard ! Il travaille, comme jamais il n'avait travaillé, comme jamais il n'aurait seulement pensé en être capable ; il se surprend même à y éprouver du plaisir, une étrange satisfaction qui l'envahit et apaise son âme quand, le soir, il regagne la pièce commune le corps fourbu mais l'esprit serein. Il faut dire que les tâches ne manquent pas : le bois de chauffage à couper – et Dieu sait quelles quantités la cheminée peut engloutir pour obtenir une température de douze ou treize degrés ! –, les animaux à soigner et, déjà, les châtaignes à ramasser… Mais surtout, il y a la restauration de « sa » ruine, au bout du hameau, qui l'obsède. Il y peine jusqu'à l'épuisement, le plus souvent seul, faisant tout lui-même, aussi bien par manque de moyens que, très certainement, par défi, afin de « sentir » la pierre, sa réconfortante solidité, afin de... oui, de s'amalgamer aux mânes de cette bâtisse multi-centenaire, chargée de présence et d'histoire. Afin, mais il n'en a pas encore vraiment conscience, de se forger les racines qui lui manquent !

Le travail restant à accomplir paraît surhumain et tout autre que Laurent se découragerait à coup sûr. Mais lui voit bien ce qu'il a déjà fait et il sait qu'il parviendra au bout : il le sait parce que, poussé par une volonté farouche, incompréhensible, il le veut. Combien de fois a-t-il rêvé qu'il habitait la vieille borie avec une femme – Nathalie ? Le rêve ne donnait pas de visage à cette compagne... – et des enfants ? Une image du bonheur, la stabilité dont il a besoin et que, depuis des années, il quête, à sa manière, avec ses errements, bien sûr, mais avec constance.

Les loisirs, en hiver, ne sont pas nombreux dans la vallée... On ne peut plus aller plonger dans la rivière et les soirées paraissent longues. Cependant, Laurent a tant de choses à découvrir, tout à apprendre de la Cévenne ! Il lui arrive souvent, désormais, de partir dans la brume du petit matin pour aller à la rencontre de cette nature, si belle, si préservée et si sauvage... Non, il ne se joint pas aux chasseurs du village, qu'il croise parfois, car il déteste la chasse et sait bien qu'il ne pourrait tirer sur le sanglier aperçu au détour d'un sentier ou sur les grives fuyant avec des criaillements affolés à son approche. Il se contente d'arpenter ce territoire immense et secret, son territoire ! L'automne affiche des couleurs somptueuses aux flancs des montagnes, des couleurs dont il n'avait même pas l'idée dans la grisaille de sa cité. Le mauve des bruyères s'estompe à l'ombre rousse des châtaigniers et, çà et là, les teintes purpurines d'une treille ou l'or transparent d'un mûrier trahissent la proximité d'un mas. Un observateur attentif ne manquerait pas de déceler la fumée bleutée et diaphane qui s'élève de la cheminée avant de se diluer dans les derniers pans blancs rosés des vapeurs matutinales dissipées par la parution du soleil.

Laurent monte sur le serre Long ; de cette vigie, il domine une mer houleuse de monts et de vallées roulant à perte de vue ses flots figés... À ses pieds, ce *vallat* de Trabassac qui l'abrite depuis cinq mois déjà, cinq mois seulement alors qu'il s'imagine avoir toujours vécu ici. En face, bien visible depuis que l'ascension du soleil a chassé les dernières ombres, dans son écrin de végétation, le château de la Devèze ; un peu plus au sud, à flanc de coteau, les maisons de Ségalières et là, en contrebas, la tour ruinée du Canourgue qui paraît surveiller, altière et pathétique, la Vallée Française. Plus loin encore, la Corniche des Cévennes et le Pompidou, que la masse impressionnante de la can de l'Hospitalet semble écraser. Et, toujours plus loin, le Val Borgne que l'on devine au creux d'une vague, dominé par l'Aigoual déjà couronné, comme une écume bouillonnante, de poudre blanche !

Pris de vertige devant cette immensité d'où émane une telle sensation de puissance paisible, Laurent se retourne et, là, aperçoit, véritable monstre assoupi dont les naseaux semblent exhaler quelques cumulus neigeux dans le ciel azuréen, l'échine redoutable du Bougès... Il respire à pleins poumons, se pénètre de cet air vivifiant, de ce spectacle sublime. Mais quelle est cette impression étrange qui l'envahit, ce bien-être, cette sérénité jamais encore éprouvée ? Pourquoi ce sentiment non pas de découvrir le monde des Cévennes, mais de le... *re*-découvrir, de s'y sentir... chez lui ?

Plus les jours passent, plus Laurent sent monter en lui l'indicible bonheur de se trouver ici. Le ramassage des châtaignes est terminé : il les a toutes livrées à son propriétaire qui se chargera de les vendre et lui paiera sa part. Il a donc un peu plus de temps qu'il met à profit pour explorer, toujours plus loin, la contrée.

Le jour n'est pas encore levé quand il sort silencieusement de la pièce légèrement éclairée par le rougeoiement des braises dans la cheminée. C'est à peine si Nathalie s'est retournée et a émis un petit grognement quand il a quitté leur couche. Chaudement vêtu car il gèle à pierre fendre, il a pris la besace dans laquelle se trouvait le casse-croûte préparé la veille et le voilà cheminant le long du chemin de Témélac qui serpente à mi-pente, face à l'est... Si le noir reste encore total, le faisant parfois trébucher sur les cailloux, il commence cependant à entrevoir au-delà des arbres, face à lui, le ciel qui rosit derrière la crête, au-dessus de la Roquette. Le froid vif a achevé de le réveiller et il presse le pas pour se réchauffer. Quand il traverse Témélac, un chien aboie et vient lui renifler les mollets puis, satisfait, retourne se coucher. En contrebas, sur sa gauche, maintenant, il observe les lumières de Pont-Ravagers qui scintillent dans l'air pur. Et, un quart d'heure plus tard, alors qu'il passe en-dessous de la tour du Canourgue, les premiers rayons du soleil effleurent le sommet de la montagne, vers Barre-des-Cévennes.

Où va-t-il ainsi, Laurent, de ce pas alerte et décidé ? Il marche, tout simplement, sans but précis autre que celui de découvrir vraiment ce pays que, déjà, il aime. Il a bien, vaguement, l'idée d'aller jusqu'au Pompidou mais c'est plutôt l'inspiration et les sentiers sous ses pieds qui le guident ! S'il savait à quel point il marche vers son destin !

En coupant par les avers[45] et le col de Tartabisac, il débouche soudain sur une sorte de petit cirque verdoyant et serein avec des pâturages encore couverts de gelée blanche malgré le grand soleil qui éclabousse le paysage de sa chaude lumière ; les châtaigneraies étendent leurs branches dénudées vers le ciel et, au bord d'un repli de terrain, la magnifique église romane de Saint-Flour veille un minuscule cimetière envahi d'herbes folles. Passant à travers champs, Laurent gagne le petit édifice et là se produit un événement que nul n'aurait pu prévoir, que ses amis refuseraient sûrement de croire : il y pénètre et, avec une sorte de ferveur respectueuse, il se recueille un moment... Revenu à l'air libre, assis sur un muret, il contemple longuement, très longuement, le vallon devant lui. Un ruisseau murmure, en contrebas et, dans le ciel limpide, une buse quasi immobile guette sa proie.

Après cet instant privilégié où le temps semble s'être suspendu, Laurent reprend sa marche. En quelques minutes, il atteint Le Pompidou qu'il visite rapidement avant de faire halte au bistrot où il commande un café pour accompagner son casse-croûte.

— Y a-t-il un chemin pour descendre vers la Vallée Française ? demande-t-il en réglant sa consommation.

— Où vas-tu ? interroge le cabaretier.

— À Trabassac !

— Ah ! C'est un de ces *zippies* de Trabassac ! rigole un des quatre ou cinq consommateurs attablés.

— Mouais... si vous voulez... lâche Laurent. Vous avez quelque chose contre ?

— Oh, non ! répond l'autre. Surtout que vous z'êtes pas nombreux en cette saison ! T'es un courageux, toi ! Il me semble t'avoir déjà vu à Sainte-Croix... T'es là depuis longtemps ?

— Début juillet.

---

[45] Ubacs.

– Oh ! En voilà un qui s'incruste ! ricane son interlocuteur. Tu comptes vraiment rester ?
– Pourquoi pas ?… C'est dur, mais ça me plaît !
– Tu sais, ici, on n'aime pas beaucoup les fumistes mais c'est pas nous qui te chasserons ! C'est plutôt le pays qui te dégoutera, ah, ah, ah !
– On verra bien…
Puis, se retournant vers le patron, il interroge du regard.
– Bon, tu peux emprunter la route de Biasses, par le Masaribal, là en face, reprend ce dernier. Mais c'est un peu long. À moins d'un kilomètre, tu trouveras un chemin à gauche qui va au Masaout. Prends-le, ça te raccourcira…
– D'accord, merci.
Se tournant vers les clients :
– Au revoir, messieurs !
– Adieu, petit ! Et… bon courage !

Laurent change à vue d'œil. En quelques mois, il a beaucoup mûri et semble s'être débarrassé de sa carapace de jeune banlieusard blasé, plutôt irréfléchi, laissant place à un être sensible et travailleur. Ses relations avec Nathalie se ressentent de façon très positive de cette évolution ; elles ont pris plus de profondeur, de densité et, pour tout dire, il est persuadé de vivre un grand amour qui se construit, jour après jour, sur les bases d'un projet non encore vraiment exprimé – parce que certainement toujours du domaine de l'inconscient –, un projet qui prend corps au fur et à mesure que les pierres de la borie se redressent, celui de jeter l'ancre sur ce ressac des Cévennes ! Même si les blessures ne sont pas complètement refermées, il est bien loin le temps de la folle passion pour Juanita et New York, le Mexique relèvent à coup sûr d'une vie antérieure ! Laurent a besoin, maintenant, de solidité, la solidité du roc cévenol et pourquoi la rousse Nathalie, si robuste dans son corps et si naturelle dans sa tête, ne représenterait-elle pas l'anneau scellé au rocher de ce port ? Bien sûr, ils n'ont jamais véritablement envisagé tout cela ensemble, mais qu'est-ce qui l'empêcherait ? N'a-t-elle pas accepté de venir jusqu'ici, n'est-elle pas restée, ne travaille-t-elle pas avec vaillance et courage, sans jamais se plaindre ?
Bien sûr, aussi, il faut la « partager » avec ses compagnons : c'est la règle ! Mais cette règle ne lui convient plus et il est persuadé que Nathalie elle-même la supporte de plus en plus mal. Elle évite, en effet,

ostensiblement Jean-Louis ; il est vrai qu'il devient tout à fait odieux et qu'il serait temps qu'il parte ! Mais elle ne met guère plus d'enthousiasme à « satisfaire » Damien ou « Cocotte ». Par contre, à l'évidence, cela ne marche pas mal de ce côté-là entre elle et Laurent !

En cette froide mi-décembre 1971, la santé de Damien, justement, leur pose quelque problème. Le garçon s'accroche à ses illusions mais il tousse beaucoup trop et sa pâleur et sa maigreur deviennent inquiétantes. Comment lui faire comprendre qu'il vaudrait mieux qu'il retourne chez lui sans lui donner l'impression de le chasser ? Ce soir-là, pourtant, Laurent a une idée. Ils sont assis en arc de cercle devant la cheminée où brûle avec de belles flammes jaunes une énorme souche de châtaignier :

— Pourquoi n'irais-tu pas passer les fêtes de fin d'année avec ta famille, Damien ? Tu en profiterais pour te soigner et te reposer et tu nous rejoindrais un peu plus tard, à la fin de l'hiver...

Damien, entortillé dans une couverture, ne répond pas, le regard vague fixé sur la danse incessante des flammes.

— Laurent a raison, reprend Nathalie. T'as l'air crevé, il vaudrait mieux que tu y ailles !

— Et puis, poursuit Laurent, je suis sûr que tes parents seraient ravis de t'avoir pour Noël. On te garde la place...

Semblant sortir de ses pensées, Damien articule finalement :

— Ouais... ça serait une idée ! J'y vais quinze jours, trois semaines... un mois maxi et je reviens en forme ! On pourrait se lancer dans le tissage... Ça me botterait, moi, le tissage !

— Ben... pourquoi pas ? Va te soigner et on discute de cette possibilité à ton retour !

Jean-Louis, vautré sur son grabat, un peu en retrait et indifférent à tout, n'a rien dit mais « Cocotte », après s'être raclé la gorge, comme il le fait à chaque fois pour signifier qu'il veut parler, déclare :

— Ouais, c'est une bonne idée, Damien. Moi aussi, j'aimerais en faire. On fabriquera un métier et, l'été prochain, on ira vendre nos produits à Saint-Jean-du-Gard ou à Anduze !

Satisfait et rassuré de constater qu'il retrouverait sa place, Damien lâche :

— Bon, c'est d'accord ! Demain, j'irai à Sainte-Croix pour téléphoner à mes vieux et je pars à la fin de la semaine !

Un moment de nostalgie flotte sur l'assistance car tout le monde sait parfaitement que Damien ne reviendra jamais…

Quelques jours plus tard, un incident qui aurait pu avoir des conséquences dramatiques éclate soudain. Une pluie glaciale tombait d'un ciel bas depuis le matin. Que le temps se radoucisse un peu et la pluie se transformerait en neige ! Le sol détrempé est devenu boueux et les occupants du quartier de Trabassac-le-Haut ne sont sortis que pour vaquer aux tâches indispensables. En cette fin d'après-midi, alors que l'obscurité gagne encore plus vite qu'à l'accoutumée le creux du *vallat*, Laurent est allé s'occuper des bêtes dans la bergerie. Nathalie, près de la cheminée, est plongée dans la lecture de *La Ronde de nuit* de Modiano tandis que « Cocotte » s'acharne en bougonnant à réparer le moulin à café, endommagé par sa chute du manteau de la cheminée… Tout à coup, la porte extérieure s'ouvre violemment sur Jean-Louis, faisant sursauter les deux compagnons.

— Putain de temps ! grommelle-t-il.
— Eh ! Essuie tes godasses, tu salis partout ! s'insurge « Cocotte ».
— Tu m'emmerdes ! Si t'es pas content, c'est pareil !
— Ah, non ! Là tu pousses ! Non seulement tu ne fous rien mais en plus, tu sèmes la panique ! glapit « Cocotte » en posant son tournevis. Y'en a marre maintenant !
— Va te faire foutre ! lâche Jean-Louis.

Excédé, « Cocotte » se lève et se précipite sur le garçon, poing levé. En un instant, eux, les pacifistes soixante-huitards, en sont venus aux mains et les coups pleuvent avec ardeur.

— Arrêtez, bon sang ! hurle Nathalie.

Mais ils n'écoutent plus… Elle se précipite alors dans la cour pour appeler Laurent. Celui-ci arrive, affolé par les cris de sa compagne. Il pénètre dans la pièce commune au moment où Jean-Louis, sentant qu'il a le dessous, attrape un couteau et se rue sur « Cocotte » qui recule, soudain saisi d'effroi.

D'un bond, Laurent a ceinturé l'agresseur et réussi à le désarmer ; il le gifle plusieurs fois, à la volée :

— Mais t'es malade, ou quoi ! C'est pas vrai, t'es complètement cinglé !

Jean-Louis, saignant du nez, tombe à la renverse au sol. Il reste affalé, totalement hébété. Laurent s'efforce de retrouver son calme :

— Je ne sais pas qui a commencé et je ne veux pas le savoir mais je ne tolèrerai pas que quelqu'un utilise une arme ici ! Tu es un parasite et un cinglé ! Je te donne cinq minutes pour foutre le camp ! Et je ne veux plus te voir dans le coin, t'entends, pauvre type ? Fous le camp !

Une heure plus tard, sans avoir desserré les dents mais le regard fuyant et penaud, Jean-Louis avait quitté les lieux… La soirée, bouleversée par cette altercation, fut morose pour les trois amis, d'autant que la tombée de la nuit avait amené un brusque redoux et que la pluie s'était transformée en gros flocons blancs ; ils tombaient drus, en silence, étouffant tous les sons et recouvrant rapidement le paysage environnant d'un manteau phosphorescent qui diluait les formes. Les occupants n'avaient pas l'habitude de ce climat et éprouvaient soudain une sorte d'oppression indéfinissable, accentuée par l'impression de se trouver isolés, au bout du monde, dans un univers ouaté et incertain… Le feu brûlant dans la cheminée, seul signe de vie et source de lumière, réchauffait ainsi autant l'âme que le corps !

Le lendemain, au lever du jour, la neige avait cessé de tomber mais la couche, au sol, atteignait bien trente à quarante centimètres. Le paysage, pourtant familier, baigné dans une clarté glauque et irréelle, leur parut, pour le coup, méconnaissable. Ils n'osaient pas sortir, hypnotisés par cette blancheur immaculée, par la douceur des formes, par la pureté translucide des stalactites de glace pendant du bord des toits.

Les jours passaient, dans une imperturbable lenteur que confirmait une nature assoupie, immobile… Noël n'était plus loin et Laurent se sentait heureux et apaisé, en harmonie avec cette nouvelle vie qui paraissait, à la vérité, être inscrite dans ses gènes, refléter ses états d'âme, faite pour lui, en somme !

Il aimait beaucoup son ami Sébastien – « Cocotte» ! – mais, sans se l'avouer, il aurait préféré le voir partir, aussi, pour demeurer seul, avec Nathalie, avec sa compagne et vivre enfin une vie de couple, une vie équilibrée à laquelle il aspirait chaque jour davantage. Bien sûr, ils n'étaient pas trop de deux hommes pour le travail qu'il y avait à faire mais, tout de même, lui et Nathalie…

Le vallon de Trabassac avait été quasi déserté et, seule une poignée de jeunes courageux s'accrochait dans quelques hameaux des environs. Le pays était redevenu le domaine des Cévenols qui vivaient en bas, au Pont-Ravagers et à Sainte-Croix. Leurs relations avec les isolés qui, manifestement, souhaitaient s'intégrer étaient bonnes, masquant même, parfois, une certaine admiration un peu gaussante !

Alors qu'il était descendu au village pour faire des provisions, Laurent fut surpris de se trouver interpelé par l'épicier :

— Eh, Serrière ! On fait une veillée samedi soir, chez Mazel… Ça vous dirait de venir, toi et tes amis ? On mangera des châtaignes et on boira un coup de clinton[46] ou de Cartagène[47] !

— Ben… je n'sais pas…

— C'est comme tu veux mais c'est avec plaisir qu'on vous invite ! Et comme ça, on ferait mieux connaissance, ajoute-t-il après une pause.

— Oui, c'est très gentil… Ça nous ferait plaisir, mais pour rentrer au milieu de la nuit, ça fait une trotte et il doit cailler !

— Oh ! Ça ne finira pas tard, dix heures et demie, onze heures au plus ! Et puis, si vous voulez, Joubert, de la Roque Basse, pourra vous déposer avec sa camionnette, en rentrant…

— Dans ces conditions…

— Eh bien, c'est dit ! Venez vers sept heures et demie, huit heures moins le quart.

Voilà comment Laurent, Nathalie et « Cocotte » se retrouvèrent dans une grande salle voûtée où brûlait un bon feu de bois de chêne et de châtaignier, avec dix-sept ou dix-huit Cévenols rassemblés en petits groupes qui discutaient bruyamment. Leur entrée fit taire les conversations et tourner les têtes.

— Ah ! Voilà nos jeunes de Trabassac ! Entrez donc ! s'exclama l'épicier en venant à leur rencontre.

— Bonjour la compagnie ! fit Laurent.

La fumée de tabac se mélangeait à la savoureuse odeur de châtaignes qui grillaient dans une poêle percée, au-dessus des flammes, donnant à la pièce une atmosphère chaleureuse.

— Bien le bonsoir, répondirent plusieurs voix.

— Venez vous asseoir… reprit l'épicier.

Les jeunes *estrangers* furent rapidement adoptés par l'assemblée ; ils durent raconter leur existence, d'où ils venaient, comment ils vivaient, confier ce qu'ils pensaient du pays et… de ses habitants, écouter les histoires et les anecdotes des uns et des autres… Les châtaignes et le vin aidant, l'ambiance avait monté d'un cran : on riait, on plaisantait mais on

---

[46] Vin un peu rugueux de montagne.
[47] Vin doux à base de moût de raisin.

échangeait aussi les nouvelles, du monde un peu, du *Païs*[48] surtout, évoquant les heurs et malheurs des parents ou connaissances, commentant sans fin la dernière récolte, le pont qui s'était effondré sous l'effet des crues d'automne, les aides insuffisantes aux agriculteurs, les impôts trop élevés et tous ces petits riens qui font la vie d'une communauté campagnarde.

La politique n'est, bien sûr, pas absente des discussions et chacun y va de son commentaire sur les « affaires » du moment, la feuille d'impôt de Chaban-Delmas ou le scandale de la Villette, sans oublier les intérêts mirifiques proposés par la Garantie foncière ! Les plus perspicaces dissertent même sur la crise du dollar et les accords de Bretton Woods, après la rencontre de Nixon et de Pompidou, il y a quelques jours, aux Açores…

Mais c'est Laurent qui, sans le vouloir, provoqua la discussion, qui allait se prolonger une bonne partie de la nuit, lorsqu'il questionna :

— J'ai entendu parler d'une bataille de Camisards pas loin de là où nous habitons. Que s'est-il passé ?

Il ne savait pas encore que parler des Camisards à un Cévenol revenait à entrer à la fois dans l'Histoire et dans la Légende !

— Oh, là, là, c'est une longue affaire ! laissa tomber le père Mazel en retournant les châtaignes.

— *Té*, pardi ! Sûr que c'est une longue affaire… mais ta réponse, elle, paraît un peu courte, Louis, s'esclaffa Lucien Roux du mas de la Fabrègue. Si vous voulez, je vais commencer… Y'en aura bien pour me contredire !

Il se caressa un instant le menton pour se donner le temps de réfléchir :

— Tu vois, Laurent, avant d'évoquer ce qui s'est passé dans votre *vallat*, il faut d'abord comprendre le pourquoi. Depuis bien longtemps déjà, le Roi-Soleil persécutait les Huguenots des Cévennes et, par les dragonnades, les incitait à se convertir…

— Ouais ! On appelait ceux qui abjuraient les *Nessi*[49] ! interrompit Joseph Balme de Gabriac.

— … si bien que Louis XIV finit par révoquer l'Édit de Nantes, en 1685. À partir de là, les protestants durent aller à la messe – on disait :

---

[48] [Occitan] Pays.
[49] Prononcer « nèssi » pour NC, nouveaux convertis. De nos jours, dans les villages, ce terme - évolution sémantique frappante - désigne un benêt, un faible d'esprit (synonyme méridional : *fada* !).

« aller à contrainte » ! – et faire semblant d'être bons catholiques s'ils voulaient avoir la paix. Mais ils supportaient mal l'autorité des curés…

– Tu veux dire les brimades et les vexations, oui ! dit une voix au fond.

– … et allaient faire des « assemblées du désert »… Il y a plein d'endroits où ils se réunissaient, par ici ! Tiens, au Castandel, près de chez vous, dans une châtaigneraie, il y a une grande pierre plate sur laquelle se tenait le prédicant.

– On dit qu'ils se réunissaient aussi à la *jasse*[50] du Puech, près de chez moi, affirma Marthe Rouvière du mas Roger.

Lucien Roux reprit :

– Mais les miquelets les pourchassaient et ceux qui n'étaient pas tués étaient envoyés aux galères, à Marseille, sur *La Réale* ou *La Superbe*. Dans la vallée, rares sont les familles qui n'ont pas un galérien parmi leurs ancêtres…

L'orateur se servit et but avec une évidente satisfaction une bonne rasade de vin. Après s'être essuyé la bouche du revers de la main et alors qu'un silence attentif s'était installé, il poursuivit :

– Tant et si bien que les pauvres *raïols* n'en pouvaient plus…

– C'est quoi, un *raïol* ? interrogea Nathalie.

– Eh bé, ma jolie, si on m'interrompt sans arrêt, je n'vais jamais y arriver !

– Oh, Lucien ! Comment veux-tu qu'elle le sache ! *Raïol* est la déformation patoise de « royaux » parce que les Cévenols étaient réputés pour leur fidélité au Roi…

– Mais je croyais que les Camisards se sont battus contre le Roi et ses soldats ! remarqua Laurent.

– Bien sûr ! s'exclama Lucien Roux. Mais c'était pour leur liberté de conscience, pas « contre » le Roi ! Je disais donc que les pauvres Huguenots n'en pouvaient plus des persécutions et de la contrainte morale, surtout les jeunes… C'est alors qu'en juillet 1702, ils tuèrent l'abbé du Chayla qui était à la solde de l'intendant Basville.

– Eh, Lulu ! Tu vas un peu vite, s'insurgea l'épicier. Il faudrait dire comment…

– Bon, d'accord, Marcel, mais si je rentre dans les détails, on y passe la nuit ! Je voulais juste rappeler le contexte pour en arriver à raconter les

---

[50] [Occitan] Bergerie.

événements qui se sont déroulés dans les environs ! C'est bien ça que tu voulais savoir ? ajouta-t-il en regardant Laurent.

— Oui, mais c'est vrai que ce que vous racontez est intéressant ! J'aimerais bien lire un livre sur les Camisards !

— J'ai un bouquin là-dessus... *Itinéraire d'un Camisard* ou quelque chose dans ce genre. Si tu veux, je te le prêterai ! proposa Jacques Couderc qui était resté silencieux depuis un long moment.

— Oh, toi, le « papiste[51] », tu crois peut-être que ton supposé ancêtre serait fier de toi ? D'après ses études « géologiques » ou je ne sais trop quoi, il prétend descendre de la famille de « La Fleur », un chef Camisard dont il porte le nom et le prénom !

— Tu sais bien que c'est vrai, que j'ai retrouvé des traces dans les registres paroissiaux et dans le compoix de Barre ! Et puis, on ne dit pas « géologique » mais « généalogique » ! Enfin, je te répète que je ne suis pas papiste, même si mon père s'est converti pour épouser ma mère !

— Vous avez fini de vous chamailler ! Bon, alors, je continue ? demanda Lucien Roux.

— Oui, oui ! répondirent en cœur Laurent, Nathalie et plusieurs autres voix.

Pendant ce temps, « Cocotte », apparemment peu intéressé par la discussion, s'empiffrait de châtaignes qu'il faisait allègrement glisser avec le clinton. La lueur des flammes du foyer commençait d'ailleurs à se refléter sur sa face rubiconde.

— Très bien ! Après avoir assassiné l'abbé au Pont-de-Montvert, la troupe de Camisards est allée en divers lieux. Elle a tué un curé à Frutgères, puis un autre et son sacristain à Saint-André-de-Lancize...

— Ce n'était pas le sacristain mais le régent, autrement dit l'instituteur !

— Bon, Jacques, le régent ! Mais tu seras bien d'accord avec moi pour dire que les « soldats de l'Éternel » sont ensuite venus au château de la Devèze ?

— Le ... château de la Devèze ? s'étonna Laurent. Celui de notre vallon ?

— *Té*, pardi ! Et quel autre voudrais-tu que ce soit ? Ah ! C'est une bien triste affaire que celle du château de la Devèze ! Figure-toi qu'il était habité par une famille huguenote retournée au papisme et connue pour

---

[51] Nom donné aux catholiques par les protestants ; plutôt injurieux à l'époque des Camisards !

sa sévérité envers ses anciens coreligionnaires. Les Camisards attaquèrent la demeure et ils l'incendièrent après avoir dérobé les armes qui y étaient entreposées. Ils tuèrent tous les occupants, mais, le pire, c'est qu'ils massacrèrent également deux femmes, de la plus atroce des façons…

– À ce que mon grand-père me racontait, ils ne l'avaient pas volé ! Tu sais bien qu'ils maltraitaient des enfants ! déclara Mazel.

– Mais ce n'était pas une raison pour assassiner de la sorte des innocentes ! Après ce coup, les « attroupés », comme on les appelait alors, se rassemblèrent au plan de Fontmort, juste sur la crête, là-haut. Ils furent surpris par les soldats et plusieurs furent faits prisonniers, dont leur chef Pierre Séguier, dit « Esprit », avant d'être brûlés ou pendus. Il y eut deux autres combats à cet endroit de Fontmort, pendant la guerre des Camisards, si bien que l'on y a érigé une stèle en souvenir…

– « Josué prit une grande pierre, la dressa devant le peuple et il dit à Israël : ce monument vous sera un témoignage », proclama sentencieusement Elie Gout de Pont-Ravagers.

– Bravo, Elie ! ricana Lucien Roux. On voit que tu n'as pas oublié l'Ancien Testament ! Quelqu'un veut continuer à ma place ? Je commence à avoir la pépie !

– Eh bien, bois un coup et continue !

Tout le monde rit de la plaisanterie. Mazel se leva, servit Roux et ses voisins. Le conteur prit son verre et but avec délectation :

– Ah ! Ça fait du bien ! Mais il n'y a que moi qui raconte

– Eh, *cougourle*[52] ! Tu ne vas pas nous faire croire que tu n'aimes pas ça ! s'esclaffa Marcel, l'épicier. Allez, *vaï*, ne te fais pas prier !

– *Cougourle* toi-même ! Il s'est passé pas mal d'événements dans les environs, à cette époque, comme quand « La Fleur », l'ancêtre de Jacques, donc, a brûlé le château et l'église du village… C'était en…

– … En janvier 1703 ! précisa le… descendant !

– Oui, c'est ça, merci ! Mais l'événement le plus important fut la bataille de Témélac, en octobre 1702. Il avait beaucoup plu et les armes, mouillées, firent long feu, si bien que la troupe de Camisards se débanda rapidement. Les soldats du capitaine Poul tuèrent néanmoins le chef Gédéon Laporte et douze de ses compagnons. Poul leur fit trancher la tête et les exposa, toutes les treize, à Saint-Jean-du-Gard et sur le pont d'Anduze. Cette macabre exposition impressionna considérablement les esprits car ma grand-mère – qui le tenait elle-même de ses grands-parents

---

[52] [Occitan] Sorte de cucurbitacée. Dans ce cas, familièrement, personne un peu… naïve.

– avait coutume, quand j'étais enfant, de me menacer d'aller chercher le « méchant capitaine Poul » pour qu'il me coupe la tête, si je n'étais pas sage ! Autant dire que je me tenais alors à carreau !

— Eh, les jeunes ! Si vous allez vous balader au-dessus du quartier de Témélac, observez attentivement les troncs des vieux châtaigniers : ils portent encore les traces des balles tirées pendant la bataille ! confia avec un air de conspirateur le vieux David Roucayrol que nul n'avait entendu prononcer une parole de la soirée, occupé qu'il était à tirer sur sa bouffarde.

— C'est vrai ? questionna Laurent, étonné.

— On voit effectivement des traces, avança prudemment Lucien Roux, mais je me garderai bien d'affirmer qu'il s'agit d'impacts de balles vieux de plus de deux cent cinquante ans !

Ils continuèrent ainsi à bavarder sans fin, évoquant cette Histoire devenue Légende qui avait transformé les Camisards en héros merveilleux dont le combat contre l'oppression imprégnait à jamais l'âme cévenole de la certitude qu'il faut résister, ce qu'ils n'ont, depuis, jamais véritablement cessé de faire… Mazel rajoutait toujours des bûches dans l'âtre et alignait les bouteilles vides sur le manteau de la cheminée. C'est ainsi qu'une veillée qui devait durer jusqu'à « onze heures au plus » se prolongea jusqu'à près de… trois heures du matin !

Laurent était non seulement fasciné par tout ce qu'il avait entendu et découvert mais aussi remué jusqu'au tréfonds de son être tant il s'identifiait à ces farouches soldats pour la foi. Et alors qu'ils avançaient dans la nuit avec leur torche, après que Joubert les eût déposés en bas de la côte conduisant à Trabassac, ce n'était pas de froid qu'il tremblait mais d'émotion !

Chapitre 8

Trabassac, été 1972...

Le temps s'écoule lentement, dit-on, pour ceux qui s'ennuient et beaucoup plus vite pour les actifs occupés par les projets qu'ils se sont fixés. À ce compte-là, les heures ont défilé bien vite pour Laurent Serrière, son amie Nathalie et Sébastien car les occupations ne leur manquent pas, surtout depuis qu'avec le printemps, les beaux jours sont arrivés, prolongeant d'autant les travaux extérieurs. Laurent en a d'ailleurs profité pour poursuivre la restauration de « sa » ruine, au bout du hameau et il n'est pas mécontent des résultats, même s'il est loin d'avoir terminé !

Mais, avec le beau temps, les hirondelles ne sont pas les seules à être revenues... Dès le mois de juin, des *zippies* – comme s'obstinent à les appeler les Cévenols et... comme Laurent lui-même se surprend à les baptiser en son for intérieur ! – sont de retour et juillet a vu leurs troupes se renforcer encore davantage. Ils ont envahi les paisibles quartiers, avec leur philosophie bon marché qui ne semblait guère avoir évolué, en quatre années, depuis mai 68 et qui se contentait de tout remettre en question, sans vraiment chercher à construire quelque chose de sensé et solide. Ils se sont installés, frais et dispos mais pas plus vaillants pour autant, trouvant normal de profiter du travail de la poignée de courageux qui avait « trimé » tout l'hiver pour que les murs soient habitables, les *bancèls* garnis de légumes frais, les arbres chargés de fruits savoureux et que les chèvres, en bonne santé, fournissent à suffisance le lait permettant de fabriquer les succulents pélardons…

Bien sûr, cette jeunesse insouciante et décontractée a ramené l'animation turbulente dans les *vallats* silencieux et les berges du Gardon ont retrouvé les éclats de rire, les chants, les accords de guitare des étés précédents. Les autochtones ont ainsi pu retourner à leurs postes d'observation secrets pour *espincher* la nudité sans fard des couples faisant l'amour sur les rochers tièdes et ombragés… Il est également vrai que l'ambiance des veillées autour des feux et des grillades garde un côté chaleureux et bon enfant, finalement bien sympathique. Mais, même si Laurent se reproche quelquefois sa sévérité envers ce qui fut, il n'y a pas si longtemps, son mode de vie, il doit avouer être agacé par le manque de réalisme, l'absence d'ambition et, en définitive, le parasitisme de ses congénères. En fait, maintenant qu'il a compris ce que représente le travail, la somme d'efforts et d'abnégation qu'il faut pour obtenir un résultat, souvent maigre, il ne supporte plus d'en partager le bénéfice avec des « pique-assiettes » paresseux ; lui qui se croyait pourtant vacciné contre une telle tentation découvre soudain toute la signification de l'instinct de propriété !

Il a bien essayé, à plusieurs reprises, d'organiser la communauté libertaire de Trabassac mais, outre l'aspect évanescent et instable des groupes, les uns arrivant un jour, d'autres partant le lendemain, il s'est heurté, au mieux à l'indifférence et, plus souvent encore, à la réticence de ceux qui trouvaient plus commode de vivre aux crochets des autres, refusant toute contrainte et toute directive au nom, bien entendu, de la liberté et de l'épanouissement de la personnalité !

Après s'être trouvés à trois pendant les longs mois hivernaux, ils sont maintenant quatorze adultes, dont seulement quatre femmes et trois enfants en bas âge à se partager les deux grandes salles aménagées dans le vieux mas de Trabassac-le-Haut. Cette promiscuité devient intolérable à Laurent, au point qu'il travaille d'arrache-pied à rendre une ou deux pièces de sa borie habitables plus rapidement que prévu pour pouvoir y vivre avec Nathalie. Car, il faut bien le dire, s'il rechigne déjà à partager le fruit de son dur labeur avec les nouveaux venus, il est désormais révolté de voir, en outre, son amie participer au repos de ces guerriers sans victoire et, même, sans bataille ! Non, il n'admet plus de devoir aussi l'abandonner à ces inutiles dont il se surprend fréquemment à souhaiter le départ. Il voudrait tant vivre ici, seul avec elle, s'enraciner, fonder une famille, voir ses enfants courir dans les prés…

S'est-il demandé si Nathalie le souhaitait également et voyait l'avenir de la même façon ? Le lui a-t-il seulement proposé clairement ? À la vérité, non, mais cela ne coule-t-il pas de source ? Et puis, comment exprimer ce qu'il éprouve, à la fois ses sentiments pour elle – qui n'ont rien à voir avec la passion folle jadis éprouvée mais que l'on peut sûrement appeler de l'amour – et cette exaltation pour ce pays, cette terre de Cévenne où il se sent « chez lui » ?

Alors, évidemment, il n'a pas su – ou voulu – voir le voile qui brouille parfois le regard de Nathalie, depuis quelques mois ; il ne comprend pas son exaspération ni les mouvements d'humeur qu'elle manifeste, certains jours, pas plus que son désir de se rendre « à la ville », Alès, Nîmes ou Montpellier, beaucoup plus souvent que nécessaire… N'importe qui verrait qu'elle s'ennuie, que cette vie étroite et pénible lui pèse. Laurent parle de son mas, de troupeaux, de récoltes et rêve de mariage et d'enfants ; Nathalie se tait, comme toujours, mais songe à autre chose, à une autre existence, sans savoir comment rompre avec celle-là !

Outre Nathalie, le groupe de Trabassac-le-Haut compte donc trois femmes : Marie-Paule, une paumée de vingt-deux ans, mère de deux enfants visiblement nés de pères différents puisque l'un est blond aux yeux bleus et l'autre… a le teint café-au-lait, qui a atterri ici après bientôt cinq années d'errance et plusieurs tentatives de suicide ; Shirley, elle, a hérité son prénom et ses grandes dents d'une mère anglaise. À vingt-sept ans, elle ne s'intéresse qu'à deux choses : le sexe et la drogue, abusant de l'un et de l'autre au point de paraître déjà usée et flétrie comme une reinette du Vigan ! Le dernier enfant est celui de Denise, une gentille et jolie fille de moins de vingt ans que la vie ne semble pas avoir épargnée. Séduite et engrossée par un hippie « cheveux longs et idées courtes » qui vient de l'abandonner pour partir avec une autre, elle se retrouve complètement désemparée, sans aucun moyen de subsistance et ne sachant où aller puisque sa famille l'a rejetée.

Sans se l'avouer, sans même peut-être s'en rendre compte, Laurent est ému par Denise ; il sent bien qu'elle n'est pas comme les autres et que seul son désarroi l'attache à leur communauté. Comme elle fait d'énormes efforts pour s'adapter et qu'elle participe courageusement aux tâches collectives tout en s'occupant avec soin et tendresse de son fils qui n'a que huit ou neuf mois, Laurent, insensiblement, la prend sous sa protection et, avec un ton bourru pour dissimuler ses sentiments, il l'aide et la réconforte.

En cette belle journée de fin juillet, il est affairé à placer l'électricité dans les pièces restaurées de sa maison. Cela fait déjà des heures qu'il y travaille, seul, avec un étonnant acharnement car il voudrait au moins terminer la salle de bain ; profitant de ce que le soleil se couche tard en cette saison, il poursuit sa besogne sans même s'interrompre pour le repas du soir. Il a bien espéré que Nathalie viendrait lui donner un coup de main ou, au moins, lui apporter un sandwich et une bière fraîche, mais non, rien de tel ne se passe. Tant pis !

La nuit commence à tomber, il ne doit pas être loin de neuf heures et demie et, comme on n'y voit plus beaucoup, il se résout à allumer sa lampe à gaz quand il entend un pas dans la cour. « Ah ! pense-t-il, elle se décide tout de même à venir voir ! » Il n'est pas mécontent car il a bien avancé et il espère que Nathalie appréciera. Elle est entrée en silence alors qu'il est face au mur pour fixer un collier :

— J'ai presque terminé, annonce-t-il. Tu vas voir…

Pas de réponse. Il se retourne et lâche, surpris :

— Ah ! C'est toi, Denise !

— Je t'ai apporté un morceau à manger… T'as vu l'heure ? Tu dois mourir de faim !

— C'est gentil… dit-il en détournant la tête pour ne pas montrer son émotion.

Après un instant, il ajoute, balayant ses travaux d'un geste circulaire :

— Regarde, c'est pas mal, hein ?

— Oui, c'est très bien ! Tu as fait du bon travail… Quand envisages-tu de venir t'installer ?

— Oh ! Pas avant un mois, un mois et demi, au mieux… Il reste encore beaucoup à faire !

— … Bon, je te laisse…

Elle hésite, puis quitte la pièce. Le cœur de Laurent bat comme un fou dans sa poitrine. Sans bien réaliser ce qu'il fait, il lance, dans un souffle :

— Denise ! Attends ! Tu n'veux pas rester un moment pour me tenir compagnie pendant que j'mange ?…

La fille s'est retournée avec vivacité, comme si elle attendait ou espérait ce rappel ; elle sourit :

— Si tu veux…

— Viens t'asseoir là, dit-il en désignant une caisse. Je fais un brin de toilette et j'arrive.

Il ôte sa chemisette et sort. Quelques minutes plus tard, il revient, le torse ruisselant :

— Ah ! Ça fait du bien de se rafraîchir !

Il s'installe à côté de Denise et attaque sans plus attendre et avec appétit le sandwich qu'elle lui a apporté. Elle demeure silencieuse, le regardant manger avec une sorte de dévotion – ou de tendresse.

Au bout d'un moment, les yeux dans le vague, Laurent interroge :

— Es-tu heureuse d'être ici ?

— … Oui.

Il a bien perçu l'hésitation :

— … Mais ce n'est pas la vie que tu espères !

— Eh bien… disons que je paie ma naïveté ! Mais il faudrait que je trouve une solution…

Elle se tait, pensive, puis ajoute :

— En tout cas, je te suis reconnaissante pour ton attitude, pour ton soutien… Pourquoi es-tu si gentil avec moi ?

Il mastique consciencieusement son pain, sans répondre. Le sait-il seulement pourquoi il agit de la sorte ? Il avale d'un trait la moitié de sa canette de bière avec une évidente satisfaction et déclare :

— J'ai aussi connu la galère mais, là, je crois que j'ai trouvé ma voie… Je voudrais rester ici, je sens que je suis fait pour ça… Mais pas dans une communauté, non, j'en ai marre !

Il a terminé son casse-croûte et, après un instant de réflexion, propose :

— Que dirais-tu d'une promenade sous les étoiles, l'air est si doux !

— Oui, d'accord…

Il enfile sa chemisette, éteint la lampe à gaz et tous deux sortent dans la nuit.

Ils se dirigent vers la campagne par les prés qui jouxtent sa maison. L'obscurité est totale, malgré la faible luminescence de la voûte céleste, mais Laurent connait tellement le sentier qu'il pourrait le parcourir les yeux fermés. Il a pris Denise par les épaules, moitié pour la guider mais aussi moitié par une sorte d'élan irraisonné de tendresse que la complicité du noir rend possible. Il a nettement senti la jeune fille tressaillir et, sans se faire prier, elle s'est blottie au creux de son épaule. Ils avancent sans bruit, goûtant le moment privilégié. Devant eux, la crête de Fontmort découpe dans la Voie lactée des lambeaux de ténèbres et les grillons meublent le silence de leurs cricris romantiques… Ils n'ont pas parlé, mais, sans savoir comment c'est arrivé, leurs bouches se sont soudain soudées en un long, long et ardent baiser. Puis ils ont roulé dans l'herbe sèche et ont fait l'amour avec une intensité et une passion inégalée…

Ils sont là, nus sur le foin odorant, haletants, en sueur, apaisés et heureux de l'instant inoubliable, le regard scrutant dans le ciel les fugaces fils argentés tissés par les étoiles filantes. Une éternité plus tard, serrant Denise dans ses bras, Laurent murmure :

— Je t'aiderai à t'en sortir ! On trouvera un moyen ! Courage et… patience !

Elle ne répond pas tout de suite mais, comme poursuivant une méditation intérieure, elle finit par articuler, d'une voix pathétique :

— Aurais-je une petite place dans ta vie, avec mon fils ?

Laurent s'est assis, comme un ressort, le cœur palpitant et désordonné, l'esprit à la fois stupéfait et bouleversé. Il tente de maîtriser les sentiments qui se télescopent en lui… Mais que dit-elle ? Que veut-elle, au juste ? Ce n'est pas comme cela qu'il voit les choses… Que vient-elle tout compliquer ? Au bout d'un temps infini qui doit aussi paraître interminable à la jeune fille tremblante, il bredouille, involontairement maladroit :

— Mais… mais… il y a Nathalie ! Ça fait presque un an et demi qu'on est ensemble : c'est elle que j'aime ! C'est pour elle, pour nous, que je fais tout ça !

Denise ravale un sanglot, un énorme sanglot qui lui noue la gorge ; elle tressaille comme une feuille dans la bise d'automne, mais ce n'est nullement de froid. Entre deux hoquets, elle lâche :

— Crois-tu vraiment que c'est ce qu'elle attend ?

— Mais… que veux-tu dire ?

Denise se tait et sanglote franchement, maintenant.

Une enclume se serait abattue sur le crâne de Laurent qu'elle n'aurait pas fait davantage de dégâts que cette simple petite phrase prononcée d'une voix brouillée par la jeune fille. Une petite phrase qui, soudain, dessille le garçon abasourdi et fait s'écrouler, comme un château de cartes, tous les rêves, tous les projets qu'il avait échafaudés, qu'il s'était fabriqués, tout seul, dans sa tête…

Il demeure un long moment le visage appuyé sur les genoux, abandonné dans un univers qui vient d'exploser, le souffle coupé, vidé. Et dans son esprit défilent, comme un maelstrom, les images et les événements qui confirment la triste vérité.

Puis, lentement, ses sens le ramènent dans ce pré où les ailes tièdes et embaumées de la nuit semblent porter le hululement nostalgique de quelque oiseau nocturne glissant silencieusement au fond du *vallat*. C'est étrange comme les sons prennent dans l'obscurité une autre densité, plus grave, plus profonde, inquiétante et rassurante à la fois. Il réalise alors que Denise est là, allongée sur le sol, dans son émouvante nudité, et qu'elle pleure doucement, agitée des petits soubresauts qui sont la marque des grandes douleurs. Il s'en veut de son égoïsme : la détresse et la solitude de la jeune fille sont-elles moins fortes, moins importantes que les siennes ? Troublé, il se rallonge et la serre dans ses bras, séchant ses larmes avec de tendres baisers, caressant délicatement ses cheveux qui sentent la vanille. Ils restent ainsi, enlacés, un temps infini, si bien que Denise s'est apaisée et que Laurent, épuisé par sa dure journée de travail, est au bord du sommeil...

Alors Denise prend la main de son compagnon, la presse fortement contre son cœur et demande :

– Est-ce que tu m'aimes au moins un petit peu ?...

Il se penche, l'embrasse délicatement et souffle à son oreille :

– Oui... Un grand petit peu !

Dans les jours qui ont suivi, Denise a évité de se retrouver seule avec Laurent. Une profonde tristesse semblait l'habiter. Laurent, de son côté, plus troublé par leur soirée champêtre qu'il ne voulait se l'avouer, ne savait quelle attitude adopter et le doute sur Nathalie que la jeune fille avait instillé dans son esprit le tourmentait douloureusement. Aussi s'abîmait-il plus que jamais dans le travail, non sans observer le comportement de sa compagne.

On ne peut pas dire qu'elle avait vraiment changé récemment à son égard, mais il y avait une sorte de froideur ou, plutôt, d'indifférence qui, à bien y songer, ne datait certes pas d'hier mais paraissait toutefois se confirmer chaque jour davantage. Elle ne venait que rarement voir l'avancement des travaux et ne faisait pratiquement jamais de remarques ou de suggestions comme aurait dû en proposer une femme qui allait bientôt emménager dans ces lieux. En outre, lorsque tous deux faisaient l'amour, elle n'y mettait plus le même enthousiasme que par le passé. Laurent nota enfin, ce qui ne l'avait pas frappé auparavant, que Nathalie accordait bien souvent ses faveurs à Gérard, un grand et beau type, hâbleur, sûr de lui, qui se faisait appeler « Butch Cassidy » depuis son séjour aux États-Unis et, en particulier, au Wyoming où sévit le célèbre bandit Robert LeRoy Parker… Son amertume croissait aussi vite que son exaspération devant cette vie communautaire dont il supportait tant d'inconvénients.

Les jours passaient mais il n'entrevoyait pas de solution et n'osait pas davantage avoir une franche explication avec Nathalie, en redoutant trop l'issue. Et, pris dans ses préoccupations et ses inquiétudes, il avait un peu délaissé Denise et… oublié la promesse formulée sous le regard des étoiles, dans un moment d'intense félicité.

Vers la mi-août, il fut néanmoins surpris, un soir, de ne pas voir la jeune femme dans la pièce commune :

— Denise n'est pas là ? demanda-t-il d'un air détaché.

— Non, on ne sait pas où elle est… lui fut-il répondu.

— Et Thomas ?…

— Ben… on l'ignore… Elle a dû l'emmener avec elle !

— Elle a emmené son fils avec elle et personne ne sait où elle est ?

— Eh ! Laisse-là un peu tranquille, elle fait ce qu'elle veut ! Qu'est-ce que t'as à la surveiller ainsi ?

— Rien… ça me surprend, c'est tout !

Une petite moue ironique de Nathalie le fit s'interroger : « sait-elle ? ». Non pas qu'ils aient fait l'amour ensemble puisqu'ici, tout le monde fait l'amour avec les quelques filles présentes, mais il s'imagine qu'elle a pu percer à jour leur complicité et leur trouble respectif… Sait-on jamais avec l'intuition féminine !

Le lendemain, personne ne vit Denise. Bien que très inquiet, Laurent s'abstint de tout commentaire afin d'éviter de nouvelles réflexions. Au cours de la veillée, quelqu'un remarqua pourtant :

— C'est étrange que Denise ne soit pas là… Elle n'est pas partie puisque ses affaires sont à leur place ! Elle aurait quand même pu nous prévenir !

Laurent quitta alors la pièce pour aller prendre l'air, dans la douceur de la nuit estivale. Une boule d'angoisse lui nouait la gorge.

Le jour suivant, dans le milieu de l'après-midi, les gendarmes de Sainte-Croix montèrent à Trabassac avec leur Renault 4. Les corps de Denise et de son fils venaient d'être découverts dans le vallon de la Terrade, juste de l'autre côté de la montagne... Elle avait étranglé son bébé avant de se pendre. Dans son sac, une lettre écrite d'une main tremblante disait :

« J'ai raté tout ce que j'ai fait. Le bonheur n'est pas pour moi. Je n'en peux plus, je préfère mourir. Personne ne me regrettera. »

Hébété, comme un fou, Laurent s'enfuit du hameau et courut dans la montagne pendant deux jours et deux nuits en pleurant. Jamais il n'avait autant souhaité la mort.

La fin du mois d'août 1972 fut plutôt morose dans le *vallat* de Trabassac, après le drame qui avait frappé la collectivité libertaire. Toute la Vallée-Française commentait l'événement et les « bonnes gens » y allaient naturellement de leurs commérages sur les *zippies*, avec des conciliabules et des regards mystérieux de ceux qui en savent plus qu'ils n'en disent, lors des marchés ou de rencontres :

– Ah ! Ma bonne dame, si vous saviez comme il s'en passe de belles, là-haut !...
– Oh ! Je n'vous dis pas !... Mon beau-frère me racontait que...
Et patati et patata...

À Trabassac-le-Haut, l'atmosphère était tendue. Dès que l'enquête de gendarmerie fut terminée, plusieurs occupants préférèrent s'enfuir. Le groupe ne comptait plus que sept membres et les échanges devenaient peu amènes : le caractère de Laurent, soudain amer et agressif, n'y était pas pour rien. Son attitude, bien sûr, l'éloignait de ses compagnons mais également de Nathalie qui semblait chaque jour un peu plus excédée.

La conjoncture du début de septembre allait cependant tout à la fois détourner le centre d'intérêt des discussions des Cévenols et précipiter la rupture dans la communauté. En effet, le mardi 5, des terroristes palestiniens faisaient un carnage dans le village olympique lors des Jeux Olympiques de Munich, laissant sur le carreau onze victimes de la délégation israélienne et cinq membres du commando...

Le lendemain, cette tragédie alimentait toutes les conversations dans la vallée et les jeunes de Trabassac, captivés par les manifestations sportives que certains suivaient avec passion, n'échappèrent pas aux bavardages ni aux explications ; les discussions prirent même franchement une tournure politique :

— Ouais… c'est sûr… c'est terrible, concéda l'un, mais laisse-t-on d'autres choix aux Palestiniens ? Je ne les approuve bien entendu pas… mais je crois que je les comprends !

— Alors tu cautionnes aussi tous les actes de piraterie aérienne qui se multiplient et les actions de la bande à Baader qu'on prétend inspirées par des motifs politiques, notamment par Heinrich Böll ! l'interrompit André qui ne ratait jamais l'occasion de « ramener sa science », lui qui avait poursuivi – sans succès ! – des études de philosophie.

— Baader ne fera plus de mal[53], observa « Butch Cassidy », vous me faites marrer avec vos états d'âme ! Pendant que Nixon va faire des ronds de jambe à Moscou et signer un soi-disant traité sur la limitation des armes nucléaires[54], il fait à nouveau bombarder le Viet Nam ! Y'a que la révolution permanente qui puisse changer tout ça et le terrorisme en fait partie !

Laurent, resté silencieux et maussade, avait serré les mâchoires en entendant la diatribe provocatrice de Gérard mais il se contint. Shirley fumait béatement son « joint » au fond de la pièce, visiblement peu concernée par ce qui se disait. Nathalie, par contre, hocha la tête en signe d'approbation et cette marque de connivence avec des propos aussi insensés et extrémistes blessa profondément le garçon.

— Remarque, reprit Jean-Pierre à l'intention de « Butch Cassidy », tu gueules bien fort mais je ne t'ai pas vu le 14 juillet à la manif de Rodez contre l'extension du camp du Larzac[55] !

Piqué au vif, Gérard répliqua :

— Rien à foutre de ta manif ! Ça ne sert à rien ! Ils ne comprennent que la violence ! Y'a que la révolution, j'te dis !

---

[53] Plusieurs militants de la Fraction armée rouge allemande, dont Andreas Baader, furent arrêtés en juin 1972.
[54] Accords SALT, en mai 1972.
[55] Cent cinquante mille manifestants le 14 juillet 1972.

— Je crois que tu pousses un peu, marmonna « Cocotte ». La révolution n'est pas la solution et ne mène à rien. Pierre Overney[56] ne te suffit pas ?

Connaissant l'amitié qui liait Sébastien et Laurent, Gérard répondit, méprisant :

— Toi, ta gueule…

Le sang de Laurent ne fit qu'un tour. D'un bond, il fut sur « Butch Cassidy » et lui asséna un magistral uppercut sur le nez en hurlant :

— Sale con, pourri, ordure ! Non content de foutre la merde, de me piquer ma copine, tu insultes maintenant mon pote ! Fous le camp, salaud ! Barre-toi, j'en ai marre de te supporter !

Il continuait de frapper avec une violence inouïe et, bien que visiblement plus fort, Gérard ne parvint pas à résister à une telle fureur. Son nez et son arcade sourcilière saignaient, il semblait hébété et groggy. Les autres s'étaient précipités pour les séparer mais Laurent les avait repoussés et, se redressant enfin, il cria :

— Barrez-vous tous ! Foutez le camp, bande de parasites !

Et, les yeux exorbités, il quitta la pièce en claquant la porte.

Le matin suivant, en même temps que les premières feuilles qu'un tourbillon de vent avait arrachées aux arbres, ils étaient tous partis non sans proférer de vagues menaces, pour sauver la face… Y compris Nathalie.

Laurent et Sébastien se regardèrent, un peu abasourdis : ils étaient désormais les seuls habitants de Trabassac-le-Haut.

---

[56] Militant maoïste tué fin février 1972 devant l'usine *Renault* de Billancourt. Ses funérailles, début mars, rassemblèrent plus de cent mille personnes.

Chapitre 9

Trabassac, printemps 1974...

Bientôt trois ans se sont écoulés depuis que Laurent est arrivé dans le vallon de Trabassac… À part de courtes escapades à Alès ou à Nîmes, le plus souvent exclusivement utilitaires, il ne l'a jamais quitté, s'accrochant avec une incroyable obstination à cette terre dure et aride, à ce *Païs* qui est devenu le sien…

La plupart des *zippies* de la communauté libertaire sont partis parce que le sol est bas et le travail pénible, mais aussi parce que la mode, l'engouement, pour le « retour à la terre » commencent à s'estomper. Seuls trois ou quatre purs – des courageux ! – se sont acharnés, considérant que, pénible pour pénible, ils sont plus libres ici que sur les chaînes de montage automobiles de Flins ou de Sochaux… C'est ainsi que, l'hiver passé, une fumée bleutée s'élevait de quelques cheminées des quartiers des environs, apportant un peu de vie et de chaleur dans le *vallat* silencieux et figé.

Laurent est désormais l'unique habitant du hameau de Trabassac-le-Haut ; « Cocotte » a finalement renoncé au mois d'octobre dernier, la lassitude et le dénuement ayant eu raison de ses bonnes résolutions ! Son ami Sébastien parti, il a emménagé dans sa borie, complètement restaurée maintenant ; il est ainsi vraiment chez lui, dans ce vieux mas qui n'est pas dépourvu de caractère et dont chaque pierre, chargée de vie et d'histoire, semble lui conter les secrets de ces siècles de souffrances ou d'espoirs dont toutes ont été le témoin. Mais il est grand, ce foyer, pour un homme esseulé ! De fait, il faut avoir le tempérament bien trempé pour résister à une telle solitude. Solitude physique, bien sûr, car le garçon se trouve seul pour effectuer tous les travaux, qui ne manquent pas, dans un isolement terrible, surtout pendant les longs mois d'hiver ; mais aussi déréliction morale, sans compagne, sans amis et passant parfois plusieurs jours sans rencontrer âme qui vive… Cette situation est évidemment difficile à endurer pour quelqu'un qui avait, depuis toujours, été habitué à se trouver entouré par sa famille – dans la promiscuité, pesante et réconfortante à la fois, du petit appartement de Sarcelles – et par ses copains, à l'école de la rue ou de la République ; quelqu'un qui, de surcroît, avait initialement tout misé sur une vie communautaire, pour se découvrir, en définitive, confronté à lui-même, à l'austérité d'un pays sauvage, aux tâches agricoles, ingrates et exténuantes, auxquelles il n'était nullement préparé. Et mesuré également à l'observation un peu sarcastique d'une population qui attend certainement avec délectation le faux pas.

Mais, outre qu'il ne voit pas ce qu'il pourrait envisager de faire d'autre, il éprouve chaque jour davantage un indicible et inexplicable attachement pour ce coin de Cévenne, un attachement que l'on pourrait qualifier de tellurique et de mystique. Alors, il serre les dents, Laurent, s'abîmant dans le travail avec une volonté farouche de s'en sortir, ou, plutôt, de réussir, de se prouver que c'est possible, qu'il en est capable. Et – pourquoi pas ? – de le prouver aux autres, à la terre entière !

Quand la solitude lui pèse trop, il s'évade par la pensée, il déroule le fil de sa vie, les heures intenses et pleines d'espoir sur les barricades, Brigitte, un inaccessible rayon de soleil qu'il avait cru un instant capturer, son vagabondage insouciant sous d'autres cieux avec l'inoubliable parenthèse qui s'appelait Juanita, Nathalie et les illusions perdues, puis, enfin, le drame, le terrible coup de poignard planté droit dans le cœur… Denise ! Combien de fois n'est-il pas allé, comme un triste pèlerinage, s'allonger dans le pré, sous les étoiles indifférentes à sa déchirure, à l'endroit même où leurs corps et leurs âmes s'étaient mélangés en une brève mais absolue félicité ? L'absence et le souvenir laissent la place à toutes les conjectures ou bien à toutes les certitudes et il imagine ce qu'aurait pu devenir leur vie si… Il lui parle, comme si elle était encore là, à son côté : d'ailleurs, l'herbe n'a-t-elle pas conservé la forme de son corps, son odeur, même ? Les grillons et le hibou n'emplissent-ils pas encore le silence de leur chant ? Et les elfes de la nuit ne soupirent-ils pas aux promesses non tenues ? Son chagrin a asséché ses larmes : il ne pleure plus, désormais, mais la nostalgie est là, poignante, peut-être plus douloureuse, profonde et indéfectible...

Une tragique raison de plus pour rester... Son secret.

— Nous, les Cévenols, depuis toujours, on a plutôt le cœur à gauche, alors, je ne peux pas te dire que l'élection de Giscard d'Estaing me fasse plaisir, surtout que tu as vu, l'écart des voix est infime et Mitterrand avait fait un bon score, au premier tour ! Enfin, c'est comme ça... On verra bien !

Joubert, qui venait de « faire du bois » dans les environs, était descendu de son tracteur et discutait avec Laurent jusque-là occupé à nettoyer la source. Après un instant de réflexion, il continue :

— Alors, ça marche comme tu veux ?... On ne te voit pas souvent au village !

— C'est que j'ai beaucoup de travail...

— Oh, *vaï* ! Je te comprends et je ne te fais pas de reproches ! Mais tu devrais venir nous voir, de temps en temps... Tout le monde t'aime bien à Sainte-Croix car on a bien vu que tu es un travailleur, toi ! C'est pas comme les autres, à Ségalières : y'z'y connaissent rien et sont tout juste bons à saloper le boulot ! Tu crois qu'ils vont revenir, cet été, les *zippies* ?...

— Pas ici, en tout cas ! Je ne veux plus les voir ! Je n'tiens pas à me crever toute l'année pour qu'ils viennent jouer les pique-assiettes !

— Ah, ça ! T'as bien raison !

— Ouais... mais en fait, je n'pense pas qu'il en vienne beaucoup, c'est fini, maintenant, la mode est passée !

— Sûrement... Mais, dis-moi, je n'voudrais pas être indiscret mais qui c'est, ces jeunes qui sont venus chez toi, fin avril ?

— Ah ! C'étaient mes deux sœurs, mon beau-frère et un de mes frangins ! Je ne les avais pas vus depuis près de trois ans ! Comme ils avaient à faire à Montpellier, ils m'ont rendu visite...

— Ah ! Je vois... Bon, ben écoute, petit, je vais y aller... À la prochaine... et, surtout, n'hésite pas si tu as un problème !

Joubert remonta sur le siège de son tracteur et démarra en faisant un signe amical de la main.

Environ trois semaines plus tôt, Laurent avait effectivement eu la surprise de recevoir une lettre d'Anne-Marie, sa sœur aînée, mariée depuis près d'un an et demi, lui annonçant qu'elle et son mari devaient se rendre à Montpellier pour une affaire d'héritage le concernant et que, comme ils descendaient en voiture, Solange, la cadette et son frère Jean-Louis les accompagnaient. Elle proposait de passer le voir deux ou trois jours, avant de rentrer à Paris. Même s'il était resté en relation épistolaire, trois ou quatre fois l'an, avec sa famille, Laurent n'avait revu ni ses parents, ni ses frères et sœurs depuis son installation en Cévenne. La perspective de cette visite, particulièrement dans les difficiles moments présents, n'était donc pas pour lui déplaire ; il éprouvait aussi une certaine fierté à montrer son domaine et ce qu'il avait construit et réalisé. Petite pointe d'orgueil finalement bien légitime !

Il leur avait donc répondu qu'il les attendait et qu'il pourrait même les héberger. Ils arrivèrent le jeudi 25 avril, en fin de matinée, alors que toutes les radios commentaient le putsch militaire intervenu quelques heures auparavant au Portugal ainsi que les derniers rebondissements du scandale du Watergate.

Laurent se souvient de son excitation, alors qu'il les guettait ; il revoyait soudain défiler dans sa mémoire mille petits souvenirs et des anecdotes sur sa vie à Sarcelles, dans la chambre partagée avec ses sœurs… Une légère inquiétude, nourrie de remords, le tenaillait quand il songeait à ce qui s'était passé avec Solange, juste avant son départ. Comment allaient se dérouler les retrouvailles ?

Dès qu'elle eut mis pied à terre, Laurent fut fixé. Ses vingt ans resplendissaient d'une beauté moins juvénile, plus mûre et épanouie que lorsqu'il était parti, mais quelque chose dans son comportement et dans son accoutrement dénotait la vulgarité : une jupe beaucoup trop courte et provocante dévoilait des jambes parfaites, gainées de bas noirs, terminées par des chaussures à talons hauts, tout à fait ridicules dans cette terre cévenole ; en outre, un maquillage excessif contrariait la douceur de l'ovale du visage encadré de cheveux filasses d'un blond platine, alors qu'elle était naturellement châtain clair ! Si l'on ajoute qu'elle mâchait avec ostentation du chewing-gum, il est facile de comprendre le choc ressenti par le garçon qui avait conservé une toute autre image de sa jeune sœur, peut-être d'ailleurs un peu idéalisée !

Anne-Marie, elle, ressemblait parfaitement à la coiffeuse qu'elle était, au physique comme au moral, avec un petit côté Sheila, fille de Français moyens ! Son ventre rebondi fit comprendre à Laurent qu'il serait bientôt tonton… Roger, son mari, n'avait pas changé depuis l'époque où il venait attendre sa fiancée, au bas de la montée d'escalier. Quant à Jean-Louis, il continuait à cultiver son « look » Dick Rivers, seulement le blouson en « vrai-faux » cuir était maintenant tellement élimé et fatigué qu'il semblait difficile de ne pas en sourire.

Laurent mesura alors tout ce qui les séparait : que possédaient-ils en commun ? Il leur fit néanmoins bonne figure, mais le cœur n'y était pas… Avait-il donc à ce point évolué ? Ils parlèrent de leurs parents, de leurs autres frères, évoquèrent les amis et connaissances, les films récents qu'ils avaient vus – *L'Exorciste*, *American Graffiti* ou *Les Valseuses* –, les rengaines qu'ils écoutaient – *Lolita go home* de Birkin, comme Delagrange et son *Véritable amour* – mais lorsqu'il expliqua son travail, ce qu'était sa vie ici, ou lorsqu'il commenta l'expulsion de Soljenitsyne d'URSS[57], l'accord intervenu après plusieurs mois de grève chez *Lip*[58] et sa lecture du roman *Le Char des élus* de Patrick White, le dernier prix Nobel de littérature, ils ne lui prêtèrent qu'une oreille distraite. Ils dormirent mal à cause du silence, aimèrent les pélardons mais pas l'odeur des chèvres et trouvèrent que, décidément, la campagne… « c'était pas leur truc ! » Bref, ils furent contents de repartir le dimanche matin et Laurent se déclara intérieurement tout aussi satisfait de les voir s'en aller…

Joubert le lui avait dit et le pensait certainement, mais il se faisait, tout aussi sûrement, le porte-parole des « vrais » Cévenols : les villageois de Sainte-Croix et des environs commencent à reconnaître – sinon à admettre totalement ! – Laurent. Son sérieux, son acharnement au travail, sa discrétion contribuent fortement à cette reconnaissance et à son assimilation, tant auprès de la population que des « autorités » locales, qu'il s'agisse du maire et des conseillers municipaux, des gendarmes ou des représentants du PNC, le fameux Parc national des Cévennes sur le territoire duquel se trouvent dans leur totalité les terres qu'il exploite, sans oublier, bien entendu, les personnes encore influentes à cette époque, dans les campagnes, que sont le pasteur et le curé !

---

[57] Février 1974.
[58] Janvier 1974.

Concernant les relations de Laurent avec le PNC, justement, créé moins d'un an avant qu'il ne s'installe[59], on peut dire qu'elles sont excellentes. Si la plupart des agriculteurs vivant dans la zone centrale du Parc obtiennent nombre d'avantages, sous forme d'aides ou de subventions et de conseils, certains supportent difficilement les contraintes imposées pour la protection et la mise en valeur des paysages, du patrimoine et du milieu naturel[60]. Vraisemblablement en raison du caractère indépendant – voire « *réboussié*[61] » ! – du Cévenol. Lui, au contraire, grâce à son adhésion aux principes de l'écologie et de la préservation de l'environnement tout autant qu'à son attachement à ce *Païs* cévenol, s'inscrit pleinement dans la démarche des créateurs de l'établissement public. Il apprécie, même s'il en supporte quelquefois des déprédations dans ses cultures, de voir cerfs, biches ou chevreuils s'ébattre en toute liberté et en toute tranquillité dans les forêts, de surprendre des castors en pleine activité sur les berges des torrents ou de grands tétras sauvages qui se dissimulent derrière les buissons et d'apercevoir le vol majestueux de quelque circaète, d'un vautour fauve ou d'une buse dans le ciel pâle du petit matin… Il a, en outre, largement bénéficié des subsides et des conseils du Parc dans la restauration de sa borie et il n'y serait sans doute pas arrivé sans l'aide au financement de ses activités agricoles et pastorales qui caractérise l'important volet du développement économique entrepris par le PNC.

Mais au fait, quelles sont donc les activités de Laurent ?

Outre le potager « biologique », quelques volailles pour les œufs et la chair et huit ou dix lapins qui constituent l'essentiel du garde-manger du garçon, il possède en propre dix hectares de châtaigniers plus presque autant en bail avec des voisins âgés, deux hectares de pâtures et un bail oral de six autres hectares lui permettent d'élever une trentaine de moutons et à peu près le même nombre de chèvres. La fabrication saisonnière des fromages, vendus un peu sur les marchés et essentiellement aux collectivités et aux acheteurs des grandes surfaces, avec lesquels il est sous contrat, reste d'un bon rapport, davantage que la vente des agneaux ou des cabris réservés à la boucherie. Une cinquantaine de ruches – une activité qu'il débute, pour faire plaisir à la mère Teyssier, veuve depuis peu et qui ne souhaite pas abandonner les

---

[59] Décret du 2 septembre 1970.
[60] Ce sont là les missions essentielles du PNC.
[61] [Occitan] Rebelle, réfractaire.

ruchers de son défunt mari – devraient bientôt lui dégager un petit profit supplémentaire. En complément des deux cents pommiers de reinettes du Vigan dont il s'occupe, il envisage, avec l'accord de l'expert du Parc, de dresser une serre d'une dizaine d'ares lui permettant de cultiver des fruits rouges, mûres, framboises, groseilles…, afin d'approvisionner une grande société de fabrication de yaourts ! Enfin, si tout va bien et s'il obtient l'aide promise, dès juillet prochain, il compte se lancer dans l'élevage de dindes pour les fêtes de fin d'année, pas plus d'une quarantaine, au début, pour voir…

Si l'on ajoute à tout cela l'entretien des landes, la coupe du bois de chauffage et le défrichement, travaux d'hiver par excellence, on comprend que Laurent Serrière n'a pas vraiment le temps de s'ennuyer, ni d'avoir des états d'âme ! Quant à la fortune…

Certes, le travail est dur, souvent ingrat même et il arrive que les éléments climatiques réduisent à néant, en quelques heures, des mois de soins, mais jamais il ne s'est senti aussi libre, aussi maître de sa destinée, aussi heureux de constater, jour après jour, le résultat de ses efforts ; parfois, le soir, il contemple ses mains, devenues noueuses et calleuses, avec étonnement et satisfaction, se disant que ce sont là de remarquables outils, capables de manier la scie ou la bêche… aussi bien que de tenir le stylo ! Car, mais c'est un secret, il s'est mis, dans le silence du mas, après avoir refermé le livre de comptes, à rédiger un journal, un journal intime auquel il confie par le menu tous les événements, petits ou grands, qui jalonnent son existence, ses réflexions, ses projets, ses espoirs… Il y narre ses promenades, trop rares, sur les drailles, le long des torrents ou des crêtes, dans les forêts, décrivant avec amour ses impressions, les odeurs, les couleurs, les sensations. Il évoque ses lectures, ses rencontres, sa vie… une vie qui a trouvé sa voie, mais une vie bien solitaire à laquelle il manque pourtant un élément pour atteindre – oui, pourquoi pas ? – le bonheur et la sérénité.

Peut-on devenir ermite à vingt-quatre ans ? Près de deux ans seul sur sa montagne, sans rencontrer de gens de son âge, sans connaître de fille… c'est difficile, autant pour le corps que pour l'esprit !

Laurent cherche quelque chose, mais il ne sait pas encore très bien quoi !

La fin de ce mois de mai 1974 est vraiment superbe. Il fait doux, les fleurs recouvrent les prés, une eau limpide chante partout, parfois couverte par le gazouillis des oiseaux. On se sent renaître ! La sève bouillonne dans les arbres et dans les veines de Laurent. Au diable le travail ! Aujourd'hui, il a envie de se promener, de humer l'air, de prendre son temps. Après s'être occupé des bêtes, il a attrapé son petit sac à dos dans lequel il a glissé quelques victuailles et une gourde remplie directement à l'eau fraîche de la source et le voilà par les chemins, appuyé sur un solide bâton de noisetier. Il avance, sans but précis, jouissant de l'instant, du spectacle féerique qu'il a le privilège d'admirer, le moutonnement bleuté des crêtes, les bruns foncés des vallées, adoucis par des volutes légères de fumée, les verts tendres irisés des jeunes pousses diaphanes dans le soleil, le jaune des narcisses dans les creux humides et le silence, ce silence fracassant seulement troublé d'un froissement d'aile ou du départ furtif et précipité d'un « garenne » surpris par son approche... Le bonheur, c'est sûr !

Alors qu'il sortait du bois de la Can, à une portée de fusil de Barre, il rencontre un vieil homme, assis au soleil contre un rocher, occupé à contempler le monde et, accessoirement, à garder deux douzaines de moutons qui se seraient sans doute gardés eux-mêmes sans inconvénient. L'image de ce troupeau, dont les sonnailles emplissent l'air à chaque mouvement des bêtes, et du vieux berger est tellement sereine, paisible, quasi intemporelle, que Laurent se sent ému. Il s'arrête un instant, souhaitant suspendre le temps, mais le chien l'a senti et s'approche en jappant gaîment. Le vieil homme détourne son regard et l'aperçoit. Laurent fait un signe amical en se dirigeant vers lui :

— Bonjour, M'sieur ! Belle journée, n'est-ce pas ?...

— Bonjour, petit ! Ah ça, vous pouvez le dire... Alors, en promenade ?

— Oui, il fait si beau que j'ai eu envie de profiter du spectacle des Cévennes...

— Ça fait pas loin de quatre-vingts ans que je ne m'en lasse pas, sourit le vieillard, alors, je ne peux pas vous blâmer !

Il observe son jeune visiteur un instant :

— Il me semble vous reconnaître... Vous ne seriez pas... attendez... oui, c'est ça, vous ne seriez pas Serrière, du *vallat* de Trabassac ?

— ... Ah bon ! Vous me connaissez ?

— *Té* ! Je t'ai déjà vu, tu fais les marchés... et puis, on parle souvent de toi, entre nous, enfin de toi et des autres *zippies* qui se sont fixés dans le coin et qui travaillent sérieusement, qui essaient de s'intégrer, quoi !

Il reste songeur un instant, puis la malice pétille dans son regard clair sous les blancs sourcils broussailleux :

— Mais assieds-toi donc un moment qu'on blague[62] un peu ! Tu sais, dans le pays, il y a ceux qui trouvent que c'est bien que des jeunes comme toi viennent s'installer parce que vous éviterez peut-être que la Cévenne meure... Et puis, il y a ceux qui voient ça d'un mauvais œil parce que vous êtes des drogués, des voleurs, vous vivez en groupes, vous êtes sales, vous polluez... et j'en passe !

— Euh... Ces jeunes-là ne sont pas restés, objecte Laurent, gêné.

Les yeux du berger rient de plus belle :

— Ah, ah ! Je te fais marcher ! Tu as compris dans quel camp je me situe... Nous avons besoin de vous pour éviter que les châtaigneraies ne dépérissent, pour entretenir les landes et remonter les *faïsses*... Et, surtout, pour apporter du sang neuf et la jeunesse dans des villages qui se vident au fur et à mesure qu'on entend sonner le glas !

Laurent ne sait que dire, que répondre... Redevenu sérieux, l'homme reprend :

— Je suis aussi de ceux qui approuvent la création du Parc car vois-tu, dit-il en faisant un large geste circulaire vers le paysage, il faut sauver tout ça et, surtout, le préserver ! D'ailleurs, ajoute-t-il en clignant de l'œil, je ne peux pas être contre le Parc puisque mon fils y a été embauché comme garde... alors !

Ils restent silencieux. Caressant la tête de son chien, le vieux monsieur semble réfléchir. Au bout d'un moment, il déclare :

— Mais d'où es-tu ?

— De la région parisienne, de Sarcelles, exactement...

— Ah bon... Tu n'as pas de famille, par ici ?

— Ben... non... Enfin, il paraît que mes grands-parents étaient du Midi, mais je ne sais pas d'où... Je ne les ai pas connus...

— C'est amusant car ton nom est du coin et je me rappelle même qu'avant la Première Guerre, la Grande, dont j'ai eu la chance de revenir, il y avait des Serrière à l'ubac du Val Francesque...

Disant cela, il montre d'un mouvement vague de la main en direction du sud avant de poursuivre :

— Oui, Louis Serrière qu'il s'appelait... Nous avons été mobilisés ensemble en 1914 mais, pour autant que je me souvienne, lui n'est pas revenu...

---

[62] Emploi méridional familier : parler.

Le cœur de Laurent semble tout à coup s'arrêter avant de s'emballer dans sa poitrine :
– Comment dites-vous ? Louis Serrière, mort à la guerre ?
– Oui, pourquoi ?
– Mais… mais… mais, bégaie-t-il, mon grand-père s'appelait Louis et il a été tué à Verdun, au fort de Douaumont, je crois, en 1916 !
– Ah, ça, alors !… Tu serais donc le petit-fils de Louis Serrière ?… C'est incroyable ! Ça, alors !
– Vous savez exactement où ils habitaient ?
– Attends voir… C'était sur la commune du Pompidou, ça, j'en suis sûr… Ah oui ! Je me souviens ! Ils étaient meuniers au moulin Serrière qui se trouvait juste en dessous du… Masaribal… ou, peut-être, du… Masaout… j'ai un doute, c'est si vieux !
– Et étaient-ils protestants ?
– Ah ça, tu peux le dire ! On ne faisait pas plus parpaillot[63] que Louis Serrière ! Remarque que, comme beaucoup de Cévenols, je suis aussi Huguenot mais, de nos jours, cela n'a plus la même importance…
– Eh bien ! Ce que vous me dites là me bouleverse… C'est incroyable ! Je suis venu ici tout à fait par hasard mais ce pays me fascine tellement que je décide d'y rester et j'apprends d'un seul coup que mes racines plongent à moins de cinq kilomètres de là… Vous avouerez que c'est surprenant, tout de même !

Le vieil homme sourit, plus ému lui aussi qu'il ne veut le laisser paraître :
– Tu sais, Laurent – tu permets que je t'appelle Laurent ?… – il n'y a pas de hasard mais un destin et le tien est peut-être de revenir au *Païs*…

Il se gratte pensivement le menton puis ajoute :
– Il faut tout de même que tu t'assures que les Serrière dont je te parle étaient bien tes grands-parents… Va voir à la mairie du Pompidou, interroge le pasteur et le curé pour qu'ils te montrent leurs registres… Et puis, demande à ton père… il doit bien savoir quelque chose !
– Oui, vous avez raison…
– Tiens, je te propose de t'aider : je vais faire des recherches dans mes archives familiales et dans mes vieilles photographies… On est jeudi ?… Tu viens manger à la maison samedi soir vers sept heures et on en reparle ! Je suis Jean Chaptal et j'habite chez mon fils Pierre, sur la place d'Armes, ici, à Barre.

---

[63] Du patois « papillon » : surnom donné aux protestants.

— Mais... je...
— Ne discute pas ! Je vais te dire, ça me fait rudement plaisir si tu es un Serrière du Pompidou ! Quand je pense à la tête qu'ils vont faire au bistrot quand je leur apprendrai que le *zippie* de Trabassac est un vrai *raïoulet*[64] !

Trois jours plus tard, Laurent se rendit à Barre, chez les Chaptal où il fut chaleureusement accueilli :
— Ah ! Laurent, je suis content de te voir ! lui déclara le vieux berger. Tu verras, j'ai trouvé des choses qui peuvent t'intéresser... Tiens, je te présente mon fils Pierre, ma bru, Suzanne et voici Monique, la cadette de mes petits-enfants !
Ils se serrèrent la main. Laurent reconnut Pierre Chaptal qu'il avait quelquefois rencontré dans la montagne :
— Sois le bienvenu, dit ce dernier en lui administrant une tape bourrue sur l'épaule. Si j'avais pensé, quand je te rencontrais par les chemins, que tu étais un Serrière du Masaout !
Tout en discutant, Laurent observait furtivement Monique, une brunette douce et souriante de vingt ou vingt et un printemps. Plusieurs fois, leurs regards se rencontrèrent mais tous deux baissaient les yeux simultanément... Il ne sut expliquer pourquoi mais il la trouva belle, pleine de charme discret et très attirante.
À un moment, dans la conversation, il osa tout de même lui demander :
— Que fais-tu ?...
Elle lui sourit doucement, un sourire qui illuminait son visage d'une façon merveilleuse et qu'il aima immédiatement :
— Je suis en deuxième année d'anglais à la fac, à Montpellier et je ne rentre que le week-end...
— *I lived in New York for several months, five years ago*[65] ! dit-il, tout fier d'étaler ses connaissances linguistiques.
— *As a student*[66] ?... demanda-t-elle sur le même ton.
— Non... pas vraiment ! Mais cela m'a permis d'améliorer mon anglais scolaire ! Et tu voudrais faire quoi, après ta licence ?

---

[64] Affectueux pour *raïou* (ou *raïol*).
[65] [Anglais] « J'ai vécu à New York pendant quelques mois, il y a cinq ans ! »
[66] [Anglais] « En tant qu'étudiant ? »

— Je ne sais pas trop… J'aimerais bien devenir professeur mais je n'ai pas tellement envie de quitter la région, répondit-elle en lançant un regard en coin à son père.

Le repas fut succulent et sympathique. Après le café, Jean Chaptal demanda à sa belle-fille :

— Allez, Suzanne, débarrasse-nous la table que je montre à Laurent ce que j'ai trouvé !

Il ouvrit alors une vieille boîte à biscuits métallique et vida le contenu sur la toile cirée. Il y avait un véritable monticule de photos et quelques documents :

— *Té* ! Voilà mon livret militaire, dit-il en reposant dans la boîte un titre corné et jauni par les ans. Ah ! En voilà une que je voulais te montrer !

Collée sur un carton rectangulaire rigide, une photo un peu fanée, de couleur sépia, présentait vingt-quatre ou vingt-cinq jeunes hommes alignés devant une locomotive fumante :

— Cette photographie a été prise à la gare de Florac quand on a été mobilisés, dans les premiers jours d'août 1914. Là, tu vois, c'est moi ! J'avais tout juste vingt-deux ans… Et là, regarde bien, c'est ton grand-père, c'est Louis Serrière mais lui, à ce moment, devait avoir trente-trois ou trente-quatre ans et il laissait une femme et des enfants !…

Fasciné, Laurent saisit la photo et l'approcha du globe lumineux suspendu au-dessus de la table. Aucun doute n'était possible : la ressemblance entre le père et le fils frappa le garçon. Il croyait vraiment regarder une photo de son père, même visage, mêmes cheveux ; jusqu'à la moustache, tout concordait :

— C'est absolument extraordinaire, confia-t-il, on dirait une photo de mon père !

— En quelle année dis-tu que ton père est né ?

— En 1915, le 7 décembre.

— Alors Louis avait dû avoir une permission vers le mois de mars et ils ont mis ton père en route à ce moment-là ! Comme je n'étais pas marié, je n'ai obtenu ma première permission qu'au mois de septembre 1915 ! Et pourtant, j'avais participé à la première bataille de la Marne, à Meaux…

Tout en parlant, il continuait à trier les photos, reposant dans la boîte celles qui ne concernaient pas le sujet :

— Tiens, regarde ! Ça, c'est mon mariage en mai 1919... Il y a juste cinquante-cinq ans, ajouta-t-il avec une pointe de tristesse dans la voix. On n'a même pas pu fêter nos noces d'or, ma pauvre femme est morte six mois avant... Enfin, que veux-tu, c'est la vie !

Pierre était plongé dans son journal, sa femme tricotait à côté de lui... Monique s'était installée autour de la table, avec Laurent et son « Papé », comme elle l'appelait. Laurent se sentait ému, ému de découvrir à vingt-quatre ans son grand-père et ses racines, ému de se trouver là, dans la chaleur de ce foyer, avec ces gens simples et bons, mais ému aussi – à moins que ce ne soit du trouble ?... – par la présence de Monique dont le coude touchait presque le sien et dont il respirait le parfum vanillé.

— Tiens, Nini, tu te reconnais ? lança justement le vieil homme en tendant une photo à la jeune fille.

Elle pouffa et se pencha vers Laurent pour lui montrer le cliché massicoté en dents de scie irrégulières, comme c'était à la mode dans les années cinquante. Leurs cheveux se frôlèrent et le garçon eut l'impression de recevoir une décharge électrique si intense qu'il crut défaillir. La photo montrait un bébé joufflu dans un landau démodé :

— C'est moi à un an ! souffla-t-elle.

Au bas du petit rectangle, au stylo bleu, était en effet écrit : « Nini, 1 an - mai 54 ».

— Ah ! Voilà la deuxième photographie que j'ai trouvée où l'on aperçoit ton grand-père. Elle est en mauvais état mais je suis certain que c'est bien lui car je me souviens de ce jour comme si c'était hier ! Et pourtant, c'était pour la foire de la Madeleine, le 22 juillet 1906 ! Le gamin de quatorze ans, là devant à gauche, arborant fièrement cet énorme lièvre qu'il avait capturé, c'est moi et le gars à l'arrière-plan qui sourit au photographe, c'est Louis, Louis Serrière...

Ils discutèrent encore longuement, puis comme la soirée avançait, Laurent prit congé :

— Je suis vraiment très touché de votre accueil et de votre gentillesse, dit-il.

Se tournant vers Suzanne Chaptal, il ajouta :

— Votre repas était délicieux, ce fut une excellente soirée !

L'intéressée sourit, mais ce fut son mari qui parla :

– Reviens quand tu veux, Laurent, ça nous fera plaisir ! Je passerai te voir, un de ces jours, pendant mes rondes… Tu me montreras ton mas et ton exploitation.

– Bien volontiers !

Se tournant vers le « Papé », Laurent ajouta :

– Je vais dès demain écrire à mon père pour lui raconter ce que vous m'avez appris et je me rendrai sans tarder à la mairie du Pompidou, comme vous me l'avez conseillé.

– Oui, c'est bien ! Mais va aussi voir le pasteur Bosc de ma part, il te sera de bon conseil !

Au moment de quitter la pièce, Laurent se retourna et, avec une sorte de timidité dont il n'était pas coutumier, il s'adressa à Monique :

– Au revoir Monique. Bon courage pour tes études !

– Oui, merci… À bientôt ! conclut-elle.

Ce « à bientôt » résonnait encore étrangement aux oreilles du garçon quand il gara sa vieille 4L dans son hangar de Trabassac-le-Haut…

Chapitre 10

Le moulin Serrière, été 1974...

Il y était déjà passé, il s'en souvenait parfaitement. Il se rappelait même avoir trouvé ce vallon, si difficile d'accès et si secret dans son écrin de verdure, charmant et empreint d'une indicible sérénité. La paix que l'on pourrait éprouver en passant subitement dans un autre univers où le temps serait suspendu. Mais il n'aurait, bien sûr, jamais imaginé que sa propre vie s'était, en quelque sorte, nouée ici.

En descendant du hameau du Masaout dans la châtaigneraie, à flanc de colline, on arrivait par un beau sentier en lacets, après avoir dépassé une clède solitaire, à un petit pont romantique enjambant le ruisseau du Masaut. Et, juste en face, dans une trouée de la végétation luxuriante, se dressaient les ruines pathétiques du moulin, une belle et fière bâtisse dont les fenêtres à meneaux attestaient de la relative opulence de ceux qui l'avaient jadis érigée. Laurent, cette fois, s'était arrêté sur le pont, écoutant, dans un silence impressionnant, le murmure de l'eau, en dessous. De toute son âme, de tout son être, il tentait de s'identifier, de s'amalgamer à ce lieu à la fois enchanteur et nostalgique. Il posa ses mains sur les pierres tièdes de la bordure du pont et elles lui transmirent une sorte de vibration intérieure, comme une vie chargée de souvenirs séculaires...

Troublé, ému, le cœur battant, après un temps infini, comme hésitant, il s'était enfin décidé à s'approcher du berceau de ses ancêtres. Derrière un reste de façade encore altier, tout ne paraissait que ruines et gravats. Des sentiments contradictoires l'étreignaient face aux débris de ce foyer qui menaient contre le temps et l'oubli une lutte inégale dont l'issue semblait inéluctable. Il était ressorti et s'était assis dans l'herbe tapissant le terre-plein, devant l'habitation et si un hypothétique témoin avait pu l'observer, il n'aurait pas manqué de noter les grosses larmes qui roulaient silencieusement sur ses joues. L'homme est, décidément, bien peu de chose comparé à l'éternité !

Il s'était ensuite dirigé vers l'amont et là, à quelques mètres, avait trouvé la retenue d'eau que les gens du pays appellent la *gorga*. Elle était vaste et profonde, désormais envahie par les ronces et l'herbe folle. Laurent s'était alors douté que la machinerie du moulin, actionnée par la force de l'eau, devait se trouver en contrebas : il eut du mal à repérer la construction tant le lierre, les yeuses et les cades l'avaient recouverte. S'y glissant avec quelque difficulté, il y avait découvert, rongées par la mousse et les lichens, les énormes roues des meules immobilisées pour toujours et prêtes, dans une oppressante torpeur, à se fondre à nouveau avec la roche dans laquelle elles avaient été taillées. Il les avait touchées, palpées, songeant que, certainement, Louis, son grand-père et, avant lui, son arrière-grand-père avaient caressé avec amour cette masse polie à la solidité réconfortante, l'outil qui les faisait vivre en écrasant le grain pour le transformer en blanche farine nourricière ! Instants poignants, irréels…

Pourtant, l'émotion de Laurent n'était pas à son comble !

Revenu sur ses pas, il avait regardé ces *faïsses* effondrées, ces *bancèls* qui n'avaient pas été griffés par le *bigot*[67] depuis des lustres. Bordant le chemin, les arbres d'or[68] étalaient sous le soleil leurs feuilles translucides, rappelant l'âge heureux du ver à soie qui apportait un peu de richesse dans les modestes familles cévenoles. Non loin de là, en aval du moulin, un peu à l'écart, un vieux cyprès élançait vers le ciel pur sa flamme brune qui symbolisait pour les Huguenots l'élévation de l'âme des défunts.

Laurent s'était approché. Au pied de l'arbre tutélaire, bousculées par les racines envahissantes, deux discrètes stèles arrondies, placées côte à côte, marquaient l'emplacement, depuis longtemps effacé sur le sol, de deux tombes anciennes. Bouleversé et attendri à la fois, Laurent s'était accroupi et avait dégagé les herbes qui dissimulaient en partie les pierres.

---

[67] [Occitan] Sorte de houe.
[68] Nom donné, en Cévenne, aux mûriers.

Il avait eu de la peine à déchiffrer les inscriptions que les ans et les intempéries avaient lentement effacées mais, à force de suivre les sillons gravés du bout des doigts, il y était finalement parvenu. La stèle de gauche portait, simplement :

« Auguste Serrière, 1827-1899 ».

Et celle de droite, dans des caractères identiques, bien que sculptés quatorze années plus tard, indiquait :

« Célima Serrière, 1841-1913 ».

Qu'il était donc étrange de découvrir son nom – celui de ses aïeux – en ce lieu, preuve tangible qui le reliait à son passé au travers des générations. Mais comment un descendant de meuniers cévenols avait-il pu naître dans l'univers inhumain, concentrationnaire, de la région parisienne, en étant le fils d'un ouvrier des chaînes des usines Renault ?

Laurent ne s'était jamais senti aussi troublé, en proie à des sentiments très forts et contradictoires, le bonheur de retrouver son pays, l'exaltation de découvrir ses racines, mais également l'impression apaisante d'avoir enfin touché le port après la tempête… Oui, c'était cela : la présence des mânes des ancêtres en ce lieu donnait un sens à sa vie, expliquait et justifiait son choix de rester !

Il avait longuement songé à ce que lui disait son nouvel ami, le vieux berger Chaptal, sur le hasard et la destinée… Son facétieux ange gardien l'avait promené sur les chemins du monde avant, finalement, de le conduire là, en Cévenne, sachant bien que l'atavisme parlerait. Laurent n'avait-il pas ainsi effectué une sorte de parcours initiatique, une quête à la recherche de son Graal, au cours duquel il échappa à mille chausse-trappes, pour accomplir son destin ? Il s'était assis sur cette terre, tremblant d'émotion, à côté des stèles dont il caressait sans s'en rendre compte la rugosité, peut-être pour avoir une communion plus intense, quasi matérielle, avec ce couple qui reposait là, jusqu'à la fin des temps, ce couple auquel il devait indirectement d'être ici, d'être ce qu'il était.

Le temps avait passé. Même pas troublé par le jacassement d'une pie criarde, ni par le murmure continu de l'eau, il s'était en quelque sorte abstrait du monde pour pénétrer le domaine des esprits, le domaine de l'invisible, le domaine de l'indicible. Laurent achevait sa mue…

Quand il revint sur terre, il avait grandi, il avait la certitude d'être enfin devenu un homme.

Il avait alors redécouvert, avec surprise et délectation, le microcosme sublime de ce vallon isolé, les tombes, le cyprès, le ruisseau. En tournant la tête, il avait aussi remarqué cet étonnant alignement, comme des gardes immobiles coiffés d'étranges chapeaux plats, des *bruscs*[69] abandonnés, creusés dans des troncs de châtaigniers, qui semblaient veiller le petit cimetière familial du haut de leurs *faïsses* étroites et abritées. L'azur, sans nuage, prenait au levant une autre densité, plus profonde, palpable, tandis que le ponant se teintait de sang : une belle, une inoubliable journée s'achevait.

La réponse reçue de son père aux questions posées l'avait laissé dubitatif. On ne parlait jamais du passé chez les Serrière à Sarcelles, et comme Laurent n'était alors pas curieux de ces sujets, il se satisfaisait des bribes qu'il avait pu glaner ici ou là, au détour d'une conversation, à la vue d'une pièce officielle – livret de famille ou fiche d'état civil –, à la découverte d'un vieux cliché... Son père lui écrivait que, peu de temps après que son propre père eût été tué à la guerre, alors qu'il était lui-même encore très jeune, sa mère avait dû quitter la Lozère pour trouver du travail à la ville. Elle avait atterri à Lyon et obtenu, non sans mal, un emploi dans un atelier de canuts. En 1919, elle s'était remariée avec un contremaître qui l'éleva, lui et ses trois frères et sœurs, en même temps que le fils qu'ils eurent alors – le fameux oncle Henri dont on vantait la réussite dans l'épicerie, à Montauban ! Mais le brave homme, allez savoir pourquoi, refusait qu'on parle « d'avant » ou que l'on évoque le « soldat mort pour la France »... Bref, Antoine Serrière, le père de Laurent, « noyait le poisson », comme l'on dit familièrement, dans une foule de détails peu intéressants ayant pour objet d'éluder le plus important ! Que souhaitait-il ainsi cacher ? C'était bien difficile à comprendre mais Laurent sentait qu'il n'obtiendrait aucune aide de ce côté-là.

Heureusement, ses démarches furent plus fructueuses sur place.

S'il ne possédait auparavant qu'une vague idée de ce qu'était la généalogie, il devint très vite expert dans la manière de déchiffrer les registres, d'effectuer des recherches dans les actes anciens et dans le compoix, grâce, il faut bien l'avouer, à la bienveillante complicité de la secrétaire de mairie du Pompidou et à l'aide œcuménique du curé Thomas et du pasteur Bosc. Tous s'étaient pris d'amitié pour cet « enfant

---

[69] [Occitan – d'origine latine probable] Ruches, et plus particulièrement les ruches creusées dans des troncs de châtaigniers et recouvertes d'une grande lauze plate.

du pays » courageux et sympathique qui se débattait tellement pour retrouver ses racines, qui semblait attacher une telle importance à se faire reconnaître et adopter par la Cévenne… et qui, visiblement, méritait de l'être !

Ce qu'il découvrit, étonnant et passionnant à la fois, lui permit de remonter de façon quasi certaine à ses origines jusqu'à la Révolution et de dénicher des branches adjacentes de la famille dont il se promettait d'approfondir la destinée. Mais, plus singulier encore, il crut déceler, avec une probabilité suffisante, une filiation avec un Serrière du Pompidou dont l'engagement auprès des Camisards, au début du XVIIIe siècle, est attestée. La secrète fascination éprouvée pour ces combattants huguenots – qui avaient fait du verbe « résister » leur devise – trouva alors dans son esprit une résonance assimilable à la « voix du sang » : il en conçut une fierté, peut-être naïve ou romantique, propre à assouvir son caractère épris d'absolu. Puisque cela était inscrit dans ses gènes, il explorerait aussi cette voie historique !

Cependant, quelque intérêt que l'on ressente pour les études de chartiste dans de vieux grimoires poussiéreux – surtout quand elles sont couronnées de succès ! –, elles ne remplacent pas les témoignages vivants, ce que l'on appelle, d'un des plus beaux mots qui soient, la mémoire. C'est ainsi que Laurent, toujours soutenu par le pasteur, fin connaisseur de l'histoire de sa petite communauté, était passé avec facilité de la généalogie à l'ethnologie en rencontrant de vieux Cévenols qui acceptaient de bonne grâce de fouiller dans leurs souvenirs pour lui restituer la sève, les couleurs et les parfums de ce passé si poignant, les bribes d'un monde en voie de disparition dont ils représentaient, en quelque sorte, les derniers maillons…

Des personnes ainsi rencontrées qui, toutes, avaient enrichi la perception de son *Païs* et aiguisé sa sensibilité, il en était une qu'il affectionnait particulièrement. Il s'agissait d'une vieille dame de quatre-vingt-un ans, maintenant aveugle, qui habitait justement le quartier du Masaout où elle était née en 1893 et où elle avait vécu de longues périodes de sa vie. Si ses yeux avaient cessé de fonctionner, sa mémoire restait intacte et elle se souvenait parfaitement des occupants du moulin. Elle avait même gardé plusieurs fois Antoine Serrière, alors qu'il n'était qu'un tout petit bébé ! Laurent se mit à lui rendre visite régulièrement, à l'occasion de ses nombreux « pèlerinages » (ce mot étant certainement celui qui convenait le mieux !) au « moulin Serrière » – comme l'appelait communément la vieille dame ; il y allait pour restaurer les lieux, défricher les *traversièrs* envahis de broussailles, remontant le mur d'une *faïsse*, arrachant le lierre qui grignotait les façades, taillant les mûriers, fauchant les herbes folles et, surtout, entretenant avec amour les tombes dont il avait redressé les stèles, dégagé et délimité les abords avec des pierres et des plants d'iris sauvages et qu'il fleurissait à chaque fois.

La grand-mère, qui s'ennuyait dans son monde obscur, l'accueillait toujours avec plaisir et ils passaient tous deux les fins d'après-midi à l'ombre fraîche d'un vieux cerisier en des conciliabules mystérieux d'où les oreilles indiscrètes se trouvaient chassées. Parfois, il posait une question pour relancer ou réorienter la conversation, mais il préférait de beaucoup la laisser raconter, au gré de son inspiration et de ses souvenirs, prenant des notes afin de ne rien oublier. Il était fasciné par cette voix un peu chevrotante mais assurée, par la mémoire prodigieuse de sa confidente, par son talent de conteuse qui éclatait au travers des images et des descriptions qu'elle faisait mais aussi, et peut-être surtout, par la sagesse accumulée au cours de toute une vie qui émanait de ses propos comme de ses silences. Le non-dit, chez elle, était en effet souvent lourd de signification et il avait vite compris ce qu'il devait saisir à demi-mots, sans insister !

En cette fin d'après-midi caniculaire des premiers jours d'août, après avoir travaillé deux bonnes heures à nettoyer les abords du moulin, à arranger les *bruscs* désertés de leurs travailleuses colonies d'abeilles noires, à disposer un bouquet composé de fleurs sauvages, callunes, digitales et bruyères sur les tombes et après s'être lavé au ruisseau avec de la saponaire pour éliminer la sueur et se rafraîchir, Laurent monte au hameau du Masaout… Il est tout heureux à l'idée de rencontrer sa vieille amie qu'il n'a pas vue depuis quatre ou cinq jours. Il lui a coupé un bouquet d'œillets et quelques roses de son jardin car il sait que son odorat subtil compense sa cécité et qu'elle apprécie beaucoup les fleurs. Il a aussi apporté quelques pêches blanches, petites mais savoureuses et juteuses, ainsi que trois pélardons bleus, comme elle les aime !

À peine tourne-t-il au coin de la remise qu'il l'aperçoit, assise dans son grand fauteuil sous le cerisier, discutant avec sa fille occupée à tricoter. La fille a souri en le voyant arriver mais elle n'a rien dit. Pourtant, la vieille dame a dû reconnaître son pas :

— Ah ! Voilà mon petit Serrière ! lance-t-elle avec humour, dans un large sourire.
— Oui, Mamie, c'est moi ! Bonjour à toutes les deux ! Devinez ce que je vous ai apporté ?

Il s'approche et promène d'abord le bouquet sous le nez de l'aveugle :
— Oh ! Des œillets... Ils sont très parfumés !

Elle respire à nouveau :
— Ils sont tellement parfumés que leur odeur couvre le parfum plus léger des roses, ajoute-t-elle, finaude.
— Gagné, Mamie ! Et ça, le reconnaissez-vous ?
— Oh, oh ! Quel surprenant mélange, dit-elle en fronçant les narines. Ce sont des pélardons et je peux même te dire qu'ils sont faits avec du lait de chèvres qui ont brouté l'herbe du serre Long ! poursuit-elle avec malice.
— Vous êtes incollable ! Et maintenant ?
— Oh, la la ! Tu me gâtes trop, Laurent : des pêches blanches ! Je les adore ! Mon pauvre père avait planté quelques arbres au-dessus, à la Fontanelle, et j'allais toujours en chaparder avant qu'elles aient complètement mûri ! Je vais en déguster une tout de suite !

Laurent s'assied sur une antique chaise en bois et ils bavardent de tout et de rien, de la chaleur, des travaux agricoles, des nouvelles du pays... Au bout d'un moment, la vieille dame s'adresse à sa fille :
— Lucie, tu devrais aller voir si le père Turquet n'a pas déposé la viande que tu lui avais commandée, il ne faudrait pas que le chat l'attrape !

Lucie sourit. Elle a compris que sa mère souhaite rester seule avec le garçon pour continuer leurs confidences :
— Tu as raison, je vais voir ! Et puis, il faut que je prépare le repas...

Sitôt sa fille partie, la mamie déclare :
— Tu sais, Laurent, j'ai réfléchi à ce que je te disais, l'autre jour... Ce serait bien que tu fasses reconnaître ton droit de propriété sur le moulin et ses abords ! Renseigne-toi à la mairie et va voir le notaire à Florac !
— Mais, Mamie, vous savez bien que si droit de propriété il y a, il appartient à mon père et à ses frères et sœurs !
— Tu penses bien que si ça les intéressait, il y a longtemps qu'ils l'auraient fait valoir, ce droit ! Et puis, tu n'as qu'à demander à Ant... à ton père !
— Je ne peux rien apprendre de lui à ce sujet... À chaque fois que je l'interroge, ou il élude la question, ou il répond à côté ! Mamie, j'ai

l'impression qu'il s'est passé quelque chose au Moulin Serrière dont personne ne veut parler.

Le silence inhabituel de la vieille dame l'intrigue :

– Vous savez quelque chose !

Elle soulève un bras qu'elle laisse retomber, dans un signe d'impuissance…

– Je suis certain que vous savez quelque chose ! Dites-le-moi, je vous en prie, Mamie !

– Oh, tu sais, Laurent, tout cela est si vieux !…

– Écoutez, vous m'en avez trop dit… ou pas assez ! Je vous en supplie, ne me laissez pas dans l'incertitude !

– Et pourquoi voudrais-tu que je te dise ce que ton père n'a pas jugé bon de te raconter ?

Laurent se lève et il marche dans tous les sens, en proie à une intense agitation. Au bout d'une ou deux minutes, la vieille dame intervient :

– Arrête de *tabanéger*[70] ! Assieds-toi et écoute-moi bien !

Elle marque une courte hésitation et, baissant la voix :

– Tu me promets de garder ce que je vais te dire pour toi et de ne jamais révéler que nous en avons parlé ensemble ?

– Oui, Mamie, je vous le jure !

– Eh bien, voilà, c'est très simple : Louis n'est pas ton grand-père, il n'est pas le père de ton père ! Il n'est jamais venu en permission entre sa mobilisation en août 1914 et sa mort à Verdun, en mars 1916…

Laurent est abasourdi par la nouvelle. Après un instant, cependant, il éructe :

– Mais… mais… mais, pourtant, j'ai vu des photos de lui et mon père est son portrait tout craché !

– Paul, le frère cadet d'un peu plus d'un an de Louis, ressemblait beaucoup à son aîné ; on aurait presque dit des jumeaux, sauf que Paul, à la suite d'un accident, à sept ou huit ans, boitait et n'avait donc pas été mobilisé…

– Vous voulez dire que le véritable père de mon père est son oncle ?

– Oui, Laurent, c'est cela… En fait, l'affaire n'a jamais vraiment été éclaircie… Françoise, ta grand-mère, m'a affirmé que Paul l'avait forcée et c'est sûrement vrai… Quoi qu'il en soit, Paul a quitté le pays et l'on prétend qu'il serait mort, une dizaine d'années plus tard, au Tonkin où il

---

[70] [Occitan] Tourner autour de quelqu'un ou quelque chose comme un taon un jour d'orage !

aurait contracté la malaria ; on a toujours fait courir le bruit que Louis était venu pour une courte permission à Alès et que son épouse était allée le retrouver… Voilà… tu sais tout !

— Mais, est-ce que mon grand-père… est-ce que Louis a appris la vérité ?

La vieille dame hésite avant de répondre :

— Euh, ça je n'en sais rien !

Puis son visage s'est soudain fermé.

Laurent comprend qu'elle n'en dira pas plus là-dessus, même si, à l'évidence, elle possède sa petite idée sur la question. Il est bouleversé par cette nouvelle, non que cela change quelque chose pour lui, mais plutôt de découvrir ainsi les petits secrets ignorés, les mystères de ces existences que chacun vit et les traces officielles et officieuses laissées dans les mémoires. Quelle image donnera-t-il de lui, plus tard ? Que sera le côté pile et que montrera le côté face ? Que restera-t-il au soleil, que dira-t-on de l'ombre ?… Comme tout cela est étrange et compliqué.

Il en est là de ses réflexions quand sa vieille amie, comme si elle lisait dans ses pensées, reprend :

— Remarque, cela ne change pas grand-chose pour toi… *Vaï*, tu es un vrai Serrière, ça je le sens ! Moi, vois-tu, toute cette histoire, avec le temps, je l'avais un peu oubliée. Pourtant, depuis que tu es venu me voir avec le pasteur, les souvenirs ont ressurgi et garder le secret me pesait un peu : j'avais l'impression de te mentir ! Je suis soulagée de te l'avoir confié.

— Oui, vous avez bien fait, Mamie. Ça ne change rien, c'est vrai, mais je suis content de savoir et je comprends mieux, maintenant, tout un tas de choses !

— Tu me promets de ne pas dire que je te l'ai raconté ?

— Je vous l'ai juré, vous pouvez avoir confiance.

— N'empêche, j'aurais bien voulu revoir ton père, avant de mourir… Tu te rends compte, j'avais vingt-deux ans quand il est né !

— Ça m'étonnerait bien qu'il vienne me rendre visite… surtout avec ce que j'apprends à cet instant !

Jamais été n'avait passé aussi vite pour Laurent. Il faut avouer qu'il ne risquait pas de s'ennuyer entre le dur labeur de tous les jours pour faire fonctionner l'exploitation, les marchés où il vendait ses produits, la restauration de son mas qui se poursuivait et ses fréquentes visites au moulin… Le soir, il était parfois très fatigué mais il avait rarement éprouvé un tel sentiment de plénitude, une telle sensation de renaissance. Il eût été pleinement heureux sans la solitude physique et, surtout, morale dans laquelle il se trouvait.

Il n'avait pas encore osé confier ce secret à son journal intime mais, pourtant, il pensait souvent, très souvent, à Monique… Après ses examens de fin d'année universitaire, elle était partie en vacances studieuses en Angleterre pratiquement tout le mois de juillet ; il ne l'avait donc pas vue et son absence lui avait donné l'impression d'un grand vide intérieur. Comme il l'avait annoncé, Pierre Chaptal était venu lui rendre visite et ils avaient longuement discuté des découvertes du garçon sur sa famille, mais aussi de son activité. Pierre l'avait félicité pour le travail accompli et avait promis d'intercéder en sa faveur pour l'obtention des aides nécessaires à l'élevage des dindes ainsi que pour achever la réfection de la toiture du mas ; en partant, il avait déclaré :

— Viens nous voir ! Mon père sera très content et comme ça, tu lui diras toi-même où tu en es dans tes recherches !

Laurent y était allé et avait reçu un accueil chaleureux mais… Monique ne se trouvait pas là, alors… Pendant le mois d'août, par contre, il s'était débrouillé pour passer deux ou trois fois à Barre et il l'avait rencontrée. Elle lui avait paru plus belle encore que la première fois, dans ses robes légères qui laissaient deviner son corps gracieux et souple, avec ce sourire si pur, si clair et franc qui l'avait tant ému. Une inexplicable timidité l'avait cependant empêché de lui proposer de la revoir ou de l'inviter quelque part. L'été ne tarderait pas à s'achever, Monique retournerait bientôt à Montpellier et il restait là à se morfondre en pensant à elle, comme un amoureux transi. Ah ! Sort cruel !

Un peu avant la mi-septembre, suivant la coutume, il planta un rameau de buis sur son toit de lauze enfin achevé. Calmel, un voisin de Témélac qui était venu lui donner un coup de main, déclara en rigolant :

— Eh ben mon vieux, il ne te reste plus qu'à pendre la crémaillère !

Le soir même, en préparant son repas solitaire, il songea que ce ne serait pas une mauvaise idée de pendre officiellement la crémaillère de son mas. Dès le lendemain, il battit le rappel auprès des voisins des hameaux du *vallat*, des gens du village avec lesquels il avait de bons rapports et, bien sûr, des Chaptal de Barre ainsi que des Perrier et de leur mère, la mamie Anne Boudon, du Masaout.

Et c'est ainsi qu'en ce dimanche 22 septembre 1974, c'est la fête au quartier de Trabassac-le-Haut : une quarantaine de convives, attablés autour d'une table en U dressée dans la cour, discutent et rient bruyamment, dans une bonne humeur communicative, en dévorant le mouton rôti que l'hôte a sacrifié pour cette agape. Laurent est heureux : il a enfin l'impression d'avoir trouvé un monde et une famille où il se sent bien, reconnu, accepté pour ce qu'il est, mais il est heureux surtout parce que, assise presque en face de lui, Monique est là, plus resplendissante et souriante que jamais…

À la fin du repas, après avoir servi la blanquette de Limoux, Laurent saisit une bouteille vide et tape dessus avec son couteau pour réclamer le silence, puis, levant son verre, il déclare :

— Chers amis, je suis très content que vous soyez là aujourd'hui… Je ne vais pas vous faire un discours mais je voudrais simplement vous dire merci, merci pour l'aide que chacun, à un moment ou à un autre, m'a apportée et merci aussi pour m'avoir accueilli parmi vous, dans votre beau *Païs* de Cévenne qui, je le sais désormais, est également un peu le mien… Merci à tous et à votre santé !

Les applaudissements ont dû s'entendre de l'autre côté de la vallée mais Marcel, l'épicier de Sainte-Croix, s'est levé à son tour et hurle, pour se faire entendre :

— Écoutez-moi ! Écoutez-moi un instant !

Le silence se fait avec, néanmoins, des ricanements car chacun sait bien que Marcel est un sacré plaisantin qui ne manque jamais l'occasion d'une bonne blague ! Pourtant, il commence avec une émotion perceptible dans la voix :

— Je ne vais pas me lancer dans un discours, moi non plus, Laurent, mais je vais me faire, je crois, le porte-parole de l'assemblée pour te dire que tu es vraiment le bienvenu parmi nous et que je suis personnellement fier de me compter parmi tes amis !

S'adressant à toute la tablée et retrouvant sa gouaille habituelle, il poursuit :

— Pour notre parpaillot d'honneur, hip, hip, hip !

— Hourra ! répondent en chœur quarante bouches joyeuses.

Laurent a bien du mal à réprimer ses sentiments. Pour se donner une contenance, il se lève et ressert une tournée générale.

Un peu plus tard, dans l'après-midi, les invités commencent à regagner leur logis : il est vrai que si la journée a été superbe, on sent que l'automne vient d'arriver car la fraîcheur tombe vite dans le *vallat*. Pierre Chaptal, avec son ton faussement bourru, se lève et annonce :

— Bon, il faut qu'on y aille, Laurent ! Merci pour cette excellente journée et, surtout, viens nous voir !

Laurent se lève à son tour et dans son regard se lit la déception de voir partir ses amis… enfin, disons plutôt, de voir partir Monique. Mais, tout à coup, il n'en croit pas ses oreilles :

— Papa, allez-y ! Je vais aider Laurent à ranger… Il me raccompagnera ! dit Monique.

— Comme tu veux, ma fille ! Allez, à bientôt, Laurent et au revoir, vous autres !

Le cœur du garçon se trouve soudain à l'étroit dans sa poitrine et il sent ses jambes trembler à un point tel qu'il doit se rasseoir. Il ne sait que penser, que faire… Il est complètement bouleversé et fou de bonheur à la fois. Ainsi, c'est elle, c'est Monique qui a pris l'initiative. Éprouve-t-elle les mêmes sentiments que lui ? Non, ce n'est pas possible, ce serait trop inespéré, trop merveilleux.

Une dernière tasse de café et voici les retardataires qui partent. Parmi eux, la mamie, sa fille et son gendre. Quand Laurent s'approche pour embrasser la vieille dame, elle lui souffle à l'oreille :

— *Vaï*, je comprends que tu préfères t'intéresser à une jeunette aussi rieuse mais… n'oublie pas de venir voir ta vieille Mamie ! J'ai encore des choses à te raconter…

Elle presse le bras du garçon avant d'ajouter :

— Ma fille Lucie a retrouvé une photo d'Auguste et de Célima…

Ainsi la vieille dame a tout compris ! Bien qu'aveugle, elle a lu dans le cœur de Laurent à livre ouvert ! Ne ferait-elle pas une petite crise de jalousie ? Quoi qu'il en soit, il sourit intérieurement en songeant avec quel art consommé elle entretient le suspense de ses confidences : il y a une bonne dizaine de jours qu'il ne lui avait pas rendu visite et voilà que, tout à coup, des photos de ceux qui dorment paisiblement sous leur cyprès, à côté du moulin, ressortent ! Pour sûr qu'il ira la voir : il brûle d'envie de les connaître, ces arrière-grands-parents !

Mais, pour l'instant, il se retrouve enfin seul avec Monique.

Alors que tous deux s'activent à remettre de l'ordre, Monique remarque :

— Ta fête était réussie, Laurent ! Tout le monde semblait très content et je peux t'assurer que, demain, toute la vallée parlera de cette journée…

Il ne répond pas, ne sachant que dire, de peur d'être maladroit et de briser l'instant privilégié. La jeune fille poursuit :

— Tu as eu une excellente idée : tu es définitivement adopté, maintenant et comme, en plus, tu as des racines huguenotes et cévenoles, même ceux qui ne t'aiment pas ne pourront pas critiquer ! Je suis très heureuse pour toi…

— Merci, Monique. Ce que tu dis est gentil et me fait vraiment plaisir, bredouille-t-il. Tu sais, grâce à ton père, j'ai pu me lancer dans l'élevage des dindes pour les fêtes de Noël ; j'espère que ça marchera et que je gagnerai un peu d'argent pour améliorer le confort de ma maison, ajoute-t-il gauchement.

Monique a un petit sourire mais ne fait pas de commentaire. Avec une certaine cruauté, sûrement pas gratuite, elle annonce :

— Jeudi, je vais à Montpellier pour louer une chambre. Mes cours à la fac reprennent début octobre.

Comme elle s'y attendait, Laurent répond, d'une voix blanche :

— Ah… Tu retournes à Montpellier ?…

— Cette année, c'est la licence : je tiens à l'avoir !

— Et après ? Que feras-tu ? questionne-t-il avec une pointe d'anxiété.

— Je verrai… Je ne sais pas trop… Je n'ai pas beaucoup envie de continuer en maîtrise… Je n'ai pas vraiment de projets et puis, de toute façon, je dois d'abord réussir la licence !

Laurent se retourne rapidement et entre dans la cuisine : il ne veut pas montrer la larme qu'il n'a pu retenir. Pourquoi cet accès de tristesse ? Il vient soudain de réaliser tout ce qui le sépare de Monique : elle est une intellectuelle qui aura bientôt un diplôme universitaire alors qu'il a quitté le lycée il y a bien longtemps dans des conditions peu glorieuses ; que peut-il en outre lui offrir sinon de vivre comme des sauvages dans ce hameau reculé, à trimer chaque jour sur des tâches souvent ingrates alors qu'elle peut espérer devenir professeur ou passer un concours pour entrer dans l'Administration ; et puis, éprouve-t-elle seulement des sentiments pour lui ?

Oh, il l'aime, sa Cévenne, comme il aime ce qu'il fait, mais, ce soir, il est triste car il sent trop sur ses épaules le poids de la solitude !

Chapitre 11

Le moulin Serrière, hiver et printemps 1879...

Un silence lourd, impressionnant, quasi oppressant, règne en ce début d'année sur le *vallat*. Même le ruisseau s'est tu, prisonnier de la glace. La neige, qui est tombée pendant deux jours sans discontinuer et recouvre le paysage devenu méconnaissable, étouffe tous les sons ; le cri lugubre d'un corbeau, dont le trait noir raie, comme un éclair, la blancheur figée, semble provenir d'un autre monde et le ciel gris et bas menace de s'effondrer sur la pointe des arbres courbés sous le poids nival… Seule la fumée, qui s'élève en légères volutes bleutées de la cheminée du moulin, donne une fragile impression de vie à cet univers glacé.

Soudain, la porte s'ouvre et un garçon d'une douzaine d'années, chaudement emmitouflé, sort, se dirige promptement vers le tas de bois avec de la neige presque jusqu'aux genoux et revient, les bras chargés de bûches de châtaignier. Il claque la porte et dépose son fardeau humide près de l'âtre pour lui permettre de s'égoutter. Il saisit ensuite deux grosses bûches déjà sèches et les glisse dans le feu qu'il attise avec un lourd tisonnier, faisant s'envoler une myriade d'étincelles crépitantes. La bonne odeur du bois qui brûle se répand dans la pièce sombre et un observateur attentif remarquerait que tous les acteurs de cette scène paisible ont respiré profondément, avec une évidente satisfaction, ces bouffées rassurantes. Le garçon regagne ensuite sa place, sur le banc, avec son frère et sa sœur et reprend silencieusement son activité. Le tic-tac monotone d'une grosse horloge rythme l'inexorabilité du temps qui passe...

À la chiche lueur d'une lampe à pétrole, tout proche du foyer, un homme assis sur une chaise basse est occupé à tresser un *bertol*[71] en éclisses de châtaignier. Il tient sa pipe entre les dents mais celle-ci est éteinte depuis longtemps déjà : il la conserve ainsi par habitude et puis aussi parce que, lorsqu'il la tête un peu, le goût du tabac lui remonte au palais ! Tout à coup, il interrompt son ouvrage et s'étire ; son regard tombe sur son épouse assise dans le vieux fauteuil de l'ancêtre aujourd'hui disparu, sous la hotte, à l'endroit où il fait le plus chaud. Elle tricote inlassablement, en silence, les yeux baissés. Bien sûr, elle n'a plus la fraîcheur de ses vingt ans et quelques rides se remarquent à la commissure des yeux, mais elle est solide et travailleuse et Auguste Serrière ne peut s'empêcher d'être ému lorsque son regard tombe sur son ventre ; on le discerne à peine encore, mais il sait bien, pourtant, que dans quelques semaines, ce ventre enflera puisqu'un heureux événement est attendu pour le mois de mai prochain... Même s'il n'est pas d'un naturel expansif, Auguste est très attaché à sa femme et l'idée de ce quatrième enfant à naître lui fait plaisir.

— Est-ce que tu te sens bien et n'as-tu pas froid, Célima ? s'enquiert-il avec bonté.

— Tout va bien, ne t'inquiète pas ! répond-elle en le regardant avec un léger sourire, sans pour autant que ses aiguilles cessent leur ballet étonnant.

— Tu sais, reprend-il après un instant, avec cet enfant de plus à nourrir, il faudra que je trouve d'autres terres parce que les revenus du moulin ne sont pas suffisants et les magnans[72] ne rapportent pas assez, non plus, même en appliquant les méthodes de ce monsieur Pasteur pour lutter contre la maladie[73]. J'envisageais d'en éduquer quatre onces mais, outre que nous n'avons pas assez de mûriers, on prétend que les soyeux de Lyon préfèrent acheter les soies d'Asie qui coûtent moins cher... On fera donc comme d'habitude, une chambrée de deux onces !

— Que comptes-tu faire, alors ?

— Je vais essayer de trouver un fermage sur trois ou quatre hectares... Tu te souviens de ce que nous avait raconté le pasteur Desmons, il y a

---

[71] [Occitan] Panier rond, souvent utilisé pour ramasser les châtaignes.
[72] Vers à soie.
[73] Pasteur a vaincu la pébrine, la maladie qui décimait le ver à soie, vers 1868-1870.

quelques années, au sujet de la succession d'Henri Parlier ? Un monsieur Saurin avait acheté l'*Hôtel du Cheval Blanc* ainsi que des terres qu'il a mises à la disposition des sœurs de Saint-François-Régis. J'ai entendu dire qu'elles voudraient affermer plusieurs hectares de prairies et de châtaigniers pour s'assurer des rentrées d'argent.

– Et tu crois que les sœurs vont signer un bail avec un parpaillot ?

– C'est vrai que ça ferait jaser au Pompidou ! Mais c'est pas impossible si chacun y trouve son intérêt !

– Et si elles ne veulent pas ?...

– Je demanderai à M. de Saltet. Avec toutes les terres qu'il possède !

Soudain, une sorte de grand vacarme monte du plancher, des chocs violents donnés sur des planches, accompagnés de grognements rageurs : le cochon doit s'énerver dans le *porcil*[74] ! Par association d'idées, Auguste Serrière, se grattant le menton en un bruit de râpe qu'explique une barbe de trois jours, pense à haute voix :

– Si ce temps continue, on ne pourra pas tuer le cochon à la date prévue...

Les conditions climatiques difficiles se prolongèrent une bonne dizaine de jours et quand le soleil réapparut et que les chemins furent à nouveau praticables, le *sagnaïre*[75] était engagé dans d'autres mas ; tant et si bien qu'il ne vint chez les Serrière que le 31 janvier. Les parents, voisins et amis du Masaout, du mas Breton et même de la Coste étaient venus pour les réjouissances car le tuage du cochon est toujours une fête, en Cévenne ! Ce jour-là, l'ambiance était particulièrement animée pour tous ces Cévenols, Huguenots pour la plupart et, comme tels, ayant la fibre républicaine : la veille, en effet, après les succès des Républicains lors du renouvellement du Sénat au début du mois, succédant aux élections législatives partielles de juillet dernier et aux municipales de début 1878, on venait d'élire Jules Grévy à la présidence de la République. Les commentaires allaient bon train tandis que l'animal, pendu par les pattes postérieures, agonisait en de pathétiques soubresauts, alors que son sang coulait dans un grand baquet. Célima remuait en permanence avec un bâton fourchu le liquide chaud et visqueux, à l'odeur un peu écœurante, afin d'éviter qu'il ne se coagule. Abigaïl, sa sœur et d'autres femmes préparaient la panade parfumée au thym et à la sarriette. Quand tout le

---

[74] [Occitan] Soue.
[75] [Occitan] Saigneur (tueur) de cochon.

sang fut récupéré, elles le mélangèrent avec la préparation et le versèrent à l'aide d'un gros entonnoir dans des boyaux qui venaient d'être lavés au ruisseau. Elles nouèrent les extrémités de ces boyaux et les jetèrent dans une bassine d'eau bouillante calée sur deux grosses pierres, au-dessus d'un bon feu. Le boudin était abondant, cette année ! On avait ainsi pu distribuer généreusement le « présent[76] », un « tour[77] » pour le pasteur, un « tour » pour le curé – pour être de la Réforme, on n'en respectait pas moins les notables et les traditions ! – un « tour » à l'instituteur et le reste aux parents et alliés.

Pendant que les hommes débitaient la carcasse, Célima avait découpé un gros morceau de lard dans le cou, là où il est le meilleur, pour le jeter dans la soupe aux choux dont ils se régalèrent à midi ; puis ils avaient commencé à fabriquer les saucisses et saucissons, préparé les fricandeaux, pâtés et le cervelas dans des *toupins*[78] en terre cuite, fait fondre les parties basses du lard pour obtenir du saindoux… Auguste n'avait même pas oublié de récupérer la vessie pour remplacer sa vieille blague à tabac ! Bref, la journée était passée trop vite et chacun, à la tombée de la nuit, avait regagné son logis, fourbu mais content.

Après la froidure du début de l'année, l'hiver avait repris un cours plus calme, sans intempéries et la vie, au moulin Serrière se poursuivait paisiblement, exempte de richesses ostentatoires mais aussi de privations. Grâce à la *moldura*[79], il y avait toujours du grain à l'abri des charançons dans le grenier, pour cuire de belles miches de pain, des châtaignes à profusion, serrées dans le grand coffre en bois, pour préparer la *bajana*[80] et des *brisets*[81] pour les bêtes ; le cochon récemment tué et quelques volailles et lapins permettaient de manger un peu de viande le dimanche et une fois dans la semaine, des pots de miel, non vendus sur le marché, apportaient des douceurs appréciées des enfants ; des conserves fabriquées par Célima, des champignons secs et deux quintaux de

---

[76] Le « présent », en Cévennes, était constitué par les abats (foie, reins…) du cochon et le boudin qui, ne se conservant pas, étaient offerts aux parents et alliés.
[77] Un « tour » est une longueur de boudin formant une boucle.
[78] [Occitan] Petits pots en terre cuite.
[79] [Occitan] Salaire en partie en nature du meunier.
[80] [Occitan] Soupe, à base de châtaignes.
[81] [Occitan] Châtaignes brisées après le « dépiquage » (battage) des fruits séchés.

pommes de terre qui germaient dans l'obscurité de la cave, sans oublier trois ou quatre tonneaux de clinton, complétaient les provisions.

L'activité du moulin était quasi nulle en cette saison et, les travaux à l'extérieur restant difficiles, Auguste avait décidé de procéder au *rhabillage*[82] d'une de ses deux paires de meules. Il était fier de ces meules en silex qu'il avait fait venir de Domme en Périgord, en 1872 ; elles étaient bien meilleures que la paire de meules en grès du pays du moulin à seigle, plus rustique. Seulement, les meules s'usent à force de frotter l'une sur l'autre... Depuis sept ans qu'elles tournaient, grâce à l'eau limpide du Masaut, la meule dormante avait diminué de trois bons doigts et la meule volante avait perdu presque autant de son épaisseur ; il convenait donc de raviver les rayons afin de conserver à la farine la qualité reconnue qui faisait la renommée du moulin Serrière où l'on venait de tous les quartiers environnants et, même, parfois, de plus loin !

Il avait donc dû démonter la trémie et enlever l'*ariscle*[83] entourant les meules pour dégager celle du dessus. À l'aide du *cramal*[84], il avait accroché la meule volante et l'avait basculée de façon à avoir devant lui la face usée. C'était une opération difficile et dangereuse et Auguste ne voulait personne autour de lui pour la mener à bien. Toutefois, quand il eut calé la meule, il appela ses garçons pour leur enseigner les règles de l'art. Il prit alors une taloche noircie à la fumée et la passa sur le silex pour repérer les endroits émoussés : il pouvait ainsi facilement procéder au repiquage effectué à l'aide de piques et de marteaux spéciaux. Ce travail long, délicat et fastidieux requiert une dextérité que tous les meuniers ne possèdent pas et il n'est pas sans inconvénient : les minuscules débris de silex arrachés par les outils volent en tous sens et obligent à se protéger visage et mains. Malgré ce, on reconnaît souvent un meunier au dos de ses mains bleui par les éclats !

Quand il en eut terminé avec la meule volante, Auguste s'attaqua à la meule dormante. Il attacha le *raval*, une longue règle de bois, au moyeu et le déplaça de façon circulaire sur toute la surface pour repérer bosses et aspérités qu'il nivelait au fur et à mesure. La tâche lui prit trois jours pleins, mais il fut assez satisfait du résultat.

---

[82] Opération d'entretien des meules. De nombreux termes spécialisés, empruntés à la meunerie, sont utilisés par la suite ; je les ai puisés aux remarquables travaux sur les moulins de mon ami historien Pierre David (†).

[83] Coffrage en bois protégeant les meules.

[84] [Occitan] Potence.

Restait, avant de remettre les roues en place, à nettoyer avec soin les surfaces repiquées pour les débarrasser de la fine poussière de silex. Il savait bien, cependant, que, quelque soin qu'il prît à le faire, la première mouture serait parsemée de débris microscopiques ; aussi réservait-il toujours la farine de cette première mouture qui suivait le *rhabillage* des meules aux animaux. Ses clients n'auraient pas accepté de consommer du pain qui crissait sous la dent !

Il eut bien des difficultés à reposer la meule volante sur l'*anille*[85] et à la rééquilibrer, mais, à force de rajouter du plâtre ici ou là sur la surface supérieure, il y parvint finalement : le moulin à froment se trouvait prêt à reprendre du service ! Tout à la joie du travail accompli, alors qu'il rangeait ses outils, Auguste Serrière se surprit à fredonner une chanson qu'aussi loin qu'il se souvienne il avait entendu son père chanter :

« Pica, pica, molinièira,
Ton molin vol pas anar !
Pica, pica, molinièira,
Ton molin vol pas anar !
Lo calro picar
Molinièria, molinièira,
Lo calro picar
Torna maï anaro plà[86]*. »*

Il pensa alors à ses enfants : lequel de ses garçons prendrait la relève ? Il ne savait le dire, son aîné n'ayant pas encore treize ans. Et puis, qui sait ? Peut-être aurait-il à nouveau un fils, bientôt ! Cette idée lui tira un sourire de contentement et il sortit du moulin en continuant à fredonner…

S'il avait su ce qui attendait ce moulin, si cher à son cœur, vraisemblablement n'aurait-il pas été aussi joyeux.

---

[85] Pièce de fer, actionnée par l'essieu qui entraîne la meule.
[86] [Occitan] « Pique, pique, meunière,
Ton moulin ne veut pas aller (*bis*)
Il faudra le piquer
Meunière, meunière.
Il faudra le piquer,
De nouveau, il ira bien. »

Le ventre de Célima était désormais bien arrondi ; malgré tout, elle continuait à s'occuper de la maisonnée avec courage et sans jamais se plaindre, ainsi qu'on l'apprenait aux filles dès leur plus jeune âge. Les journées passaient en milliers de gestes dérisoires sans lesquels, pourtant, la famille n'aurait pu vivre. La préparation des repas, le ravaudage et la lessive dans l'eau glacée du torrent, l'alimentation des bêtes avec l'aide des enfants, la traite des chèvres et des brebis, la fabrication des fromages, les soins au potager accaparaient largement sa journée. Et, cependant, elle trouvait encore le temps de s'attacher à l'éducation de ses garçons et de sa fille, en particulier pour leur transmettre les principes moraux et religieux qu'elle puisait dans la lecture assidue de la Bible. Pas un jour, en effet, où elle ne consacrât quelques minutes à lire les psaumes, les proverbes ou les prophètes !

Ses loisirs restaient à l'image de sa laborieuse modestie : le culte au temple, le dimanche et quelques instants volés de ci, de là pour entretenir un magnifique – mais ô combien exigu ! – jardin de fleurs où dahlias, marguerites, glaïeuls, œillets, roses ou chrysanthèmes réussissaient presque toute l'année à fournir les bouquets qui éclairaient l'austérité de la pièce commune ou qu'elle ne manquait jamais d'offrir aux visiteurs.

Sur le plan de la foi, Célima avait un moment prêté une oreille attentive au mouvement du Réveil qui avait eu un impact important dans le Languedoc. Mais, depuis que le synode général, convoqué à Paris en 1872, s'était soldé par un relatif échec, les protestants « orthodoxes » et les « libéraux » campant sur leurs positions, on assistait dans les Églises à une sorte d'apaisement. Et, précisément, le pasteur libéral et républicain Desmons, très écouté dans ce coin de Cévenne, prenait parti dans le débat sur l'organisation de l'enseignement primaire de la République que conduisait Jules Ferry à la Chambre des députés, en ce mois de mars 1879.

L'article sept de la loi concernant la liberté d'enseignement, notamment, faisait l'objet de vives polémiques en interdisant d'enseigner aux congrégations non autorisées, ce qui représentait, à l'évidence, une pierre dans le jardin des conservateurs et du cléricalisme ! Si les luttes religieuses d'antan avaient heureusement quitté le terrain de la violence physique, elles n'en demeuraient pas moins fortes sur le plan philosophique et donc, dans sa transposition politique ! Les protestants cévenols, avec leur histoire, ne pouvaient pas être absents du débat. Vers la fin du mois, Auguste Serrière revint du marché de Barre porteur d'une feuille imprimée que les républicains faisaient circuler. À la veillée, alors que les enfants se mettaient au lit, il commença :

— Tu te souviens du prêche du pasteur dont tu me parlais l'autre dimanche ? Il ne me surprendrait pas qu'il soit l'inspirateur de ce papier qui était distribué aujourd'hui à Barre !

S'approchant de la lampe, il poursuivit :

— Écoute ce que Jules Ferry disait déjà en 1870, dans un discours : *« Le siècle dernier et le commencement de celui-ci ont anéanti les privilèges de la propriété, les privilèges de la distinction des classes ; l'œuvre de notre temps n'est pas assurément plus difficile [...], c'est une œuvre pacifique, c'est une œuvre généreuse et je la définis ainsi : faire disparaître la dernière, la plus redoutable des inégalités qui viennent de la naissance, l'inégalité d'éducation. [...] Je me suis fait un serment : entre toutes les nécessités du temps présent, entre tous les problèmes, j'en choisirai un auquel je consacrerai tout ce que j'ai d'intelligence, tout ce que j'ai d'âme, de cœur, de puissance physique et morale, c'est le problème de l'éducation du peuple*[87] *».* Tu vois, il a tenu parole !

— Certes, mais les papistes ne se laisseront pas faire pour l'interdiction d'enseigner faite aux congrégations !

— Nous sommes en République, tout de même, avec des républicains partout, à la présidence de la République, à la Chambre, au Sénat, dans les municipalités !... Voilà justement ce que disait Gambetta en 1875, qu'ils ont aussi reproduit sur ce bulletin : *« Nous voulons que cette République française organisée par la concorde et l'union des bons citoyens, s'imposant également à tous même à ceux qui n'en voulaient pas, ramène la France dans ses véritables traditions en assurant les conquêtes et les principes de 1789 et au premier rang de tous, le principe suivant lequel la puissance publique doit être affranchie dans son domaine et l'État doit être laïque [sic]. [...] Les affaires religieuses sont affaire de conscience et par conséquent de liberté. Le grand effort de la Révolution française a été pour affranchir la politique et le gouvernement du joug des diverses confessions religieuses. Nous ne sommes pas des théologiens, nous sommes des citoyens, des républicains, des politiques, des hommes civils : nous voulons que l'État nous ressemble et que la France soit la nation laïque par excellence*[88] *».* Moi, tu vois, Célima, je suis tout à fait d'accord avec ça !

— C'est bien à peu près ce que disait le pasteur Desmons. Espérons, en tout cas, que cela ne ramènera pas les guerres de religion !

---

[87] Extrait du discours *Pour l'égalité d'éducation* prononcé le 10 avril 1870.
[88] Extrait du discours *L'État doit être laïque* [sic] prononcé le 23 avril 1875.

Après un mois de mars assez humide, avril s'annonçait doux et ensoleillé. Les jeunes pousses d'un vert tendre éclataient partout et les cerisiers en fleur exhalaient ce parfum suave qui attire tant les abeilles. Auguste avait visité son rucher le mois précédent pour le nettoyer, le remettre en état et pour voir comment les essaims avaient supporté l'hiver. Il avait dû remplacer quelques lauzes, les larges plaques de schiste qui coiffent le tronc évidé de châtaignier, mais il avait surtout constaté que le froid intense du mois de janvier avait décimé plusieurs colonies de butineuses noires, pourtant résistantes. Il consacra donc deux belles fins de journées d'avril, alors que les ouvrières avaient déjà regagné leur gîte, avant que la fraîcheur ne tombe et que le soleil ne soit couché, à capturer des essaims sauvages à l'aide de la *boira*[89] qu'il avait confectionnée en paille de seigle, au début de l'hiver.

Les *bruscs* vides, soigneusement frottés à l'intérieur avec d'odorantes feuilles de menthe et de verveine sauvages, avaient sans problème attiré les reines des essaims capturés et ainsi fixé les populations dans leurs nouvelles demeures. Auguste parlait doucement à ses abeilles, ne faisant jamais de geste brusque pour ne pas les effrayer : il est toujours étonnant de constater l'amour des Cévenols pour leurs abeilles et la complicité véritable qu'ils semblent entretenir avec elles. Auguste était certain qu'il existait une forme de communication avec ces insectes grégaires, organisés et laborieux ; il ne se protégeait jamais quand il venait faire la récolte du miel et pourtant, il ne se souvenait que de trois ou quatre piqûres dans toute sa vie. Il faut dire que ce rucher, sur les *bancèls* abrités à flanc de coteau, il le connaissait depuis toujours puisque, tout petit déjà, il accompagnait son père. Et c'était lui, aussi, qui était venu annoncer aux abeilles la disparition du patron du rucher et mettre le crêpe noir lorsque son père était mort…

En raison des pluies abondantes passées qui avaient lavé les arbres et les fleurs de leur pollen, il savait que la miellée de printemps serait peu abondante : dommage car il en appréciait le goût un peu amer, donné par les chatons de châtaigniers, et la consistance liquide. Mais il se consolait en songeant que ses enfants se régaleraient de la récolte de la fin de l'été à laquelle les fleurs de bruyère apportaient une saveur particulière et que l'on pouvait parfois manger en morceaux, comme des bonbons à sucer, tant le sucre durcissait rapidement !

---

[89] [Occitan] Panier ventru destiné à la capture des abeilles.

Avec l'arrivée du printemps, les activités ne manquaient pas à Auguste Serrière, entre les clients qui amenaient leur blé, généralement en petite quantité, et préféraient d'ordinaire attendre la mouture pour éviter un deuxième voyage, les soins aux animaux, la préparation des sols avec la charrue *tourne-oreille* tirée par les bœufs du voisin pour les grandes superficies, mais, le plus souvent, à la main, avec une *aissada*[90], sur les surfaces étroites des *traversièrs*, l'entretien de la *gorga* et des *besals*[91] qui servent aussi bien à actionner les moulins qu'à l'irrigation des prairies et des cultures, ou la chasse aux nombreux nuisibles, renards, mulots, taupes… Mais, surtout, on approchait du moment où il faudrait s'occuper de la chambrée des vers à soie ! Et, compte tenu de l'état de Célima – qui accoucherait juste au milieu de l'éducation des magnans – il réalisait que lui et les enfants auraient fort à faire, même si sa belle-sœur avait promis de venir s'occuper du bébé.

Auguste acheta donc ses deux onces[92] de « graines[93] », collées sur un bout de tissu et, dès la fin avril, ils disposèrent ces œufs dans une petite couveuse à eau chaude appelée castelet. Pendant qu'il allumait la lampe à alcool qui devait la maintenir à la bonne température, Auguste se souvint à haute voix :

– Ma grand-mère couvait les graines sous ses jupons et quand elle devait se rendre quelque part, elle les mettait dans le lit avec le *caufalièch*[94] ou des pierres chaudes…

– Oui, sourit Célima, je m'en rappelle, la mienne faisait la même chose mais j'ai aussi gardé en mémoire qu'elle apportait en cachette les graines au temple, le jour des Rameaux, pour que le pasteur les bénisse… Elle était très superstitieuse !

Après une incubation d'une dizaine de jours, les œufs éclos donnèrent naissance à des milliers de minuscules larves qui furent déposées sur de petites claies, les *levadors*, qu'on gardait dans la pièce commune, proches de la cheminée, jusqu'à la deuxième mue. Mais, par manque de place, on monta ensuite les magnans dans la magnanerie, sous le toit, où un feu fut

---

[90] [Occitan] Houe à lame triangulaire.
[91] [Occitan] Petit canal pour la circulation de l'eau.
[92] Ancienne mesure de poids valant environ trente grammes. L'once restera l'unité de poids appliquée aux graines de vers à soie, même après l'adoption du système décimal.
[93] On appelle « graine » les œufs de bombyx qui donneront naissance aux vers à soie.
[94] [Occitan] Chauffe-lit.

allumé à chaque extrémité pour entretenir une chaleur constante. Il fallait aller tous les jours cueillir les feuilles du mûrier qu'on étalait sur les claies où grouillaient les vers. Périodiquement, la litière devait être entièrement refaite pour nettoyer l'élevage : on appelait cela « déliter » et c'était tout un travail car les magnans devaient être transférés sur d'autres plateaux avant d'être reposés sur les feuilles fraîches qu'ils engloutissaient à une vitesse impressionnante… Heureusement, les enfants purent s'occuper de ces différentes opérations sans grande difficulté.

Le 6 mai, Auguste Serrière se rendit à Barre pour l'une des trois plus importantes foires de l'année qui attirait plusieurs milliers de personnes de toute la Cévenne et même au-delà. La rue principale du village était envahie par une foule considérable qui se bousculait et se haranguait bruyamment. Les riverains avaient loué leur pas de porte et des étals aux forains qui vendaient tout ce qui se peut imaginer, mélangé en un indescriptible désordre : fruits et légumes, charcutaille ou fromages côtoyant vaisselle, outils et sabots… Les cabaretiers, aussi, étaient légions et le vin clairet coulait en abondance, contribuant à accroître l'extraordinaire animation qui régnait là ! Arrivé par le chemin de Sainte-Croix, Auguste s'était arrêté sur la place d'Orient où se tenait le marché aux cochons. Le bruit et l'odeur ne dissuadaient pas les acheteurs. Il choisit rapidement un porcelet bien dodu, qui grognait avec véhémence lorsqu'on le touchait, chez son marchand habituel et lui demanda de garder la bête jusqu'à ce qu'il repasse pour retourner au Masaout. Puis il continua ses achats ; il fit également halte chez le forgeron et lui commanda une *crapaudine*[95] pour son moulin à seigle, celle qu'il utilisait étant bien usée.

Quand il passa devant un étal de tissus, il eut soudain une idée – certes un peu folle mais, après tout, ce n'est pas tous les jours que l'on va être papa ! – et se fit montrer diverses étoffes : il préféra une belle pièce de velours moiré bleu marine qu'il acheta avec des rubans et des dentelles. Il l'offrirait à Célima après la naissance pour qu'elle se confectionne une belle robe qu'elle mettrait le dimanche au temple ou lors des grandes occasions.

Ses emplettes terminées, il effectua un tour dans le village, monta vers l'église pour voir le marché aux moutons et aux chèvres, passa devant la

---

[95] Pièce métallique (souvent en bronze) munie de cupules recevant l'axe de la chandelle de transmission qui actionne la meule volante.

place de la Loue où quelques jeunes, alignés sur le mur, attendaient qu'un maître vienne les choisir pour travailler qui comme berger, qui comme domestique, qui comme valet. Quelques-uns, qui se louaient pour l'éducation des vers à soie, portaient un ruban de soie à la boutonnière. Il discuta avec des connaissances, but un verre avec un cousin mais ne s'attarda pas davantage : il avait tant à faire au moulin et puis, il ne souhaitait pas laisser Célima trop longtemps !

Célima accoucha juste avant la quatrième mue des magnans, le 22 mai 1879…
Sa sœur Abigaïl et la sage-femme, prévenues par l'un des enfants, étaient accourues et tout s'était bien passé ; même si la maman semblait un peu fatiguée, le bébé, un gros garçon joufflu, se portait parfaitement et Auguste et son fils aîné, fous de joie, allèrent le déclarer à la mairie du Pompidou. Ils le prénommèrent Louis, comme son grand-père maternel.
Dans les jours qui suivirent, le nouveau-né n'eut pas besoin de la berceuse que l'on chante à tous les enfants *« Som, som, veni, veni, veni… Som, som, veni donc[96]… »*. Il s'endormait, en effet, au son d'un crépitement continu qui venait du toit, comme s'il pleuvait à verse : c'était le bruit étourdissant généré par la voracité incroyable des milliers de chenilles dorées – devenues grosses comme le petit doigt – qui dévoraient des monceaux chaque jour plus importants de feuilles de mûriers.
Entre le bébé et les vers à soie, on aurait dit que la folie s'était emparée du moulin Serrière où régnait une activité frénétique… Heureusement, la *granda fresa*[97] ne dure pas plus de huit jours. Le crépitement décrut dans le grenier et les magnans commencèrent à grimper dans les *brugàs*[98] séchées, qu'Auguste était allé tailler avec ses voisins sur le serre de Marabil, pour tisser leur *fosèl*[99]. La maisonnée put enfin souffler quelques jours.

Célima fit sa première sortie pour le décoconnage. Elle n'était pas peu fière, resplendissante dans sa maternité, la poitrine gorgée de lait, avec son bébé à ses côtés dans son berceau qu'elle balançait doucement du bout du pied, tout en s'activant à détacher les cocons des branches de bruyère qu'Auguste descendait, au fur et à mesure. Il y avait là une

---
[96] [Occitan] « Sommeil, sommeil, viens, viens, viens ; sommeil, sommeil, viens donc… »
[97] [Occitan] Le cinquième âge du ver à soie, après la quatrième mue.
[98] [Occitan] Bruyères.
[99] [Occitan] Cocons.

dizaine de femmes et d'enfants, voisines, parentes et amies, assises en arc de cercle sur la terrasse ; les conversations allaient bon train :
— *Vaï*, il est bien beau ton Louis, Célima !
— C'est vrai… D'ailleurs, tous tes enfants sont réussis et en bonne santé… C'est pas comme moi qui en ai perdu deux en bas âge…
— Quand même, quand tu penses qu'il aura guère plus de vingt ans au XXe siècle ! Va savoir si on continuera à décoconner dans vingt ans !…
— Y'a pas de raison que ça continue pas !
— Oh, tu sais, c'est déjà plus ce que c'était !… Ah ! Il y a trente ou quarante ans, avant la pébrine, c'était l'âge d'or, le pécule était bon ! Mais, maintenant, les filateurs, y te donnent le prix qu'ils décident…
— Eh ! Les petites, interrompit la mamée Rouvière du Masaout, attention à la *blasa*[100], enlevez-la bien et ne laissez aucune brisure de bruyère, sinon, ils n'achèteront pas !
En disant cela, elle avait récupéré deux ou trois cocons mal préparés qui n'avaient pas échappé à son regard. Elle reprit :
— Pour en revenir à ce que tu disais, c'est vrai que les temps ont changé… Moi, je me rappelle, au début des années 1840, j'étais allée me placer à Saint-Jean, chez les Bordarier et il y avait pas loin de vingt filatures. S'il en reste la moitié, aujourd'hui, c'est le bout du monde.
Auguste avait déposé un fagot de branches chargées de cocons et il écoutait ce que disait la vieille femme :
— C'est aussi à cause de la concurrence des soies de Chine, dit-il. Mais c'est vrai que c'est un peu décourageant, quelquefois. Et encore, ne nous plaignons pas trop : dans la plaine, c'est bien pire avec le phylloxera qui attaque leurs vignes. Il paraît que certains ont tout perdu… Ils commencent à planter des souches américaines qui sont plus résistantes et à traiter avec *la* sulfate, mais je ne sais pas ce que ça donnera !
— Voulez-vous encore un peu de café ? interrogea Célima.
— Oui, tiens ! Redonne-m'en une tasse !
Célima se leva et refit un service. Marguerite, du Masaribal, intervint, reprenant son éternelle marotte :
— Tout ce modernisme ne me dit rien de bon ! Autrefois, on n'avait pas tous ces problèmes ! Pourquoi changer ? C'est comme ces routes

---

[100] [Occitan] Fils de soie, un peu sales et de moins bonne qualité qui attachent le cocon aux branches ; autrefois, on le conservait dans les mas pour fabriquer de la filoselle, soie grossière mais solide.

qu'on trace, partout… Vous avez vu, en bas de la vallée, après Moissac, ils font exploser la montagne pour construire la route… C'est de la folie !

— Mais, Marguerite, on n'arrête pas le progrès ! Et puis, comme ça, on ira plus vite à Saint-Jean et à Alais !

— Ouais… mais, moi, ça ne me plaît pas !

La production de cocons fut relativement bonne. Avec sa balance romaine, Auguste pesa près de deux cents kilogrammes de cocons : il était satisfait car, même si la vente était moins bonne qu'avant, le profit qu'il en retirerait lui permettrait de faire construire un nouveau *blutoir*[101]. Et puis, avec une bouche de plus à nourrir…

---

[101] Tamis permettant de séparer le son de la farine et d'obtenir ainsi un produit très blanc et fin, de bonne qualité.

Chapitre 12

Barre-des-Cévennes, pour la Saint-Jean 1975...

L'hiver avait paru bien long à Laurent et pas seulement à cause du mauvais temps... Le travail, naturellement, n'avait pas manqué mais il n'était pas mécontent car les dindes s'étaient bien vendues, avant les fêtes. Certes, même en additionnant les aides et le bénéfice des ventes, les investissements n'étaient pas couverts, mais il avait rapidement calculé que les sommes engagées seraient amorties en trois ans, au lieu des quatre prévues ; après, il retirerait un profit d'autant plus intéressant que la charge restait supportable : en moyenne, une heure de soins par jour pendant six mois environ !

Même pendant les journées les plus froides, même les jours de neige, il s'était rendu régulièrement au moulin et avait ainsi pu imaginer la vie de ses ancêtres dans le vallon isolé. Jamais il n'oubliait de rendre visite à sa Mamie, sauf au mois de février où une mauvaise grippe l'avait tenue alitée et avait fait redouter le pire. Mais les Cévenoles sont solides : elle s'était finalement remise et avait poursuivi ses relations avec tant de précision et de détails que Laurent paraissait de plus en plus convaincu d'avoir vécu ce passé avec lequel il se sentait en totale harmonie. L'amitié entre Anne Boudon et Laurent était si évidente et les visites du garçon faisaient un tel bien à la vieille dame que sa fille Lucie l'avait invité le jour de Noël afin qu'il ne se retrouve pas tout seul. Il avait passé une bonne journée, très chaleureuse, ayant presque l'impression de faire partie de la famille. Il avait d'ailleurs fait connaissance avec les petits enfants de sa Mamie, venus pour la fin d'année « au *Païs* ».

Mais sa plus grande joie, au cours de cet hiver, fut le jour où Pierre Chaptal passa le voir à Trabassac-le-Haut, au tout début de décembre :

— Eh ! Bien le bonjour, Laurent ! Comment vas-tu ?

— Bonjour ! Ça va très bien, et vous ?… En tournée dans le coin ?

— Oui et non ! J'ai fait le détour pour te voir. Est-ce que tu as quelque chose de prévu le 1er janvier ?

— Euh… non… rien de spécial, pourquoi ?

— Ça te dirait de te joindre à nous pour le repas de midi ? On n'fait pas grand-chose, juste un repas, mais il y aura Monique, mon fils aîné, sa femme et leur bébé et, peut-être, mon autre fils mais il n'est pas sûr de pouvoir rester jusque-là… Mon père serait content de t'avoir ! Et nous aussi, d'ailleurs ! poursuivit-il avec un clignement d'œil.

— Mais… je ne voudrais pas…

— Si je fais le détour pour t'inviter, l'interrompit-il avec son air un peu ours, c'est que, pour sûr, tu ne nous déranges pas !

— Alors, c'est dit ! Merci beaucoup de votre invitation, elle me touche vraiment !

Pierre Chaptal savait-il véritablement à quel point Laurent était sincère ? Il n'avait rencontré Monique qu'une seule fois depuis le fameux repas de septembre et encore, quelques minutes seulement… Il se morfondait en pensant à elle, au point qu'il avait même envisagé de se rendre à Montpellier pour la voir. Mais, outre qu'il pouvait difficilement laisser son mas et ses animaux, il redoutait d'être maladroit, mal venu, il redoutait que le petit paysan cévenol qu'il était devenu lui fasse honte devant ses camarades étudiants, mieux habillés et plus intelligents et, pour tout dire, il redoutait de découvrir que la belle Monique avait, là-bas, un petit ami !… Ainsi, cette occasion de passer quelques heures avec elle, même si ce n'était pas en tête-à-tête, lui parut-elle inespérée. Il fit un saut à Alès, avec sa vieille 4L, pour acheter des vêtements plus élégants et quelques cadeaux et attendit, avec fébrilité, la date fatidique.

Pourtant, il n'était pas au bout de ses surprises ! Deux ou trois jours avant Noël, Monique lui rendit visite ; il nourrissait les chèvres et les moutons quand le bruit d'un moteur le tira de la bergerie. Son étonnement – sans parler de sa gêne ! – le laissa sans voix. Monique s'approcha et, sans faire cas de son état, elle l'embrassa spontanément sur les deux joues :

— Bonjour, Laurent ! Comment vas-tu ? Je suis arrivée hier de la fac, pour les vacances. Je suis contente de savoir que tu seras des nôtres, le 1ᵉʳ janvier !

Quand Monique l'avait embrassé, Laurent crut défaillir, tant son parfum l'enivra. Il bredouilla, se trouvant gauche, sale, malodorant...

— Tu t'occupais des bêtes ? Continue, je t'accompagne...

Ils pénétrèrent dans le bâtiment :

— J'aime beaucoup les moutons et encore plus les chèvres, dit-elle en s'approchant d'une biquette qui vint la renifler et brouter dans sa main la paille qu'elle avait arrachée en passant à un ballot. Quand je suis à Barre, je m'occupe souvent de celles de mon grand-père.

Laurent la regardait, ému, troublé...

— N'aurais-tu pas une blouse ou quelque chose pour protéger mes vêtements, je vais t'aider !

— Mais tu...

Il se tut et alla chercher une ample blouse grise pendue derrière la porte. Décidément, Monique prenait toujours l'initiative et il devait paraître bien stupide ! Jamais le garçon ne s'était senti aussi timide et gauche avec une fille. À cet instant, Laurent comprit qu'il était vraiment amoureux, comme jamais il ne l'avait été, un amour qu'il pressentait profond, solide, fait pour durer... L'amour de quelqu'un qui avait mûri.

— Alors, tes études, ça marche ? questionna-t-il pour ne pas s'enferrer dans son silence.

— Oui, pas mal, mais j'ai raté mon partiel de phonétique ! Il va falloir que je bûche pour me rattraper...

Elle s'était mise à traire les chèvres avec une dextérité et une habitude qui le surprirent :

— Ben ça, alors ! Tu te débrouilles drôlement bien, lâcha-t-il.

Elle sourit, malicieuse :

— Je suis Cévenole, fille de Cévenols depuis au moins trente générations, s'esclaffa-t-elle.

Puis, après un instant, elle ajouta, sérieuse :

— Mon père tenait à ce que je fasse des études et il a sans doute raison, mais en fait, je ne voudrais pas quitter mon *Païs*. Je suis tellement heureuse de revenir à Barre !

— Je me suis longtemps demandé pourquoi j'étais sur terre, à quoi je pourrais servir, quand je vivais dans ma banlieue sordide de Sarcelles, confia-t-il. Mais, maintenant, je crois, je sens, que j'ai trouvé ma voie… Peut-être s'agit-il, d'une certaine façon, d'un atavisme, car, si je ne suis pas né en Cévenne, mes recherches confirment que j'ai aussi le sang d'au moins trente générations de Cévenols !

— Vingt-neuf, dit-elle, dans un éclat de rire. Ton père…

— Non, non ! Mon père est né au Masaout ! s'insurgea-t-il.

— Bon, bon ! D'accord, trente générations ! admit-elle. Alors, on est quitte !

Ils avaient terminé à la bergerie. Laurent demanda :

— Veux-tu rester pour souper ?

— Non, je m'en vais… Je n'ai pas prévenu, chez moi ! À propos, tu devrais faire installer le téléphone, suggéra-t-elle.

— Je me suis renseigné mais il faut planter je ne sais combien de poteaux : on m'a dit qu'il y aurait au moins deux ans d'attente et une avance remboursable importante à payer… alors !

— Demande quand même, tu l'auras bien un jour !

Elle s'approcha pour lui faire la bise :

— Pour la Saint-Sylvestre, les jeunes de Barre font le réveillon à la salle des fêtes… Pourquoi n'y viendrais-tu pas ?

— Je n'y suis pas invité et je ne connais pas vraiment les jeunes du village…

— Et si c'est moi qui te le demande ?

Il saisit la main de la jeune fille, sans même prendre conscience de son geste. Un trouble fou l'envahit :

— C'est vrai ? Tu voudrais…

Elle déposa un rapide baiser sur sa joue et s'enfuit, vive et rieuse. Pendant qu'elle manœuvrait pour repartir, Laurent s'était approché, bouleversé. Elle descendit la vitre de la portière et lança :

— Tu viendras !

Laurent ne sut pas très bien s'il s'agissait d'une question ou d'un ordre.

Bien sûr, il y alla ! Non sans quelque appréhension car il ignorait l'accueil qui lui serait réservé. En fait, il ne frayait pas beaucoup avec la jeunesse locale qui, de son côté, le considérait encore un peu comme un *zippie*. Comme il ne sortait pas souvent, les rencontres avaient lieu de jour, aux marchés, chez les commerçants ou, parfois, lorsqu'il croisait un groupe de chasseurs dans les bois. Les échanges restaient d'une platitude et d'une banalité affligeantes : en serait-il de même s'il tentait de s'introduire dans leur clan ? En s'intéressant, de surcroît, à une fille du groupe !

Contrairement à ce qu'il craignait, la fille en question lui servit de sauf-conduit. Elle le présenta en insistant sur ses racines et on lui fit, au moins par devant, bonne figure, même si personne, au fond, ne devait vraiment apprécier ce rival quelque peu *outsider*... Car il fut rapidement clair pour tous – sauf, bien sûr, l'intéressé ! – que Monique, qui semblait en fasciner plus d'un, n'avait d'yeux que pour Laurent.

Il y avait foule. Ils dansèrent, s'amusèrent, burent un peu en plaisantant et l'on arriva rapidement aux douze coups de minuit. Chacun se congratula et s'embrassa dans une ambiance bruyante mais sympathique et bon enfant. Après être passée de bras en bras, Monique se débrouilla pour se retrouver dans ceux de Laurent au moment où débutait le slow indémodable de Mort Shuman, *Le Lac majeur*. Elle se blottit tout contre lui, il l'embrassa en lui soufflant à l'oreille, avec une sorte de ferveur :

– Monique, je te souhaite une très, très, très bonne année 1975, de réussir ta licence, d'être heureuse et d'obtenir tout ce que tu pourrais désirer...

– Vraiment ? dit-elle un brin moqueuse. Eh bien, vois-tu, il y a des choses que je désire et que je ne vois pas arriver... Blague à part, moi aussi, Laurent, je te souhaite une très bonne année. Mais que souhaites-tu, au juste ?

Elle se serrait contre lui et l'émotion du garçon était à son comble, à tel point qu'il se mit à trembler comme une feuille sous la bise d'automne. Monique le sentit et comprit : une fois de plus, elle prit l'initiative et leurs lèvres se soudèrent en un long, long baiser... le premier !

À quatre heures du matin, Laurent raccompagna Monique chez elle. Au moment de se séparer, il prit son courage à deux mains et commença :

– Je...

Elle l'interrompit immédiatement en posant un doigt sur sa bouche :

– Chut ! Ne dis rien... 1975 sera peut-être une année importante pour nous ! Mais je ne pense pas que le moment ni le lieu soient bien choisis pour en parler… Va vite dormir un peu et n'oublie pas d'être là à midi : mon père a horreur qu'on se mette à table en retard !

Le repas avec la famille Chaptal parut complètement irréel aux yeux de Laurent tant il se trouvait sur un petit nuage de félicité ; il n'avait, bien entendu, pas beaucoup pu dormir et la fatigue contribuait à accentuer l'étrangeté de la situation : l'impression, en fait, d'être devenu le gendre de la maison… Il lui semblait qu'un poids immense, une oppression plutôt, l'avait quitté et il se sentait bien. Il aurait seulement voulu se retrouver seul avec Monique pour l'embrasser et l'embrasser encore, pour lui dire, lui crier, à quel point il l'aimait, à quel point elle hantait ses nuits et ses journées. Mais il ne put se trouver seul avec elle de tout le temps qu'il resta. Cependant, ses regards devaient paraître tellement brûlants et éloquents qu'à un moment, Monique, portant son doigt sur sa bouche, l'invita discrètement à plus de réserve. Jean, le grand-père, ne fut pas dupe du jeu – pas plus que les autres membres de la famille, sans doute, même s'ils ne le marquèrent pas – et interrogea le garçon, avec un petit sourire :

— Eh bien, Laurent, tu sembles bien rêveur !

Laurent s'en était sorti d'une pirouette en disant qu'il n'avait plus l'habitude de se coucher aussi tard et qu'il était « un peu dans le cirage ! » Prétextant ce motif, il prit congé à la tombée du jour, remerciant chaleureusement ses hôtes pour leur accueil. Monique l'accompagna et, lorsqu'ils furent devant la voiture, elle lui déclara :

— Je repars demain après-midi pour Montpellier. Les cours ne reprennent que lundi 6, mais je dois préparer un travail à la BU[102]. Je voudrais simplement te dire que je crois tenir beaucoup à toi mais je souhaite réfléchir et faire le point pour choisir ce que sera ma vie. C'est très important, tu comprends ? Et puis, je veux absolument terminer ma licence ! Profites-en pour réfléchir toi aussi !

— Mais, Monique, je n'ai nul besoin de réfléchir : je sais que je t'aime, que je t'aime comme un fou, à m'en rendre malade !

— Je le sais, je l'ai bien senti ! Mais c'est justement parce que notre histoire ne doit pas être une banale aventure sans issue que je te demande de patienter et de me comprendre ! Ma grand-mère me disait toujours, quand j'étais adolescente, qu'un amour doit se construire sur des bases solides, sinon il s'effondre. Peut-être te parlerai-je un jour des histoires

---

[102] Bibliothèque universitaire.

qu'elle me racontait et qui m'ont beaucoup marquée... Ton arrivée à la maison Chaptal, il y a quelques mois, a bouleversé ma vie mais, je t'en prie, laisse-moi le temps de remettre de l'ordre dans ma tête !

— Pourrai-je au moins venir te voir, à Montpellier ?...

— Non, je t'en conjure, surtout pas ! Je tiens à ce que ton reflet reste indissociable de ce mas que tu as restauré et de ma Cévenne, où je peux t'imaginer... Nous irons à Montpellier ensemble, si tu veux, plus tard, mais ne viens pas brouiller mon esprit ni distraire mes études. Je rentre souvent, les week-end, sauf quand il fait trop mauvais et nous nous verrons, je te le promets !

Laurent ne parvenait pas à se décider à s'en aller. Il avait pris les mains de Monique et, des larmes dans les yeux, il répétait :

— Je t'aime, je t'aime...

— Peut-être bien que moi aussi... Mais il faut que tu partes, maintenant !

L'obscurité gagne vite en janvier, alors, profitant de la pénombre, Laurent enlaça Monique et l'embrassa passionnément. Elle eut un bref mouvement de recul mais finalement se laissa faire et rendit le baiser avec la même fougue.

Ni l'un ni l'autre n'aperçut le rideau de la fenêtre qui bougeait, au-dessus de leur tête, ni n'entendit la conversation se déroulant dans la pièce sombre :

— Ils sont fiancés ? demanda Jean-Claude, le frère de Monique.

— Pas encore, pas encore ! répondit le papé, goguenard.

— Que veux-tu dire, Papé ?

— Que ça crève les yeux que ça ne tardera pas, pardi ! Et que j'en suis bien content ! ajouta-t-il avec malice.

Le fils et la bru se regardèrent mais ne formulèrent aucun commentaire.

Le temps était passé sur fond de débats politiques et moraux concernant la « loi Veil » relative à l'interruption volontaire de grossesse[103], d'attentats terroristes à Orly, de crise à Madagascar ou à Chypre, sans oublier les conséquences du choc pétrolier sur les économies d'énergie préconisées par le gouvernement. Mais ce n'est pas pour l'assassinat du roi Fayçal d'Arabie que la date du 25 mars 1975 restera gravée dans la mémoire de Laurent Serrière ! Ah, ça, non ! Ni

---

[103] Décembre 1974 - janvier 1975.

même parce que ce jour-là se trouvait être celui de son vingt-cinquième anniversaire… Encore que ce soit bien à cause, ou, plutôt, grâce à cette circonstance que tout arriva. Ce mardi, dans la matinée, Laurent était occupé à tailler du bois dans la châtaigneraie, en-dessous de son mas, quand il entendit un moteur de voiture qui descendait du serre Long et s'arrêtait au hameau. Il remonta donc en soufflant un peu en raison des efforts qu'il venait d'accomplir et resta figé quand il reconnut le véhicule : c'était celui de Monique !

Il courut comme un fou vers sa maison. Monique était dans la cuisine, affairée à disposer un gros gâteau sur un plateau. Quand elle entendit Laurent entrer, elle se précipita dans ses bras avec son si beau sourire :

– Oh, Laurent ! Tu arrives deux minutes trop tôt, mais ça ne fait rien ! Je te souhaite un très bon anniversaire ! et elle l'embrassa tendrement.

Abasourdi, le garçon se laissa faire puis serra la jeune fille très fort :

– Mais… mais, que fais-tu ici ? Je te croyais à Montpellier !

– J'y étais ce matin, mais je suis venue pour ton anniversaire, pour passer la journée avec toi !

– Monique, Monique ! Il y a si longtemps que personne ne m'avait souhaité mon anniversaire ! Merci, ma chérie, c'est tellement merveilleux que je ne parviens pas à y croire… Tu es venue exprès pour me voir ?

– Mais oui !

– Ah ! Monique ! Si tu savais à quel point je t'aime !

Et il l'embrassa comme un fou, la faisant tourner dans la pièce, sautant de joie…

– Attends, ce n'est pas tout ! dit-elle en sortant un petit paquet enveloppé dans un joli papier doré avec un ruban rouge, qu'elle lui tendit.

Ému, touché, il prit le cadeau, ne sachant s'il devait d'abord l'ouvrir ou embrasser la donatrice. Monique éclata de rire :

– Et bien ! Ouvre-le !

Il s'agissait du récent prix Goncourt, *La Dentellière* de Pascal Lainé[104]. Laurent ouvrit le livre. Sur la page de garde, d'une écriture appliquée, à l'encre bleue, la dédicace disait :

*« À mon cher Laurent,
pour ses vingt-cinq ans,*

---

[104] Goncourt 1974, décerné le 18 novembre 1974 (Gallimard).

en espérant que l'attente ne lui paraîtra pas trop longue...
Avec toute ma tendresse.

Le 25/03/75
Monique »

N'y tenant plus, Laurent enlaça la jeune fille et l'embrassa fougueusement. Quand, finalement, ils reprirent leur souffle, il reprocha :
– Non, Monique chérie, je n'en peux plus d'attendre ! Je t'aime et sans toi, ma vie me paraît vide, sans intérêt ! Je n'ai plus de goût à ce que je fais... Tu hantes chacun de mes instants. Pourquoi me faire souffrir ainsi, alors que tu viens une nouvelle fois de me donner une preuve de ton amour ?
– Je t'ai demandé de patienter pour me laisser le temps d'y voir clair... Et, en vérité, je crois que tout s'obscurcit et se mélange dans mon esprit. La seule chose dont je sois sûre, c'est que je ne peux vivre sans toi !

Le printemps était entré dans le calendrier depuis trois jours et, déjà, dehors, la nature le confirmait par le bouillonnement de la sève et les jeunes bourgeons qui gonflaient sous les ardents rayons du soleil : soudain, il venait aussi d'éclater dans l'âme et dans les veines de Laurent. Le monde, en une seconde, parut resplendissant, plus beau, plus chaud, plus vaste... Mais l'était-il assez pour contenir son amour ?

Pour la première fois, leurs corps s'unirent en une félicité indescriptible. À sa façon, Monique venait d'entrer dans l'Année de la Femme[105] en devenant, charnellement et dans son cœur, celle de Laurent...

Jamais Laurent ne s'était senti plus heureux et l'avenir ne lui avait semblé plus radieux : il aimait, intensément et profondément à la fois, d'un amour partagé, solide, durable, d'un amour sur lequel on peut bâtir une vie. Non seulement il avait trouvé sa voie en aboutissant dans ce pays, le sien, mais en plus, il allait y construire une existence de paix et de bonheur ; il avait tout de même fallu un quart de siècle pour qu'il trouve – ou atteigne – son équilibre, mais il songeait que, peut-être, Dieu avait cherché à l'aguerrir avant de le conduire à la sérénité. Et, pour sûr, Il y était parvenu : Laurent se trouvait plus fort, de cette force inexplicable que procure l'union de deux êtres, la force de l'Amour !

---
[105] Nom attribué à l'année 1975 par l'Organisation des Nations unies.

Levé à l'aube, couché tard, il travailla dès lors avec acharnement et gaîté à son exploitation, pour laquelle il concevait mille projets, mais aussi à terminer l'aménagement de sa borie séculaire. C'est ainsi que se produisit un événement étonnant dans lequel il voulut voir un signe favorable de l'Éternel de ses ancêtres qu'il redécouvrait insensiblement, caché qu'Il était au tréfonds de sa conscience et des *vallats* cévenols. Alors qu'il cassait l'encadrement de granit d'une fenêtre pour l'agrandir, il constata qu'une pierre n'était pas scellée de la même façon que les autres ; l'extrayant précautionneusement, il découvrit une cache dissimulée dans l'épaisseur du mur. Là, un coffret en bois, en assez bon état, attendait depuis… depuis combien d'années, au juste ? D'abord fébrile à l'idée de récupérer un trésor, il fondit en larmes, sous le coup d'une étrange émotion : reposant sur un carré de soie grège qui tapissait le fond se trouvaient quelques papiers de famille jaunis, une petite croix huguenote en argent accrochée à une chaînette et une vieille Bible d'Olivétan[106], partiellement rongée par le temps…

Laurent s'assit sur une caisse et, délicatement, ouvrit la couverture épaisse et rigide. La page de garde était presque entièrement recouverte d'écritures difficiles à lire, dont l'encre fanée s'effaçait par endroits. À force d'attention, il parvint toutefois à déchiffrer quelques-unes des annotations. Il s'agissait d'une émouvante litanie de noms et de dates marquant la succession des générations d'une famille qui avait possédé le Livre. Le premier patronyme qu'il put découvrir était David Jouanenc, 1568-1624, et le dernier possesseur, bien lisible, s'appelait Abraham Jouanenc, mais une seule date figurait à côté, 1663, comme si un événement avait empêché d'indiquer la date de sa mort… Cet Abraham, ainsi, semblait encore un peu vivant, songea Laurent avec mélancolie ! Puis il feuilleta les pages qui crissaient sous ses doigts, fragiles comme ces biscuits que l'on mange avec les glaces, et tomba, par hasard sur le psaume 25. Pour la première fois de son existence, il lisait la Bible et les mots, en vieux français, sonnaient bizarrement dans sa tête, emplis soudain de sens et de résonance :

---

[106] Pierre Robert, dit Olivétan, traduisit la Bible en français d'après les textes hébreux et grecs originaux (1535). Elle est la première Bible en français d'influence protestante et elle comportera de nombreuses rééditions aux XVIe et XVIIe siècles, avant d'être profondément remaniée par David Martin, à la fin du XVIIIe siècle. Et, le hasard faisant parfois bien les choses, la Bible d'Olivétan est également connue sous le nom de Bible de Serrières !

« A Toy, mon Dieu, mon cœur monte,
En Toy mon eſpoir j'ay mis ;
Serois-je couvert de honte,
Au gré de mes ennemis ?
Jamais on n'eſt confondu
Quand ſur Toy l'on ſe repoſe,
Mais le Méchant eſt perdu
Dès qu'à tes loix il ſ'oppoſe. »

Longtemps, il poursuivit sa lecture et les larmes coulaient doucement sur ses joues. Mais elles n'étaient point larmes de tristesse, d'émotion plutôt... Quand enfin il referma le livre, son cœur débordait d'une profonde sérénité, d'une intense paix intérieure, d'un amour qui lui rappelait son amour pour Monique... La vie lui souriait ! Était-ce cela le bonheur ?

En ouvrant ses volets, par ce lumineux matin du 21 juin 1975, Laurent a vraiment l'impression d'être un homme comblé. Son cœur bat à l'unisson de ce monde qu'il découvre chaque jour avec autant de ravissement, quelle que soit la saison. Renforcée par la fraîcheur nocturne et par la fine rosée qui scintille sur l'herbe des prés, l'odeur entêtante et musquée des fleurs de châtaigniers monte du *vallat*. Au loin, sur le versant opposé, les premiers rayons du soleil irisent le jaune vif des genêts en fleurs. Toute la montagne sent l'été : la nature exulte et la faune salue, à sa manière, ce jour nouveau avec, au loin, le chant du rossignol, l'engoulevent qui strie l'air pur de son trait sonore, le brame d'un cerf sur le serre de Fontmort ou, plus proche, le piétinement impatient des moutons et des chèvres dans la bergerie, le cancanement des colverts sur la mare, les jappements du chien Tilou poursuivant quelque sauterelle au milieu des lys sauvages...

Mais si la beauté du spectacle qu'il contemple contribue à le rendre joyeux, il a, en fait, bien d'autres motifs de satisfaction en perspective et aujourd'hui et demain sont de grands jours pour Laurent ! Encore faut-il que cette belle journée s'écoule le plus vite possible pour arriver au soir ! Il vaque à ses occupations mais sa tête est ailleurs... Quand, en fin d'après-midi, il entend la voiture de Monique qui descend le chemin du serre Long, il est déjà prêt depuis longtemps, aussi repartent-ils sans tarder. Lorsqu'ils parviennent à la route de Barre à Saint-Germain, Monique propose :

— Il est encore un peu tôt pour nous rendre au restaurant ! Que dirais-tu d'aller admirer le coucher du soleil au Prat Reboubalès ?

— Oui, d'accord !

Elle tourne donc à droite, en direction du plan de Fontmort où ils se retrouvent quelques minutes plus tard. Là, Monique engage le véhicule sur une route forestière étroite et non goudronnée qui grimpe à flanc de montagne au travers des pins, des ormes, des fayards et des rouvres. Arrivée sur la crête, à plus de onze cents mètres d'altitude, elle se gare sur un terre-plein, face au vide. À leurs pieds, l'immensité des serres et des *vallats* cévenols se déroule dans une féerie de couleurs et de contrastes où dominent les bleu nuit des creux et les ocres incandescents des versants ouest éclaboussés des derniers feux de l'astre solaire, démesuré, suspendu au-dessus de la can de l'Hospitalet. Ils observent, fascinés, ce décor de commencement du monde, d'une beauté écrasante, farouche, quasi surnaturelle mais aussi rassurante et apaisante dans sa rémanence chaque jour renouvelée. À chaque minute, on voit le disque rougeoyant descendre un peu plus, aspiré par l'échine vigoureuse de l'Aigoual qui l'engloutira bientôt. Comme les vagues d'un océan figé, caressé de lumière, la corniche des Cévennes, la montagne de Liron, la Luzette semblent onduler sous les rayons obliques et, dans le lointain, les calcaires blancs de la montagne de Bougerlan, du Bouquet et du pic Saint-Loup, à la limite de la plaine, jettent un dernier éclair avant de sombrer dans la gaze mouvante de la brume vespérale. Inconsciemment, les deux amoureux frissonnent et leurs mains s'étreignent plus fort devant tant de splendeur et d'harmonie. Une minute encore et le soleil, dévoré par le roc, a disparu en un flamboiement brûlant qui laisse dans le ciel azuréen les traînées de feu d'un incendie gigantesque.

Visiblement émue, Monique murmure :

— Voici réunis en un même lieu et dans le même temps tout ce que j'aime : toi, Laurent, et mes Cévennes… Puisse le Seigneur préserver l'un et l'autre jusqu'à la fin de mes jours…

Bouleversé par l'aveu autant que par l'instant, Laurent, se sentant incapable d'aussi bien exprimer ses propres sentiments, enlace Monique et l'embrasse longuement, à la fois avec passion et avec retenue, tout simplement avec amour !

Un quart d'heure plus tard, tous deux sont attablés au *Bellevue*, à Barre. De leur place, à côté de la fenêtre, ils dominent tout un univers rendu mystérieux par l'obscurité qui a gagné. L'incendie, à l'ouest, s'est apaisé pour laisser la place à une fine dentelle rose qui découpe l'horizon en le rendant presque palpable. Au firmament, les étoiles de la Voie lactée scintillent doucement, dispensant leur clarté froide et sereine en direction de Saint-Jacques-de-Compostelle. Au-dessous, fragiles phares de vie dans un gouffre sans fond, quelques lumières marquent de leurs faibles clignotements les emplacements des mas isolés, des hameaux et villages où, comme ici, les gens aiment et espèrent et où, dans une heure ou deux, ils allumeront les feux de la Saint-Jean pour clamer la victoire du jour sur la nuit mais aussi la promesse de bonnes récoltes, pour signifier, face à l'univers, leur espérance…

Les amoureux, à leur table, sont seuls, seuls au monde, un monde qu'ils sont en train de reconstruire avec des briques de joie et du ciment d'amour. Ils sont seuls et, pourtant, à côté, les autres convives jasent, comme dans tous les villages, dans toutes les communautés où chacun se connaît et épie l'autre. Ceux-là parlent à voix basses en leur jetant des regards qui de connivence, qui de jalousie, qui de reproches et ils commentent… Pensez-donc, il y a de quoi !

— Alors, c'est vrai qu'ils se fiancent demain ?
— Eh oui, vous m'en direz tant ! Qui aurait cru que la fille du grand Pierre irait chercher un *estranger* !
— Pire ! Un de ces *zippies* venus envahir Trabassac !
— Eh ! Vous y allez fort ! C'est un Serrière du Masaout ! Ce n'est pas un étranger et puis, il travaille dur !
— C'est vrai que ceux de Sainte-Croix et de la Vallée l'aiment bien…
— Oh, mais, tu sais, ceux de la Vallée, moi je les connais !…
— Eh, Léon, arrête ! Tu oublies que j'en suis de la Vallée ! Il n'empêche, elle aurait bien pu prendre un garçon de Barre !
— Dis, tu penses pas un peu à ton fils Jacques qui lui tournait autour, des fois ?…
— Oh, moi, ce que j'en dis…
— Note bien… À quoi ça lui servira toutes ces études qu'elle a faites à Montpellier pour aller s'occuper de chèvres et de moutons !
— Elle a réussi ses examens ?

– Oui, sa mère disait hier, chez le boulanger, qu'il fallait qu'elle retourne à l'université, la semaine prochaine, pour je ne sais trop quoi, mais elle a décroché sa licence d'anglais.

– Ben, ça, alors ! Elle a bien marché cette *pitchoune*[107] !

– Ouais… À quoi ça lui servira, en effet, de parler anglais dans son *vallat* ?

Une femme, avec des airs de conspirateur et en baissant un peu plus le ton, intrigue alors :

– Vous savez, on dit qu'elle couche !… Oui, oui !

– Ah bon ! Ça ne m'étonne pas, avec ces histoires de pilules et d'avortement autorisé… C'est la porte ouverte à tout ! Ah, de mon temps…

– Dis, Lucienne, de ton temps, ça se faisait déjà et je me suis laissé raconter que toi aussi… peut-être…

– Oh, tu exagères ! Tais-toi…

– *Vaï* ! Tu sais ce que prétend le dicton : « *Las filhas son coma las caucigas, maï las sarrètz, mens pican*[108] ! »

Ils éclatent tous de rire à cette saillie et l'un des hommes conclut, en reposant son verre :

– En tout cas, je n'ai jamais vu le papé Chaptal aussi content ! Au moins, elle restera au *Païs* sa petite-fille !

Sur le coup de onze heures, plus de la moitié de la population se retrouve au sommet du village, à la croisée des routes de Saint-Germain et du Vergougnoux, où les jeunes ont dressé un bûcher gigantesque, au bord du pré qui sert de camping. Dans une liesse indescriptible, le feu est allumé… Grâce à la paille et aux cartons entassés en son centre, il ne faut pas longtemps pour que les flammes s'élèvent à plusieurs mètres dans le ciel en projetant une myriade d'étincelles multicolores et tourbillonnantes, dans un crépitement assourdissant… Des « oh ! » et des « ah ! » s'échappent de dizaines de gorges en même temps et l'on voit les yeux briller de joie devant ce symbole millénaire qui, dès l'aube de l'humanité, a rassemblé les hommes dans une intense communion et une fascination mystique. Compte tenu de son emplacement, ce feu doit s'apercevoir à la fois du sommet du Lozère et de celui de l'Aigoual !

---

[107] Régional : petite enfant
[108] [Occitan] « Les filles sont comme les chardons, plus on les serre, moins elles piquent ! »

La jeunesse, soudain, se rassemble et les garçons et les filles, se prenant par la main, entrent dans une folle farandole autour du foyer. Tout à coup, dans un vacarme épouvantable et avec une explosion de brindilles incandescentes, les bûches se sont effondrées ; la lueur des flammes, contrariée par cette chute brutale, a vacillé un instant, agitant des ombres fantasmagoriques alentour. L'envoûtement est à son comble.

Alors, les jeunes gars, suivant l'antique coutume et pour montrer leur courage et leur vigueur, commencent à sauter au-dessus des flammes, sous les encouragements des spectateurs. Cela dure longtemps et certains, ruisselants de sueur, se sont mis torse nu... Puis, le feu faiblit mais les braises continuent de rougeoyer, avivées par la petite brise nocturne. Plusieurs garçons traversent maintenant le foyer non plus en sautant mais en marchant sur les charbons ardents, d'ailleurs imités par quelques filles courageuses qui rient aux éclats quand la chaleur dégagée soulève leurs robes légères !

Subitement, sans comprendre ce qui s'est passé, Monique et Laurent se trouvent entourés d'une dizaine de camarades de la jeune fille qui dansent en chantant bruyamment :

« Oh, la belle, tu as raison,
Il faut entrer dans ta maison !
Nous entrerons
Dans ta jolie chambrette,
Nous y parlerons
De tel brin d'amourette... »

Puis, ignorant ostensiblement Laurent, ils entraînent Monique par la main en lui disant :
— Saute le feu, saute-le trois fois ! Comme ça, tu ne feras pas mentir la tradition[109] !...

Monique a bien senti la pointe d'amertume – de jalousie ? – qui perçait dans la voix de celui qui vient de parler, mais elle ne veut pas en faire cas, aussi se plie-t-elle de bon gré et en riant à la requête. Trois fois, elle franchit d'un bond gracieux qui fait voler son ample robe l'épais foyer igné d'où s'élèvent encore quelques flammèches bleutées... Trois

---

[109] En Cévenne, on considérait autrefois que, pour une fille, sauter trois fois le feu de la Saint-Jean favorisait le mariage dans l'année.

fois, les applaudissements ponctuent ses bonds. Au moment où elle rejoint Laurent, celui-ci interpelle les garçons :

– Eh ! Rendez-vous dans dix minutes au *Café du Commerce*, c'est ma tournée !

Cette annonce inattendue est saluée par des « hourra » et la bande réjouie s'égaille dans la foule en chahutant.

– Oh, Laurent ! Tu as eu une bonne idée de les inviter ! Je ne voudrais pas qu'ils t'en veuillent et le ton de Jacques m'a blessée… Ce sont mes copains depuis toujours, tu comprends ?

– Mais bien sûr, ma chérie ! Moi non plus, je ne souhaite pas m'en faire des ennemis ! Et, puisqu'ils ont parlé de tradition, n'est-il pas coutumier d'enterrer notre vie de célibataires ?

– Oui, mais la veille du mariage !

– Nos fiançailles revêtent pour moi la même importance et la même signification !

Main dans la main, ils quittent le lieu. La route conduisant au village est bondée de gens qui rentrent se coucher sans se presser tant il fait doux et il règne une sympathique animation : décidément, cette nuit est bien la plus courte de l'année pour la plupart, comme elle est partie pour l'être pour les deux amoureux ! Lorsqu'ils arrivent au café, les joyeux drilles les attendent déjà devant la porte en chantant : simplement, leur nombre a presque doublé depuis tout à l'heure !

Sans hésiter, Laurent pénètre dans le petit établissement et commande :

– Champagne pour tout le monde !

Décrire le succès que recueille cette offre serait difficile… ou alors, trop bruyant ! Le patron du bistrot est ravi et hilare : ce n'est pas tous les jours qu'on lui commande du champagne pour une vingtaine de personnes ! Sitôt les coupes remplies, Laurent réclame le silence – qu'il obtient avec peine :

– Les amis, ce jour est le plus beau jour de l'année puisqu'il ouvre l'été. Pour moi, c'est le plus beau jour de ma vie et je crois bien que je suis le plus heureux des hommes grâce à Monique qui a bien voulu de moi ! Nous nous aimons et, vous le savez, demain, nous fêterons nos fiançailles officielles. Notre mariage se fera dans quelques semaines… Ainsi va la vie… Il devait être écrit quelque part que nos chemins se rencontreraient, comme il est certainement écrit que votre chemin rencontrera, à un moment ou à un autre, quand vous vous y attendrez le moins, celui de la fille ou du garçon avec qui s'inscrira votre destin : c'est tout le malheur que je vous souhaite ! Mais, en attendant, permettez-moi de vous associer à mon bonheur et... trinquons !

Surpris par ce propos un peu solennel qui, l'air de rien, coupait court à tout reproche, à toute rancœur, en s'élevant au niveau d'une sorte de prédestination divine, les jeunes présents gardent le silence un instant, se contentant de lever leur verre pour répondre au toast de Laurent. C'est comme si le temps s'était suspendu, quelques brèves secondes qui paraissent une éternité. Conscient du malaise qui s'instaure et par une sorte d'amicale provocation, l'un des buveurs s'écrie alors :

— Monique, un discours ! Monique un discours !

Immédiatement repris par la salle entière...

Monique rougit, un peu décontenancée :

— Mais... que voulez-vous que je vous dise ?

Laurent se penche vers elle et sous prétexte de l'embrasser pour l'encourager, il lui glisse :

— Dis-leur quelque chose ! Fais-les rire !

Prenant son courage à deux mains, soudain émue, Monique commence :

— Je, je... je n'sais pas trop que vous dire... sinon que je suis très heureuse et que j'aime Laurent ! En fait, je crois qu'il a bien dit ce que j'éprouve également. Vous tous qui êtes là, nous nous connaissons depuis toujours, nous avons quasiment grandi ensemble et je sais que je vous aimerai toute ma vie, que je ne vous oublierai jamais. Pourtant, je sens bien, au plus profond de moi, que mon avenir est avec Laurent. Ça ne s'explique pas...

Puis, retrouvant son sourire et son esprit de répartie, elle ajoute :

— En vérité, je vais vous faire une confidence : si j'ai décidé d'épouser Laurent, c'est que c'est ici le seul garçon qui n'envisage pas ou ne rêve pas de quitter le pays pour aller à Nîmes, à Montpellier ou même à Paris... Et pour cause car, de Paris, il en vient !

Ils éclatent de rire. Haussant le ton, Henri, l'un des amis de Monique, proclame :

— Si c'est pour t'épouser, je veux bien rester à Barre, moi aussi !

— Menteur, s'esclaffe-t-elle. À Noël encore, tu me confiais souhaiter aller à Marseille pour chercher du boulot !

Nouveaux éclats de rire et commentaires moqueurs fusent de toutes parts. Soudain, Jacques se lève et réclame le silence. Le cœur de Monique s'accélère : elle avait vaguement flirté avec lui, il y a deux ou trois ans et, depuis, fou amoureux, il lui faisait une cour assidue. Elle redoute donc ce qu'il va dire, surtout qu'elle a senti Laurent se crisper également… Quand il obtient le calme, Jacques, avec une voix douloureuse qu'il veut assurée, commence :

— Je crois pouvoir me faire le porte-parole de nous tous pour te souhaiter, Monique, beaucoup de bonheur… pour vous souhaiter beaucoup de bonheur à tous les deux !

Surprise et émue, Monique s'approche de lui et l'embrasse :

— Merci, Jacques ! Merci à vous tous !

Laurent a retrouvé le sourire ; il lève sa coupe :

— À notre santé à tous ! Tchin, tchin !

Cette nuit de la Saint-Jean – ou ce qu'il en restait ! – fut la première que Monique passa à Trabassac-le-Haut…

Comme toujours dans la vie, aux moments les plus intenses peuvent succéder de grandes afflictions. Ce 26 juin 1975, Laurent voit arriver la voiture des Perrier, du Masaout. Quand Lucie en descend, il comprend que quelque chose de grave vient d'arriver :

— Laurent, dit-elle, les yeux rougis, ma pauvre mère est décédée cette nuit, subitement… Hier encore, elle me parlait de toi… On aurait dit qu'elle sentait ce qui l'attendait car elle m'a répété plusieurs fois qu'il faudrait que je te donne sa boîte de vieilles lettres quand elle serait morte… Les obsèques auront lieu samedi 28 à dix heures au temple du Pompidou. Viendras-tu ?

— Quelle question !…répond-il en essuyant une larme qu'il ne put retenir. C'est trop bête, poursuit-il, comme pour lui-même, j'aurais tellement aimé qu'elle assiste à mon mariage ! Et elle semblait si contente, aussi, à cette idée…

— Pour sûr… Elle t'aimait beaucoup… Et puis, tu l'as tellement ramenée à ses souvenirs !

Chapitre 13

Le moulin Serrière, hiver 1915-1916...

En aval du moulin Serrière, sous le beau cyprès planté une quinzaine d'années plus tôt, lors de la mort d'Auguste, pour servir de gardien tutélaire à sa sépulture, une deuxième tombe est venue s'aligner aux côtés de la première... Célima, à son tour, est partie, avec la discrétion qui la caractérisait, en février 1913. Au moins n'aura-t-elle pas vu débuter cette guerre absurde et horrible qui a vidé la Cévenne de la force vive de tous ses hommes en âge d'aller se faire tuer ! Au moins ne sait-elle pas que son fils Louis, mobilisé dès août 1914, se trouve sur le front de l'Est.

Depuis que Louis « est à la guerre », comme on disait alors, la vie au moulin n'est pas facile pour Françoise, son épouse. Elle doit pourvoir à tout, sans délaisser l'éducation des enfants ! Heureusement, Paul, son beau-frère, qui a été réformé pour une infirmité à la jambe, vient très souvent l'aider, sans quoi, malgré le soutien des voisins du quartier et de la parentèle, elle n'y arriverait sûrement pas. Surtout qu'à la suite d'une courte permission de son mari, qu'elle est allée rencontrer à Alais, elle s'est retrouvée enceinte avec, inexplicablement, une grossesse plutôt difficile.

Alors, bien sûr, beaucoup de tâches ne sont pas faites et les abords paraissent un peu à l'abandon : il ne faut pas longtemps aux broussailles pour envahir le bout des *faïsses*, à la terre et à la vase pour obstruer la *gorga*, à la pluie pour endommager la charpente, à cause d'une lauze descellée...

Au fur et à mesure que son ventre s'est arrondi, Françoise a dû abandonner certaines activités. Ce n'est plus elle qui, emplissant les *descas*[110] de linge, va au torrent pour la lessive mais sa fille qui, agenouillée dans la corbeille, lave les petits vêtements, tandis que les *bugadièiras*[111] du hameau se chargent des grosses pièces, telles que les draps ou les camisoles, que l'on doit battre contre un rocher et qui pèsent très lourd lorsqu'elles sont gorgées d'eau. Plus elle, pareillement, qui entretient le potager : les garçons s'en occupent tant bien que mal entre chacune des visites de l'oncle Paul ; en effet, celui-ci, malgré son handicap, s'acharne à biner, ratisser, arroser afin que sa belle-sœur et ses neveux ne manquent de rien.

Avec le temps qui passe, Françoise ne parvient bientôt à se consacrer qu'aux travaux de filage de la laine au fuseau et à la broderie des bas de soie dans laquelle elle excelle. Pourtant, même si cette besogne méticuleuse permet de gagner trois ou quatre sous, toujours bienvenus, on ne peut pas dire que l'opulence et la facilité règnent au moulin Serrière.

Ces heures sombres sont évidemment les conséquences de la guerre, cette guerre que les paysans-soldats étaient partis gagner en quelques semaines et qui s'enlise désormais dans les tranchées boueuses et glaciales. Dès la rentrée des classes de 1914, les petites filles, dans les écoles des villages, s'étaient attelées aux travaux manuels pour satisfaire les besoins du front. Du fait de l'absence des hommes, la Chambre des députés a accordé, en juillet dernier, l'exercice de l'autorité parentale aux femmes : drôle d'émancipation pour celles qui doivent faire vivre leur famille, continuer à assumer leurs lourdes tâches quotidiennes, tout en remplaçant leurs maris ou leurs frères dans l'économie exsangue du pays ! Car c'est bien sur leurs épaules que reposent une agriculture et une industrie de temps de guerre, tandis que d'Artois ou de Champagne parviennent les échos d'offensives insensées et meurtrières qui coûtent des milliers de vies pour quelques mètres de tranchées gagnés puis reperdus. Et, malgré cette détresse physique et morale, l'État réclame toujours plus d'effort et d'argent aux Français, le ministre Ribot n'hésitant pas à proclamer : « nos fils aux armées, notre or au pays ! »

---
[110] [Occitan] Corbeilles en éclisses de châtaignier.
[111] [Occitan] Lavandières.

En août, le gouvernement réquisitionne le blé tandis que Dalbiez incite à voter une loi pour combattre les « embusqués » de l'arrière qui fait craindre à Françoise que son beau-frère Paul soit inquiété. La Cévenne devient un lieu de refuge pour des rapatriés venus de territoires occupés par l'Allemagne ainsi que pour les blessés civils et militaires. Des hôpitaux temporaires sont créés dans de grands bourgs des basses vallées où des femmes et des scouts vont, avec courage et abnégation, assurer les soins nécessaires. Comme partout, l'annonce des premiers tués avait particulièrement bouleversé ce peuple des Cévennes, profondément républicain, et chacun se demandait avec angoisse lequel serait le prochain sur la longue et horrible liste… D'autant que si, au moment de la mobilisation, les jeunes étaient partis avec enthousiasme en scandant « à Berlin ! », les nouvelles reçues du front soulignent les conditions de vie atroces des fantassins et la lassitude écœurée qui s'empare d'eux. « Ah que maudite soit la guerre » est la chanson qui revient le plus souvent à ce moment-là et une lettre de Louis décrit de manière tragique et émouvante les interminables heures d'attente dans les tranchées : la boue, la faim, le froid et les bombardements, les assauts meurtriers, les gaz, les mutilations, la mort… toute l'horreur de la folie humaine, le désespoir, l'absurdité indicible, seulement compensés par les actes de bravoure invraisemblables, le courage des poilus ou la chaude camaraderie qui règne dans les régiments. Il écrit en conclusion :

> *« Quand je pense aux couleurs dorées que doivent prendre les feuilles de châtaigniers au-dessus du moulin, en ce moment, à la senteur des bruyères et des fougères dans les sous-bois, au paisible clapotis du Masaut sur les rochers, au vol silencieux et majestueux de quelque buse guettant le mulot, je suis affligé au-delà de tout ce qui peut être exprimé. De là où je me trouve, je n'aperçois que boue glacée, effrayants squelettes d'arbres déchiquetés qui se détachent sur un ciel mouillé d'une infinie désolation, cratères creusés par les obus, avec une terrible odeur de mort et de poudre qui plane sans cesse et, quand enfin cesse la mitraille, on n'entend que les cris lugubres des corbeaux faisant écho à notre propre tristesse… Souvent, j'ai l'impression, je redoute, de devenir fou. Vous me manquez tellement ! Quand donc cela se terminera-t-il ? Vous reverrai-je ? Reverrai-je la Cévenne ?… »*

Alors que les rapports officiels sur les violations des droits des gens, commises par la soldatesque allemande, se succèdent, Aristide Briand, après Poincaré, quelques semaines plus tôt, proclame que l'unique objectif de cette guerre, pour la France, est la reconquête de l'Alsace et de la Lorraine ; ceci ne manque pas de faire discuter les Cévenols qui trouvent que l'Alsace-Lorraine, c'est loin et que les combats les plus atroces se déroulant à cette époque ne risquent pas encore de permettre la récupération de ces territoires : bien heureux quand, au prix d'assauts meurtriers, on parvient à s'emparer de la tranchée située cinquante mètres en avant ou à s'installer sur quelque mamelon permettant d'assurer sa position… jusqu'à ce que l'ennemi, avec des pertes aussi considérables, reprenne les emplacements si chèrement et inutilement conquis !

Puis, soudain, pan de ciel bleu dans le sinistre brouillard ambiant, le 7 décembre 1915, Françoise donne naissance à Antoine, un gros garçon de près de huit livres dont les pleurs tonitruants viennent troubler la quiétude du *vallat*. Paul s'est installé au moulin pour aider sa belle-sœur et s'occuper des enfants. Il montre un empressement étonnant à se rendre utile et marque un profond attachement à ce petit neveu qui vient d'arriver. Malgré les difficultés du temps, les semaines qui courent jusqu'à la fin de l'année et même au début de 1916 semblent heureuses : une fois de plus, la vie n'a-t-elle pas triomphé ?

Anne, une jeune fille de vingt-deux printemps qui vit au hameau du Masaout, juste au-dessus du moulin, vient souvent aider les Serrière ; elle aussi aime beaucoup ce bébé qu'elle berce dans ses bras et qu'elle emmaillote avec une évidente satisfaction. Par contre, elle n'apprécie pas beaucoup Paul et ne rate jamais une occasion de le lui faire sentir. Il est vrai qu'elle avait trouvé bizarre que Louis, pour lequel elle éprouvait une secrète attirance, ne soit pas monté au moulin pour sa courte permission, en mars dernier, d'autant qu'elle ne se souvenait pas que Françoise lui ait parlé de cette visite, ni qu'elle se soit rendue à Alais… Elle avait donc observé et n'avait pas tardé à comprendre la vérité. Un soir, Françoise, en pleurs, lui avait avoué ce qui s'était passé et avait supplié Anne de ne rien dire ! Cette dernière a tenu parole, malgré ses sentiments pour Louis, mais comment ne pas ressentir d'animosité pour celui qui avait profité de l'absence de son frère pour abuser de sa belle-sœur ?

Aussi, dans les jours précédant Noël, alors qu'elle épluche des légumes pour la soupe du soir, demande-t-elle, faussement ingénue :

— Françoise, tu n'as pas encore reçu de lettre de Louis ? C'est étonnant qu'il ne réclame pas des nouvelles de son fils !

Le silence gêné qui accueille la question est lourd de signification. Françoise a rougi et Paul s'est tourné vers la cheminée pour ajouter une bûche. Après un instant, cependant, Françoise lâche :

— Ce serait surprenant que je n'en reçoive pas une pour Noël, mais, tu sais, les nouvelles du front sont assez irrégulières...

Anne insiste :

— N'empêche, il doit être rudement content d'avoir un garçon !

Paul a quitté la pièce avec une sorte de mouvement d'humeur et le regard que jette Françoise à sa jeune amie paraît empreint de reproches. Alors Anne, dans un souffle, interroge :

— Sait-il seulement ?

— Il doit savoir, à l'heure qu'il est... avoue-t-elle laconiquement, dans un sanglot.

La lettre de Louis n'est pas arrivée au moulin Serrière pour les fêtes de fin d'année. Par contre, le 9 janvier, Anne en recevait une qui disait :

« Fort de Douaumont, ce 27 décembre 1915

Bien chère Anne,
Je te souhaite tout d'abord une très bonne année 1916 en priant le Seigneur qu'il te préserve et qu'il fasse que cette guerre atroce s'arrête enfin.
Pour moi, je le pressens, cette année ne sera pas bonne puisque Dieu m'a abandonné. Je ne viendrai pas en permission vers la fin janvier, comme cela était prévu, je n'en serais pas capable avec ce que j'ai appris. Tu le sais, j'ai été trahi et déshonoré par ceux que j'aimais et je ne peux le supporter. Quels péchés ai-je donc bien pu commettre pour être ainsi affligé ? Ce que j'endure ici n'était-il pas suffisant à mon malheur qu'il faille encore ajouter la détresse de l'âme à celle du corps ? Je suis au-delà du désespoir et ma vie n'a plus aucun sens.
Je voulais cependant t'avouer à quel point tes lettres ont représenté un réconfort pour moi dans ces ténèbres et je t'en remercie de tout mon cœur. Tu ne sauras jamais vraiment à quel point ton affection m'est chère. Pourtant, je te supplie de ne plus m'écrire : la blessure est trop profonde et je n'y résisterais pas. Et puis, à quoi bon ? Me comprends-tu ?...

Je compte sur toi pour que cette lettre reste pour toujours un secret entre toi et moi… notre secret !

Je t'embrasse tendrement.
Louis Serrière »

En dessous de sa signature, écrit d'une main tremblante, on pouvait lire, en forme de testament, cette citation biblique, extraite de Job :

« Car le nombre de mes années touche à son terme,
Et je m'en irai par un sentier d'où je ne reviendrai pas.
Mon souffle se perd,
Mes jours s'éteignent,
Le sépulcre m'attend[112]. *»*

Il n'eut cependant pas besoin de se suicider puisque, dans son infinie bonté, la défense de la Patrie lui fournit l'occasion de s'auréoler de gloire : il fut tué au combat, le 25 février 1916, dans la résistance héroïque que son régiment opposa, avant la chute du fort de Douaumont, à l'offensive allemande. Mais il y avait bien longtemps qu'il avait abandonné la lutte…

Lorsque le maire du Pompidou, endimanché pour la circonstance, apporta la sinistre nouvelle au moulin Serrière, Françoise s'effondra de douleur. Ainsi ne vit-elle pas le triste sourire qui passa, l'espace d'un instant, sur le visage d'Anne : elle savait déjà, elle…

Les volets du moulin furent fermés et la pendule arrêtée[113]. Le silence s'installa, un silence pesant, morbide, que ne parvenaient pas vraiment à trouer les pleurs innocents du jeune Antoine, un silence malsain, coupable… Paul se fit rare, Françoise habilla de noir son corps et son âme. Puis le temps passa. La vie, tant bien que mal, continuait avec ses contingences que la beauté et la sérénité de la nature cévenole ne parvenaient pas à réduire. Il fallait travailler dur pour survivre, pour nourrir toute la maisonnée, alors que les campagnes plongeaient dans la torpeur et l'angoisse de la guerre, la douleur d'un deuil frappant presque chaque jour un nouveau mas. Les mots sont certainement impuissants à rendre véritablement le drame de ces femmes qui devaient assumer

---
[112] Job 16, 22
[113] Manifestation du deuil en Cévennes, autrefois.

toutes les tâches dans un pays austère et difficile, avec une économie que le prolongement du conflit rendait défaillante.

Sous les effets conjugués de la peine – peut-être du remords – et du travail harassant qui n'avait plus de cesse, même pour se rendre au temple le dimanche, Françoise avait considérablement maigri et le tour de ses yeux accusait des cernes noirs inquiétants. Et malgré cela, elle n'y arrivait pas, se contentait de parer au plus pressé et constatait chaque jour davantage les progrès de son délabrement moral et physique qui accompagnait les dégradations subies par la maison, les *bancèls* et le moulin. Ce dernier, particulièrement, aurait eu besoin d'entretien, de réparations : outre les meules qu'il fallait *rhabiller* – ce qu'elle était bien incapable de faire ! – il aurait aussi été nécessaire de remplacer la *crapaudine* et, peut-être même, la *chandelle*[114], sans compter que les arrivées d'eau motrice se trouvaient partiellement obstruées. De sorte que le moulin fonctionnait mal, produisant une farine de qualité médiocre, épaisse et grumeleuse, ce qui n'était finalement pas si grave puisque, de toute façon, pratiquement personne ne venait apporter ses grains à moudre. Et pourtant, elle aurait tellement eu besoin de cet apport financier pour vivre !

Tant et si bien que Françoise tomba gravement malade aux premiers jours du printemps 1916... Le médecin venu la soigner s'émut du dénuement et de la détresse de cette veuve qui, à trente ans à peine, en paraissait cinquante ou plus. Il alerta les autorités et le pasteur pour lui faire attribuer une aide d'urgence et afin qu'elle pût se rétablir dans de meilleures conditions. Malgré cela, elle faillit bien y laisser la vie et elle resta alitée trois pleines semaines pendant lesquelles le dévouement de la jeune Anne fut exemplaire : avec l'aide des enfants Serrière, elle dispensa les soins à la malade, s'occupa avec tendresse du bébé aussi bien que des tâches ménagères ou des animaux et se dépensa sans compter afin que les voisins vinssent, à tour de rôle, entretenir les terres et le potager.

Vers la mi-mai, par une belle matinée emplie du gazouillis des oiseaux qui couvrait le doux clapotis du torrent, Françoise, enfin complètement guérie, déclara à son amie :

---

[114] Cupule en bronze accueillant le pivot de l'arbre de transmission des meules.

– Anne, comment te remercier ? Sans toi, Dieu sait ce qui serait advenu !... Je n'oublierai jamais ce que tu as fait pour les enfants et pour moi ; toute ma vie, je te serai redevable...

– Je n'ai fait que ce que le Seigneur nous enseigne ! Jésus n'a-t-il pas dit : « Tu aimeras ton prochain comme toi-même[115] » ? Mais toi, Françoise, que feras-tu maintenant ?

– Pourquoi me poses-tu cette question ?

– Ne te mens pas à toi-même... *Vaï*, j'ai bien compris ce que tu rumines dans ta tête depuis quelque temps ! Quand partiras-tu ?

– Ainsi, tu as lu en moi... C'est vrai, tu sais, Anne... C'est trop dur, ici, je n'y arrive pas et puis... le monde change ! De toute façon, Paul ne reviendra plus et trop de tristes souvenirs me rattachent au moulin, alors...

– Mais, où iras-tu ?

– Mon oncle Germain habite à Lyon. Avec la guerre, il paraît qu'on embauche les femmes dans les ateliers ou les usines...

– Tu vas quitter la Cévenne ?

– Tu partiras, toi aussi, un jour...

– Et le moulin ?

– Oh ! Le moulin...

En cette fin de juin 1916, Anne, cachée derrière le tronc noueux d'un gros châtaignier, en surplomb du moulin Serrière, observe les préparatifs de départ de son amie Françoise. Elle ne cherche même pas à essuyer les larmes amères qui glissent le long de ses joues... Trois mulets lourdement chargés sont déjà passés sur le sentier qui monte au Masaout, à quelques mètres de l'endroit où elle se dissimule. Trois autres piétinent devant la porte de la vieille bâtisse pendant que des hommes remplissent les bâts des mille objets hétéroclites que l'occupante emporte dans son exil. Demain, les gens du quartier viendront récupérer les meubles et tout ce qu'elle abandonne, souvenirs inutiles désormais d'une vie, de l'histoire et du labeur d'une famille.

Soudain, les enfants sortent en criant et en se chamaillant : ils quittent leur maison et leur *Païs* mais ils s'en moquent, trop excités qu'ils sont à l'idée de découvrir un monde nouveau, de conquérir la ville qu'ils n'ont jamais vue... Quelle insouciance, pense-t-elle, elle qui n'est encore jamais allée plus loin qu'Alais ! Maintenant, c'est au tour de Françoise

---

[115] Par exemple : Luc 10, 27.

d'apparaître à la porte ; elle tient Antoine dans ses bras. Le cœur d'Anne se serre : depuis plus de six mois, elle s'est occupée du bébé autant que la mère et son instinct maternel naissant se déchire à l'idée de l'inéluctable séparation. Les larmes roulent, plus abondantes encore et un sanglot secoue sa poitrine.

Françoise n'a même pas refermé la porte d'entrée dont l'ouverture bée tristement. Sans se retourner, sans un coup d'œil en arrière, elle s'engage sur le pont, à la suite des mulets. Avant de l'avoir totalement franchi, toutefois, elle s'arrête et observe d'un large regard circulaire le vallon d'aval. Un instant, bref mais perceptible, il s'est immobilisé sur le cyprès solitaire au pied duquel dorment Auguste et Célima, ses beaux-parents. N'éprouve-t-elle aucun remords, aucun regret ? songe la jeune fille. Françoise a repris sa marche à travers la châtaigneraie frémissante… Une page se tourne, un chapitre finit, tandis qu'au loin rugit la rumeur épouvantable de la bataille de la Somme.

Le silence est retombé sur le *vallat* du Masaut, seulement troublé par le claquement d'un volet qui pend lamentablement sur ses pentures et qu'un tourbillon de vent rabat contre la façade du moulin… L'herbe et les ronces ont envahi le devant de l'habitation ; la *gorga* n'est que vase et branchages brisés ; déjà le lierre recouvre, submerge et grignote inexorablement les pierres séculaires tandis qu'un gros trou dans la toiture pourrait faire accroire qu'un obus est tombé à cet endroit. Pourtant, en ce mois d'avril 1919, voilà cinq mois que le canon s'est tu, rassasié de millions de morts inutiles… Mais ici, c'est contre le temps que le moulin lutte en un combat perdu d'avance. Comme bientôt trois ans plus tôt, Anne Boudon se cache derrière le même châtaignier et observe les pauvres bâtiments ; comme trois ans auparavant, elle ne peut réprimer le sentiment de nostalgie qui l'assaille. Elle est venue dire adieu à ce lieu où la rattachent tant de souvenirs.

Une pie criarde a bien remarqué qu'à son annulaire gauche brille, éclatante parce que nouvellement passée, une alliance…

Chapitre 14

Hôpital d'Alès, mars 1986...

– Vous êtes séropositif.

Trois mots, trois petits mots et tous les maux de l'univers venaient, tels un coup de massue, de s'abattre sur la tête de Laurent Serrière. Hagard, il regarde le médecin, face à lui, sans être sûr d'avoir vraiment compris, sans pouvoir proférer une parole. Tout se brouille dans son esprit ; il voudrait hurler mais aucun son ne sort. Un brouhaha cataclysmique se répand en silence dans son être ; son cœur, soudain incontrôlable, cogne comme un fou dans sa poitrine ; le souffle s'accélère et il est bien près de défaillir… Cela dure une éternité d'une seconde puis, tout à coup, le silence intérieur se fait et il plonge dans un grand vide, le néant, glacial, insondable, absurde.

La sensation de froid coulant dans ses veines l'incite à ouvrir les yeux : le médecin vient de lui administrer une piqûre et lui colle un petit morceau de sparadrap sur la minuscule perle rouge sombre qui sourd du trou laissé par l'aiguille. Ce sang, soudain, lui fait horreur mais il n'entend pourtant monter aucune révolte en lui : le tranquillisant l'entraîne dans une sorte de léthargie consciente. Il est bien, il est apaisé, séropositif mais apaisé… Après tout, c'est normal, forcément normal !

Le médecin parle, parle, lui explique tout, le rassure et il entend et comprend parfaitement mais trop calmement, avec l'impression qu'il ne s'agit pas de lui, qu'il va se réveiller d'un mauvais rêve. Il se sent bien, donc tout va bien, comment pourrait-il en être autrement ?

La nuit a été horrible, entrecoupée de cauchemars dont on ne saurait dire s'ils furent le fruit des sédatifs ou la conséquence inconsciente du drame personnel de Laurent. Au réveil, son cœur palpitait d'une intense arythmie et il se trouvait en sueur. Le docteur est venu lui rendre visite :

— Bonjour, Laurent. Avez-vous bien dormi ?

— Bonjour, docteur. Comment pourrais-je avoir bien dormi avec… ça ?

— Oui, bien sûr… Mais il vous faudra apprendre à vivre avec… ça, justement, être courageux… pour vous et pour les vôtres.

— Ah ! Parlons-en ! Non seulement je suis dans la peau d'un condamné à mort qui attend son exécution mais en plus, je deviens un pestiféré pour tout le monde, celui qu'on montrera du doigt… C'est trop injuste !

— Comme je vous l'expliquais hier, être séropositif veut dire être porteur du virus HIV, mais vous n'êtes pas malade et vous serez suivi médicalement…

— … Ça sera pratique ! Savez-vous où j'habite ?

— Oh… vous devrez venir une fois par mois, au maximum… Par contre, je le répète, vous ne pourrez plus avoir de rapports sexuels non protégés et il faudra que votre femme et… vos autres partenaires éventuels passent le test de dépistage !

— Je suis marié depuis plus de dix ans et je n'ai jamais trompé ma femme… Non, ne dites rien : je suis également convaincu de sa fidélité !

— Alors… si vous ne vous adonnez pas à la drogue, avez-vous une idée de votre mode de contamination ? Avez-vous reçu une transfusion ces dernières années ?

— Eh bien, justement, j'y ai longuement pensé et il se trouve que l'année dernière, en juin, je me suis profondément entaillé la cuisse avec ma faucheuse que j'étais en train de réparer. L'artère fémorale a été touchée et j'ai perdu beaucoup de sang. On m'a donc fait une transfusion, à Florac.

Le visage du médecin s'était soudain fermé.

— Vous pensez que cela vient de là ?…

— C'est possible… éluda-t-il. Bon, je vais préparer votre dossier et votre ordonnance et…

— Eh ! Attendez ! Ma vie vient tout à coup de basculer, alors je voudrais comprendre ! Que se passe-t-il ?...

Le praticien s'était retourné, avec une sorte de gêne ; il revint s'asseoir sur le bord du lit :

— Écoutez, Laurent, je ne sais si vous suivez l'actualité mais c'est justement en juin dernier que le gouvernement a annoncé qu'à compter du premier août 1985, le dépistage du sida serait obligatoire pour tous les donneurs de sang. Cette mesure vise à enrayer la forte contamination constatée chez les hémophiles et les polytransfusés.

— En d'autres termes, ce qui m'arrive était déjà connu lorsque j'ai été transfusé ?

— Euh... oui, d'une certaine façon...

— Je ne suis pas juriste, mais je crois qu'en droit, ça s'appelle... un meurtre !

De plus en plus gêné, le médecin répondit :

— Vous y allez un peu fort ! Vous savez, ce n'est pas aussi simple... La recherche et la médecine n'en sont qu'aux balbutiements dans la connaissance et le traitement de ce fléau moderne. Même si de grands espoirs existent, s'empressa-t-il d'ajouter, pour tempérer le constat pessimiste.

— Oui, mais... pour moi, c'est maintenant d'une éblouissante simplicité... Quelle est mon espérance de vie ?

— Il ne faut pas voir les choses comme cela ! Et puis, demain, un traitement peut se révéler efficace...

— Cessez de me prendre pour un imbécile ! Combien de temps ?

— Dans l'état actuel des connaissances, de cinq à dix ans.

La Peugeot 205 de Laurent file sur la route sinueuse de la vallée des Camisards. Il rentre chez lui, à Trabassac-le-Haut, un peu comme un automate, ne parvenant pas à détacher son esprit de la terrible nouvelle qui oppresse son cœur, comprime sa poitrine, le bouleverse et le révolte, en même temps. Parvenu au château de Marouls – où, se souvient-il en un éclair, fut arrêté Abraham Mazel, à la fin de la guerre des Cévennes – il stoppe son véhicule pour marcher un peu, pour tenter de se détendre grâce à des mouvements respiratoires... Le printemps est précoce, cette année et la montagne commence à se couvrir de mille couleurs, le jaune des ficaires ou des crocus sur les herbages humides, les discrets points rouges des fleurs de l'orme, les verts tendres des jeunes pousses des saules ou des cornouillers. Dieu que la nature est belle, sereine, éternelle… Il regarde la vallée, vers la Borie, et songe que c'est là que des technocrates affairistes et destructeurs voudraient ériger un barrage qui engloutirait des centaines d'hectares de ce lieu préservé. Quelle bêtise, quelle inconscience ! La semaine dernière, encore, il était prêt à se battre pour faire capoter le projet, mais, aujourd'hui, à quoi bon ?… Quelle importance ?… Il laisse ce combat aux autres, à ceux qui sont en bonne santé, persuadé que les Cévenols n'oublieront pas le sens du mot « résister ».

Laurent est descendu au bord du Gardon qui roule des eaux grossies par la fonte des neiges et les pluies abondantes du début du mois. Il s'assied et, machinalement, jette des galets lisses et blancs dans la rivière. Comment va-t-il annoncer la nouvelle à Monique ? Comment réagira-t-elle ? Ne l'a-t-il pas déjà contaminée ? Et ses enfants ? Ah, cruelle, atroce destinée ! Et pourtant, n'était-il pas enfin heureux dans ce pays de Cévenne qu'il aimait tant, dans ce mas – son mas – qu'il avait amoureusement restauré, avec sa femme qu'il chérissait chaque jour davantage et ses deux beaux garçons dont il était si fier ? Il avait enfin trouvé équilibre et bonheur et, tout à coup, sans crier gare, sans raison, sans qu'il y soit pour quelque chose, patatras… Tout son univers, tous ses espoirs s'écroulent, tout ce qu'il a construit, pierre à pierre, effort après effort, la modeste aisance qu'ils ont acquise à force de labeur, de courage et d'amour, tout, absolument tout se trouve remis en question par la faute de… la faute de quoi, de qui, au juste ? Le hasard, la malchance, l'incurie, le destin… Il pleure, longuement, silencieusement, accablé de solitude, brisé.

Un frisson le tire de ses tristes pensées ; peut-être est-ce l'humidité qui monte de la rivière, mais la vie a appris à Laurent à ne pas se dissimuler la vérité : il sent bien au fond de son être, au tréfonds de son âme, que ces tremblements incoercibles ont un nom, la peur, une peur physique, la peur de l'animal traqué et blessé, la façon pour son organisme de hurler son refus. Fasciné, il fixe l'eau qui court aussi vivement que sa vie s'enfuit, dans une accélération soudaine totalement imprévisible et non maîtrisable. Un instant, il songe que… Mais non, il ne peut pas… Ce serait trop facile de refuser ainsi le combat, de se laisser glisser vers le néant, et puis l'image de Monique et de ses garçons est là, présente, obsédante. Il se secoue pour ne pas laisser le vertige le submerger, il détourne son regard de cette masse liquide hypnotisante qui, indifférente, dévale les vallées cévenoles depuis la nuit des temps et pour l'éternité... Dans le ciel, tournoyant au-dessus de sa tête, une buse silencieuse guette patiemment sa prochaine proie.

En tournant au dernier virage en lacet avant le hameau, Laurent aperçoit Monique, perchée sur le tracteur, en train de labourer le « champ d'en bas ». Son cœur bat fortement d'une double émotion : le plaisir de découvrir sa silhouette familière, le bonheur toujours renouvelé de la retrouver, mais aussi l'angoisse de la terrible nouvelle à lui confier, la crainte qu'elle, également, soit contaminée... Et pourtant, jamais il ne l'a aimée comme il l'aime à cet instant ! Leur amour a mûri avec les années et les difficultés partagées aussi bien que les bonheurs. La naissance de Pascal, en 1977, puis de Jean-Paul, en 1979, les a encore davantage soudés, si cela était possible ! Il faut dire que Monique est vraiment une épouse parfaite, souriante, courageuse et visiblement heureuse de la vie qu'elle a choisie.

Laurent, alors qu'il vient de s'arrêter au bord du chemin, ne peut s'empêcher de penser qu'elle est décidément bien belle, malgré ses grosses bottes crottées de la terre du labour, son vieil anorak et son bonnet de laine qui dissimule une abondante chevelure. Elle lui fait un petit signe et il attend qu'elle termine le sillon. Au moment où elle coupe le contact et saute du tracteur, son visage se rembrunit et elle déclare :

— Oh ! Oh ! Quelque chose ne va pas !

Il l'embrasse tendrement mais ne répond pas.

— Que se passe-t-il, mon chéri ?

— Les enfants sont-ils rentrés de l'école ?

— As-tu oublié que nous sommes mercredi et qu'ils sont à leur cours de musique ! Décidément, ça ne tourne pas rond, là-dedans ! dit-elle en frappant affectueusement le front de Laurent.

Détournant le regard, il lâche simplement :

— Marchons un peu, si tu veux...

Prenant son bras, Monique questionne, tout à coup inquiète :

— Les résultats pour tes reins ne sont pas bons ?...

— Si, ça va...

— Mais alors, qu'y a-t-il, je t'en prie ?

La mâchoire crispée, Laurent marque un grand silence, puis, comme on se jette à l'eau :

— Je crois qu'il va nous falloir être courageux : j'ai le sida !

Soudain devenue blanche, Monique s'est arrêtée. Elle hésite une fraction de seconde puis se précipite dans les bras de son mari :

— Oh, Laurent ! Mon Laurent !

Elle le serre très fort et le couvre de baisers. Lui, anéanti, s'est mis à pleurer en silence, le corps agité de spasmes. Ils restent ainsi un temps infiniment long, perdus dans leurs pensées, dans leur drame dont ils pèsent l'inéluctabilité. Alors, au milieu de son tourment, une étincelle, minuscule mais combien apaisante, s'allume dans l'esprit de Laurent : pas une seconde, elle n'a évoqué son désarroi ou la crainte — pourtant légitime et évidente — de son propre risque de contamination. Elle est restée grave dans le réconfort discret mais solide qu'elle tente de lui apporter. Il a honte de sa faiblesse, honte de son envie de hurler à l'injustice, à la poisse qui le poursuit. À quoi bon ? Que peut-on contre le sort, sinon lutter, lutter jusqu'au bout, si possible avec dignité ? Il fait un effort sur lui-même, ravale ses sanglots et, avec un semblant de fermeté dans la voix, prenant sa femme à bout de bras, il déclare :

— Si tu savais combien je t'aime ! Merci de ton courage, merci de ton soutien, ma chérie ! Beaucoup de choses devront changer mais, avec ton aide, si tu le veux bien, je te promets de me battre, pour toi, pour les enfants ! Cependant... tu te doutes de ce qui m'inquiète ! Promets-moi de prendre rendez-vous dès demain avec ton gynécologue, à Alès, pour qu'il te prescrive le test de dépistage. Il faut absolument que nous sachions...

— Oui, bien sûr... Je te le promets ! Mais je veux que tu saches, Laurent, que moi aussi je t'aime plus que tout et que je ne t'abandonnerai jamais ! Nous nous battrons ensemble, quoi qu'il advienne ! Nous n'avons jamais beaucoup pratiqué, mais n'oublie pas nos racines huguenotes : elles sont tellement accrochées à nos schistes qu'elles nous soutiennent dans la tourmente ; lorsque j'étais petite et que je croyais supporter tous les malheurs de la création, mon grand-père me prenait sur ses genoux et me disait :

« L'esprit du Seigneur, l'Éternel, est sur moi,
Car l'Éternel m'a oint pour porter de bonnes nouvelles aux malheureux ;
Il m'a envoyé pour guérir ceux qui ont le cœur brisé,

Pour proclamer aux captifs la liberté
Et aux prisonniers la délivrance[116] »,

et, vois-tu, je n'ai pas oublié la leçon !
— Je dois décidément beaucoup à ton grand-père ! Puisse revenir le temps où il était encore parmi nous...
— La roue ne tourne que dans un sens, Laurent, tu le sais très bien !

Le visage de Monique est encore pâle du choc émotionnel mais, déjà, dans ses yeux, se lit une farouche détermination. La femme a réagi avec amour et noblesse ; mais voilà la mère qui intervient :
— Je crois, mon chéri, qu'il vaut mieux ne pas en parler aux enfants. Ce sera dur, mais il faudra donner le change et vivre, comme si de rien n'était...

Mais comment vivre avec « ça » ? Cette épée de Damoclès suspendue au-dessus de la tête ? Cette sourde angoisse qui ronge les nuits et occupe sournoisement, de façon lancinante, les journées ? Comment s'habituer à cette oppression qui, par moments, sans savoir pourquoi, comprime le cœur, rend le souffle court ? Laurent a beau se raisonner, s'il parvient tant bien que mal à sauvegarder les apparences, il sent bien, en lui, la lente dégradation qui s'opère. Comment expliquer ces cauchemars, qui le font se dresser, en sueur, dans son lit, où il revoit, obsédants, ce visage hâve, ces yeux globuleux, éteints et suppliants à la fois, ce corps décharné d'un malade en phase terminale qu'il avait aperçu, un soir, à la télévision ? À qui, surtout, confier cette peur qui l'habite, peur de la mort, bien sûr, mais aussi peur de la souffrance, peur de la déchéance ? Comme on se trouve seul devant la porte d'Hadès, on se retrouve bien solitaire face à la maladie : qu'y comprennent véritablement les « bien-portants » ? Ils peuvent, certes, apporter de l'aide, de la compréhension, voire de la compassion mais, au fond, la maladie reste une lutte « au *finish* » entre le corps et l'esprit. Quelquefois, l'esprit l'emporte et le corps guérit, grâce aussi au concours de la science ; d'autres fois, la mécanique biologique s'enraye et l'âme, dit-on, s'envole tandis que l'enveloppe retourne à la poussière... C'est ainsi ! Toutes les consolations, même des êtres chers, ne sont que des mots et les mots n'ont jamais changé la réalité ! Alors, Laurent se tait, joue la comédie de l'optimisme, de la force de caractère. Mais, s'il parvient à mentir aux autres, Monique peut-être, les enfants, les

---
[116] Es 61,1

amis ou les voisins, il ne saurait se leurrer et, finalement, cette duplicité lui fait mal, le mine en profondeur. Que vaut l'homme sans espoir ? Nous savons tous que nous mourrons mais nous ignorons quand et comment. Laurent, lui, connaissait déjà à peu près les réponses et, bien que ce ne soit pas dans son tempérament, bien qu'il lutte contre cette tentation, il avait tendance à penser : « à quoi bon ?... »

Pour une fois, la loi des séries n'avait pas fonctionné : au grand étonnement du corps médical, à la suite de plusieurs tests de dépistage différents et de multiples contrôles échelonnés sur plus de quatre mois, Monique s'était révélée être séronégative, Laurent ne l'avait pas contaminée ! Il considéra cette information, quand elle fut vraiment confirmée, comme un véritable miracle et y vit un signe favorable du destin. Il lui sembla que c'était la plus grande nouvelle qu'il ait jamais eue et se sentit soudain moins oppressé, comme libéré d'un poids insupportable. Bien qu'il soit lui-même victime innocente, il ne pouvait supporter l'idée d'avoir, à son insu, transformé son épouse en nouvelle martyre expiatoire de l'abominable rétrovirus !

Comme il commençait à apprivoiser sa maladie (à moins que ce ne soit elle qui ait fini par le dompter ?), il changea et recouvra un peu de sérénité. Après tout, la vie continuait et il comptait bien en profiter : ce serait toujours ça de pris, toujours ça de volé à la camarde pour l'offrir à sa chère Monique, à ses enfants bien-aimés !

Il faut reconnaître qu'au début, la séropositivité n'est qu'une maladie « potentielle » qui permet de vivre presque normalement et il s'était bien habitué aux contrôles mensuels à l'hôpital d'Alès. N'en profitaient-ils pas, d'ailleurs, pour aller au cinéma ou au restaurant, et même pour pousser jusqu'à Nîmes, Montpellier ou à la mer, pour effectuer des achats, écouter un concert ou, tout simplement, se baigner ? Ces courtes parenthèses, rendues possibles grâce à la bienveillante complicité des parents de Monique qui jouaient les grands-parents gâteaux et s'occupaient du mas et des animaux, devenaient ainsi des moments privilégiés où le couple se retrouvait en amoureux et revivait des émois de jeunesse émoussés par le quotidien. Bien sûr, leur vie sexuelle s'était transformée, il le fallait bien, mais la tendresse y avait gagné et compensait ; bref, Laurent et Monique s'aimaient plus que jamais et vivaient intensément le présent !

Il est toujours étonnant de constater comme les drames de la vie peuvent conduire des êtres à se déchirer ou à se rapprocher : incontestablement, la séropositivité de Laurent avait eu pour conséquence le renforcement de leurs sentiments réciproques, avait encore davantage soudé leur relation. Belle leçon de relativité !

La vie continuait à Trabassac-le-Haut dans la splendeur de l'été finissant et, même si les tâches ne manquaient pas, Laurent avait appris à se détacher des contraintes matérielles et à prendre le temps de vivre, poussé par Monique qui, sans jamais se plaindre, en conservant toujours son si beau sourire et sa bonne humeur, redoublait d'activité afin que leur exploitation ne périclite pas. Pascal et Jean-Paul étaient allés en colonie de vacances à Hyères tout le mois de juillet mais, au mois d'août, Laurent les avait souvent, à leur grande joie, amenés se baigner au Gardon. Il n'hésitait pas, non plus, à les entraîner dans les forêts ou les landes pour les plus merveilleuses et efficaces leçons de choses qui se puissent imaginer, leur enseignant les arbres, les fleurs – le fayard et le noisetier aussi bien que l'arabette des Cévennes ou la callune – et la faune – le pipit sonore ou la salamandre tachetée, comme l'écrevisse à pattes blanches des torrents et le blageon qui s'abrite au fond des gours aux chaudes heures de la journée... Et, visiblement, ses garçons appréciaient la plus grande disponibilité de leur père ! Laurent avait conscience que tout pouvait se précipiter, aussi, lorsqu'il consacrait quelques heures à ses fils, avait-il l'impression de vivre pleinement sa vie, de faire une œuvre utile.

Quand il se souvenait de sa propre jeunesse en jachère dans les grands ensembles de la cité Labourdette, à Sarcelles, si loin de la nature qu'il ne connaissait qu'au travers des arbres sinistres et rachitiques du square Lénine, il réalisait le chemin parcouru... Un chemin certes tortueux et tourmenté mais pas sans issue puisqu'il y avait trouvé à la fois le bonheur et son port d'attache ! Que possédait-il en commun avec son père, pourtant né tout à côté mais parti trop tôt pour connaître l'enchantement de vivre ici, qui vieillissait en se ratatinant à force de manquer d'air pur dans son « quatre-vingts mètres carrés » devenu trop grand depuis qu'il avait été déserté par ses six enfants ? Fallait-il qu'il veuille fuir de mauvais souvenirs pour avoir toujours refusé de rendre visite à son fils, toutes ces années ? Sa mère était bien venue une fois, avec trois de ses frères et sœurs mais, sa curiosité satisfaite, elle n'avait pas renouvelé l'expérience, arguant du fait que « c'est si loin… et puis, je ne suis plus toute jeune, que veux-tu ! »

La désertion de son père l'avait toujours surprise ; maintenant, elle l'obsédait. Qu'avait-il bien pu se passer au moulin Serrière, qu'il n'avait peut-être pas découvert ou compris, pour la justifier ? Pour Laurent, le moulin – passionnément aimé dès le début et où il avait l'impression de ressentir des ondes bénéfiques – était devenu, depuis l'annonce de sa maladie, le havre de paix auquel il aspirait. Aussi s'y rendait-il le plus souvent possible pour y passer une heure… ou une après-midi. Cela faisait plus de onze ans maintenant qu'il venait là régulièrement et assurait l'entretien des abords. Oh, certes, le *vallat* ne devait pas présenter l'aspect que lui connaissaient ses aïeux et dont se souvenait encore sa vieille amie Anne Boudon, à la fin de sa vie, mais il ne possédait plus cet air d'abandon nostalgique qui l'avait tellement ému, la première fois. Bien sûr, l'antique bâtisse était à moitié effondrée et la toiture avait disparu mais la façade, débarrassée de ses ronces envahissantes et du lierre qui la rongeaient inexorablement, avait encore fière allure et les fenêtres à meneaux rappelaient l'ancienne opulence des meuniers. Pour tenter de retarder le moment où, à son tour, elle s'abattrait, Laurent avait étayé et renforcé le linteau de bois de la soue et quelques sacs de ciment préservaient l'escalier latéral de la dislocation complète. Le moulin lui-même, quelques mètres en amont, restait timidement dissimulé sous une luxuriante végétation et subissait des ans l'irréparable outrage. La salle hydraulique suintait l'humidité le long du bel appareil des voûtes de pierres et il ne subsistait plus rien de la mécanique si ce n'est un segment vermoulu de l'arbre de transmission en châtaignier qui finissait de pourrir dans un coin. La salle des meules, au-dessus, était à ciel ouvert et des cades et des yeuses y avaient élu domicile tandis que du lierre tapissait vigoureusement les parois. La meule dormante se trouvait toujours à sa place mais quelqu'un avait redressé la lourde meule volante qui reposait sur sa tranche, appuyée contre un mur. Laurent aimait venir caresser la rugueuse matière de ces meules dont il ressentait encore les vibrations de l'époque où elles tournaient et écrasaient en crissant doucement les grains dorés pour les transformer en poudre blanche, la farine de la vie… Il avait ainsi l'impression de communier, de communiquer avec le passé et avec ceux dont il était issu.

La retenue d'eau surplombant le moulin, la *gorga*, était, elle aussi, en piteux état : il avait bien taillé les arbustes qui l'envahissaient avec l'intention de la remettre en eau puisque le béal existait toujours et qu'il aurait suffi de le nettoyer mais il recula finalement devant l'ampleur de la tâche et… son inutilité car, jamais, le moulin ne recommencerait à tourner !

En revanche, les terrains et les *faïsses*, en aval du romantique et inébranlable petit pont enjambant le Masaut, avaient été dégagés de leurs broussailles et l'on était presque surpris de ne pas trouver un potager à l'ombre des mûriers ou quelques chèvres mutines en train de brouter en agitant leur grelot à chaque mouvement.

Le cyprès hiératique veillait jalousement, dans l'écrasant silence, les deux tombes alignées à son pied. Elles étaient méticuleusement entretenues et, en toutes saisons, un bouquet de fleurs sauvages – œillets, campanules, géraniums des bois, lys martagon, bruyère ou fleurs d'arbousiers, en hiver – ajoutait une touche de sensibilité en donnant l'impression que l'endroit était habité. Et ne l'était-il pas réellement d'ailleurs ? Laurent se plaisait à y éprouver l'impalpable présence de toute cette lignée de Serrière qui, depuis des siècles, avaient vécu ici, avec leurs heurs et malheurs ; il ressentait en particulier les mânes d'Auguste et de Célima voletant alentour, comme devaient jadis le faire les abeilles du rucher tout proche, désormais déserté. D'une certaine façon, peut-être aurait-on pu dire aussi qu'il était habité par Laurent lui-même : en plus du temps qu'il y passait vraiment, pas un jour ne s'écoulait sans qu'il ne s'y transporte par la pensée !

Et, justement, depuis le drame qui l'avait frappé, plus perceptible dans son âme que dans sa chair pour le moment, il venait au moulin comme d'autres vont à Dieu, pour se ressourcer – il n'aimait pas beaucoup des expressions comme prier ou se recueillir –, pour tenter de trouver apaisement et sérénité. Plus le temps avançait et plus il parvenait à apprivoiser la mort, sa mort : au-delà de l'angoisse légitime et compréhensible que l'on peut éprouver devant sa propre fin, devant l'immensité du néant, ce qui paraît finalement le plus inquiétant reste l'incertitude quant au moment et aux circonstances. Laurent pensait connaître les réponses à ces interrogations ; il attendait le terme, tout simplement et s'il n'en était pas encore à compter les jours, il percevait déjà le tic-tac inéluctable de la minuterie…

Il s'asseyait donc fréquemment à côté des deux tombes et parlait longuement à ceux qu'il considérait comme ses grands-parents, à ceux qu'il pouvait imaginer, grâce aux confidences de la vieille aveugle…

Non, Laurent n'était pas devenu fou : il parlait simplement avec la mort !

Chapitre 15

Trabassac, septembre 1991...

Le tic-tac de la minuterie s'est amplifié jusqu'à résonner comme une vieille horloge dans la tête de Laurent… La fin approche, il le sait, il le sent. Le compte à rebours a commencé. Son pauvre corps hâve et chancelant pantèle de souffrances atroces qui n'ont plus guère de rémissions. Cette triste enveloppe charnelle, méconnaissable, supporte de plus en plus difficilement une âme forte qui a beaucoup lutté, qui lutte encore, par moments, mais qui, à d'autres instants, réalise l'inutilité de ce combat et cède à la tentation de l'abandon, un abandon préfigurant le néant. En accord avec Monique – dont le courage et l'abnégation sont au-delà de tout éloge – il a décidé de mourir chez lui, à Trabassac-le-Haut, dans ce hameau qui, depuis vingt ans maintenant est devenu plus que sa simple terre d'asile, son *Païs* véritable, celui pour lequel, de toute éternité, il était destiné. Il n'a pas voulu d'un hôpital froid et impersonnel qui aurait peut-être pu davantage soulager ses humeurs physiques mais tellement moins bien son âme… Et puis, à quoi servirait de vivre un mois ou deux de plus ? Puisque c'est fini, qu'est-ce qui peut mieux l'aider à partir que de voir, comme à cet instant précis, ses enfants qui vaquent aux occupations saisonnières dans le pré, en contrebas ?

Monique l'a installé devant la porte, sur la terrasse pavée de schistes bruns qu'il a bâtie… quand était-ce, déjà ? Ah oui, l'année de la naissance de Pascal, en 1977 ! Malgré la douceur exquise de ce début septembre, il est enveloppé dans deux couvertures car il a toujours froid, désormais.

Son regard, plus aussi perçant qu'auparavant, parcourt le vaste paysage qui se déroule devant lui : il discerne le mauve des bruyères sur la lande de la crête de Fontmort, de l'autre côté du *vallat* et, derrière les toits de lauze de Trabassac-le-Bas, luisant comme plomb fondu sous le soleil, les châtaigneraies commencent à prendre les teintes d'or roux annonciatrices de l'automne. La récolte sera bonne, cette année, les bogues sont lourdes et font ployer les rameaux. Ce n'est pas lui qui fera le ramassage, mais la vie continue, d'autres s'en occuperont ! Un instant, son attention est attirée par le château de la Devèze, en contrebas, cette grosse ferme flanquée de ses deux tours qui vit passer bien des drames ; il pense, en particulier, aux événements du début de la guerre des Cévennes quand les Camisards, conduits par « Esprit » Séguier, vinrent piller des armes et assassinèrent ces deux femmes les suppliant pourtant de leur laisser la vie sauve… La vie, la mort… quelle importance : ne sommes-nous pas tous mortels ? Il songe qu'il aurait aimé, plus tard, à la retraite, poursuivre ses recherches sur les Serrière et, notamment, ce Camisard qu'il avait découvert dans les registres paroissiaux du Pompidou. En fait, il aurait voulu écrire l'histoire de cette vallée, l'histoire de ses racines. Pas le temps ! L'histoire le rattrapait avant que d'être écrite !

Un bruit de voix attire soudain son attention : ses garçons se chamaillent au fond du pré. Un faible sourire éclaire son visage. Ces deux-là ne peuvent se passer l'un de l'autre mais ils ne manquent jamais une occasion de se quereller… pour se réconcilier l'instant d'après ! Ah ! … Voilà Jean-Paul qui court après son aîné… Pascal se laisse prendre et tous deux roulent dans l'herbe avant qu'un grand éclat de rire ne déferle de la gorge du petit : son frère doit lui faire des chatouilles ! Une minute plus tard, ils se relèvent, époussettent l'herbe accrochée à leurs vêtements et emprisonnée dans leur chevelure et s'en vont, main dans la main… Dans quelques jours, ce sera la « rentrée » et tous deux rejoindront le collège où ils sont pensionnaires, à Alès. Ils savent que leur père va mourir et, bien sûr, ils sont tristes mais la jeune sève qui bouillonne dans leurs veines est plus forte et l'insouciance les fait rire… C'est normal et c'est si bon ! La vie est la plus forte, n'est-ce pas ?

Laurent ne peut réprimer un soupir de satisfaction : il souffre le martyre mais son âme est apaisée, sans rancune sur le destin, sans colère sur les difficultés et les malheurs qui l'ont assailli. N'a-t-il pas, en vérité, trouvé le bonheur avec Monique ? Sa vie est finie mais n'était-elle pas, finalement, entièrement déroulée ? Et ne se prolongera-t-elle pas dans ces Serrière qui chantonnent maintenant dans la bergerie en s'occupant des moutons ?

Monique est arrivée sans bruit, derrière lui, et a placé affectueusement ses mains sur les épaules de Laurent. Elle reste ainsi un moment, muette, mais sa seule présence et ses mains posées là transmettent un message si fort qu'il se passe de tout commentaire, de tout mot… De la main droite, il a attrapé la main gauche de son épouse, sur son épaule et ils se parlent en silence, par mains interposées… Ce qu'ils se disent est simple : je t'aime !

Simple pour Laurent et combien réconfortant… Mais est-ce aussi simple pour Monique ? Quelle vie mène-t-elle depuis… depuis ce jour de mars 1986 où leur avenir a basculé : épouse et mère avec passion, exploitante agricole par obligation et, maintenant, garde-malade par une sorte de vocation, avec une force et un courage bouleversants ? Il le sait bien, Laurent, mais que peut-il offrir à sa chère Monique en échange, sinon son amour inutile et vain, désormais ! Une larme glisse sur sa joue quand il songe à la veuve d'à peine quarante ans qu'elle ne tardera pas d'être, si belle encore et si… il ne trouve pas, dans son pauvre esprit affaibli, de qualificatif assez fort pour exprimer ce qu'il éprouve, si… si parfaite ! Oui, c'est cela, si parfaite… Il presse sa main et, d'une voix sourde, murmure :

— Monique, ma chérie… Tu m'as tout donné et moi, je ne t'apporte que mes souffrances, que des complications, que des tr…

— Tu n'as pas le droit de dire cela ! Tu m'as donné plus que tout : le plus important, d'abord, ton amour et ce qui en est né, nos enfants, mais aussi la vie que je souhaitais et une sorte d'harmonie. Dieu a décidé du reste…

— Oh ! Dieu…

— Je t'en prie, Laurent ! Écoute et médite ce psaume :

« Ceux qui avaient pour demeure les ténèbres et l'ombre de la mort
Vivaient captifs dans la misère et dans les chaînes,

Parce qu'ils s'étaient révoltés contre les paroles de Dieu,
Parce qu'ils avaient méprisé le conseil du Très Haut.
Il humilia leur cœur par la souffrance ;
Ils succombèrent et personne ne les secourut.
Dans leur détresse, ils crièrent à l'Éternel,
Et il les délivra de leurs angoisses ;
Il les fit sortir des ténèbres et de l'ombre de la mort,
Et il rompit leurs liens[117]. »

— … Je doute que ton Éternel me fasse sortir des ténèbres et de l'ombre de la mort !
— Ne sois pas amer, tu as très bien compris la parabole !
— Merci, ma chérie ! J'admire sincèrement ta foi et ton espérance mais je préfère ton réconfort à celui de tes psaumes et si Dieu existe vraiment, je suis sûr qu'il sait lire dans mon cœur… Je pense que ça lui suffit… En tout cas, sache que je suis en paix avec lui aussi !
Après un instant de réflexion, il ajoute :
— … Tu te souviens de mes dernières volontés ?
— Oui, sois tranquille, elles seront respectées, tu le sais bien !

Depuis deux ou trois jours, le traitement à l'interféron qu'on lui administre en complément à l'AZT entraîne un effet bénéfique sur la condition physique de Laurent et son moral s'en ressent positivement. Hier, il a même effectué une courte promenade le long de la route et s'en est très bien porté ; il a mieux dormi, d'un sommeil plus paisible et prétendre qu'il est en forme paraît certes exagéré, mais enfin, il faut désormais savoir relativiser…

Cela fait une bonne demi-heure que Laurent est installé dans son fauteuil à son « poste de vigie » favori, sur la terrasse d'où il jouit d'une vue superbe sur la campagne environnante, en écoutant pour la troisième fois consécutive la très belle *Méditation de Thaïs* sur le lecteur de disques posé à côté de lui. Il prend soudain conscience de la nervosité de Monique qui semble préoccupée ; elle s'affaire dans la cuisine en faisant, contrairement à son habitude, beaucoup de bruit avec les ustensiles qu'elle déplace. D'ailleurs, à l'heure qu'il est, ne se trouve-t-elle pas généralement aux champs ou dans toute autre activité de l'exploitation ?

---
[117] Psaume 107,10-14.

… Quand, finalement, cette étrange sensation s'impose à son esprit, il questionne :
— Monique, ma chérie, qu'est-ce qui te préoccupe à ce point ?...
N'obtenant pas de réponse, il insiste :
— Chérie, peux-tu venir, s'il te plaît ?
Monique apparaît sur la terrasse, tendue et les traits un peu crispés :
— Oui ?...
— Qu'est-ce qui t'inquiète ? Y a-t-il un problème au collège avec les enfants ?
— … Non… tout va bien !
— Monique, je t'en prie ! Penses-tu pouvoir me dissimuler tes sentiments ? Qu'as-tu, dis-moi ?
— … Oui, tu as raison ! Je suis bouleversée par ce que j'ai découvert, hier soir… Bouleversée et révoltée !
— De quoi s'agit-il ?
— Pour jeter les épluchures, j'ai attrapé un vieux journal… du jeudi 25 avril dernier… et je suis tombée sur un article abominable… qui te concerne !

Ses yeux lancent des éclairs. Laurent avait rarement vu une telle tension chez sa femme, si affable et si conciliante d'humeur. Elle reprend :
— Attends, je vais le chercher…

Elle s'éclipse un instant et revient en dépliant un journal qui avait visiblement été froissé :
— Ah, voilà ! Écoute bien : *« Le Centre national de transfusion sanguine aurait laissé les médecins distribuer aux hémophiles du sang infecté par le virus du sida. C'est ce que révèle un rapport confidentiel daté du… »*, écoute bien… *« … du 25 mai 1985… »*. Tu entends ? 1985 ! Donc, *« … un rapport confidentiel daté du 25 mai 1985 et rendu public aujourd'hui. La technique du chauffage du sang, mise au point aux États-Unis, aurait pourtant permis d'inactiver le virus. Or, ce n'est qu'en juillet 1985… »* – tu te rends compte : c'est incroyable ! – *« … en juillet 1985 que les produits chauffés ont été utilisés. Quelque mille cinq cents hémophiles français ont été contaminés »*. Voilà !... Mille cinq cents hémophiles… plus mon mari ! C'est un véritable scandale ! Tu as été empoisonné délibérément par une bande d'incapables inconscients !

Le regard de Laurent se perd dans le vague, parcourant sans vraiment les voir ses chères montagnes. Il demeure silencieux. Monique, furieuse, reprend :

– Enfin, Laurent ! C'est tout l'effet que ça te fait ? Tu te rends compte ?

– … J'étais au courant… depuis le premier jour… Je n'ai pas voulu t'en parler car, à quoi bon ?… Qu'est-ce que ça change ?…

– Tu… tu étais au courant ?… interroge Monique, interloquée.

– Oui… le médecin qui m'a annoncé ma séropositivité m'avait laissé entendre quelque chose comme ça…

– Mais… tu… tu… tu n'as rien dit ?

– Bien sûr, j'ai été bouleversé, révolté ! J'ai bien cru devenir fou… mais que dire, une fois que le mal – irréversible – est fait ? Cela ne m'aurait pas guéri !

– Pourquoi ne m'en as-tu jamais parlé ?

Laurent lève avec lassitude le bras, dans un geste fataliste, et reporte son attention sur le paysage. Monique réalise brusquement quels tourments a dû endurer son époux devant l'injustice de son sort, devant cette accumulation de malchance… Sa colère fond d'un seul coup et elle ne peut réfréner le flot de larmes qui se bouscule à la cascade de ses yeux. Elle s'agenouille vivement à côté de Laurent et enfouit son visage sur sa poitrine… Elle pleure, pleure, agitée de spasmes irrépressibles, murmurant « oh, mon Laurent ! Mon chéri ! », entre deux sanglots. Laurent a pris sa femme dans ses bras et caresse doucement ses cheveux pour l'apaiser. C'est la première fois qu'il voit sa compagne craquer et cela lui fait mal. Ses yeux contemplent toujours la Cévenne mais ils sont brouillés par le chagrin et l'émotion.

– Tu sais, Laurent, ça fait plusieurs jours que j'y pense… On devrait prendre un avocat pour aller au tribunal et attaquer les médecins qui ont sciemment commis des fautes en te transfusant avec du sang contaminé !

– Bof… À quoi bon ? Tu crois peut-être que la justice pourra me rendre la santé ?… Et puis, tu connais aussi bien que moi la fable du pot de terre contre le pot de fer… Cela vaut-il la peine de gaspiller notre argent ?

Une quinte de toux interrompt le malade, manquant l'étouffer. Quand il parvient à récupérer son souffle, il reprend :

– Non, ma chérie… Ça ne vaut pas la peine ! Et puis… je suis sans haine ni rancune… C'était ma destinée, voilà tout !

Monique reste un moment silencieuse, hésitante. Mais, bientôt, une lueur déterminée traverse son regard :

— Il n'empêche qu'il y a eu de graves erreurs commises par des organismes officiels et que la collectivité doit dédommager les victimes, doit nous… enfin, je veux dire, te dédommager !

L'esprit de Laurent n'est plus aussi vif qu'avant mais, en un éclair, il comprend soudain ce qui tracasse son épouse. Dans peu de temps, elle se retrouvera seule, veuve, avec la charge d'une exploitation agricole, dont ils vivent plus difficilement depuis qu'il ne peut plus travailler, et avec deux enfants à élever. Elle s'inquiète pour l'avenir et lui, égoïstement, connaissant trop bien son propre avenir, ne réalisait pas où elle voulait en venir !… Il s'en veut de son aveuglement. Bien sûr, il y a belle lurette qu'il a pris toutes les dispositions juridiques pour que sa femme n'ait pas d'ennuis et ils possèdent bien quelques économies, mais cela sera-t-il suffisant pour assurer… l'après ? Il réfléchit, aussi vite que ses neurones veulent bien le lui permettre. Non, il n'a aucunement envie d'intenter un procès ou quoi que ce soit. Cependant, il est vrai que le corps médical a manifesté une négligence coupable, une forme d'incurie ou pire, un déni du serment d'Hippocrate. Aux États-Unis, les patients intentent souvent des actions judiciaires contre leurs médecins et obtiennent assez fréquemment des dommages et intérêts. Certes, la France n'a rien à voir avec les USA, mais le sida effraie et cette affaire du sang contaminé, ô combien dramatique, commence à soulever l'opinion…
— Tu as peut-être raison, ma chérie, finit-il par articuler. Mais que pourrions-nous faire, seuls ?… Pour agir, pour faire ce que tu souhaites, je crois qu'il vaut mieux s'allier, se regrouper. J'ai, il me semble, entendu parler de la création d'une association de victimes : à plusieurs, on est plus forts !

Le visage de Monique s'illumine :
— Ah, Laurent ! Ça, c'est une bonne idée !
— Il faudrait qu'on se renseigne…
— Ne t'en fait pas, je m'en occupe, l'interrompt-elle.
— … On pourra toujours demander conseil à un avocat après, s'il le faut…

L'automne n'a jamais été aussi beau et serein. La douceur des jours et la somptuosité des couleurs, qui resplendissent sous un ciel uniformément bleu et d'une pureté telle qu'on croirait toucher l'horizon, pourraient tromper sur la saison. Et pourtant, l'obscurité gagne du terrain ainsi qu'une froideur sépulcrale qui s'abat sur le corps décharné de Laurent, le faisant frissonner comme un frêle roseau dans la bise hivernale… Mais ce qu'il y a de plus bouleversant, c'est son regard, ces yeux exorbités, hagards, brillants de fièvre, minés par la fatigue et la souffrance, ces yeux qui semblent supplier d'abréger son calvaire. Monique ne peut plus supporter ce regard muet qui la transperce et la glace : elle se sent tellement inutile, tellement incapable de soulager son cher Laurent, tellement oppressée par l'inéluctable échéance qui approche… Ces yeux, ce regard, à la fois implorants et absents, sont désormais pour elle l'image même de la porte de la mort et elle sait bien que, jamais, jamais, elle ne pourra oublier les instants tragiques et douloureux de la fin…

Chapitre 16

Le moulin Serrière, début février 1992...

Il fait une journée superbe mais glaciale... Quelques plaques de neige subsistent dans les endroits à l'ombre et toute la terre reste durcie par le gel. Monique et ses fils descendent vers le ruisseau, au travers de la châtaigneraie silencieuse. Seul le crissement quasi métallique de leurs pas sur les feuilles recroquevillées trouble l'immobilité immuable du lieu ; même le Masaut semble engourdi et respecte l'atmosphère recueillie qui plane. Le temps s'est soudain suspendu, comme figé... Les deux tombes sont là, à l'ombre de leur cyprès, moins entretenues depuis que Laurent ne pouvait plus le faire...

Monique et les deux garçons s'approchent, graves, méditatifs, éprouvant ce sentiment d'éternité qui entoure le mystère de la mort... Elle ouvre la petite urne funéraire... l'instant est poignant... puis, d'une voix tremblante, transformée par l'émotion, elle déclare :

> *« Tu leur retires le souffle : ils expirent*
> *Et retournent dans leur poussière[118] »,*

en répandant les cendres de Laurent au pied de l'arbre hiératique.

---
[118] Psaume 104,29.

À cet instant, une subtile rafale parcourt le vallon, fantasque ou malicieuse – qui saurait le dire ? –, et les volatiles particules s'élèvent en tourbillonnant, légères, impalpables... On dirait que c'est l'âme de Laurent qui s'échappe dans le ciel pur, enfin libre... Malgré sa tristesse, Monique ne peut s'empêcher de sourire. Un instant, elle croit même, dans les soupirs du vent, entendre les pleurs emplis de mélancolie d'un violon jouant l'admirable et romantique *Méditation de Thaïs*, si souvent entendue, ces derniers mois, comme un ultime hommage au disparu.

Non, il n'y aura pas de troisième tombe au Moulin Serrière mais, sûrement, un esprit qui veillera sur ce lieu enchanteur.

Épilogue

Les tombes d'Auguste et de Célima Serrière existent ; elles se trouvent effectivement dans le creux du vallon du Masaut, émouvantes, seulement marquées par deux pierres arrondies dont les inscriptions, mangées par les soleils, les vents, les pluies ou les neiges des années, commencent à s'effacer, à l'abri d'un majestueux cyprès et entourées d'arbres d'or... Juste au-dessus, quelques *bruscs* abandonnés, alignés sur le bord d'une *faïsse*, semblent, tels d'improbables soldats, monter une garde silencieuse avant que de tomber en poussière... Un peu en contrebas, le murmure cristallin du ruisseau raconte indéfiniment l'histoire de ce monde paisible, riche de souvenirs oubliés. À deux pas, les ruines du moulin sont également là, figées, pathétiques ; les meules disparaissent sous les ronciers, mais elles ont conservé leur vibration tellurique et certainement un peu, aussi, l'âme des derniers occupants.

Peut-être la vie des meuniers qui y vécurent fut-elle ainsi, peut-être fut-elle autre ?... Ce roman, en tout cas, est dédié à leur mémoire.

Puissent-ils, pour l'éternité, reposer en paix dans la terre de cette merveilleuse Cévenne !

Remerciements

Je souhaite remercier chaleureusement mes amis Denis André, photographe multi-primé de grand talent, pour la photo de couverture qui évoque tellement bien ce coin de la Cévenne, à quelques centaines de mètres du quartier où vit mon héros et Jean-Paul Chabrol, historien devenu au fil des années *la* référence pour l'Histoire des Cévennes, dont la préface *témoignage* m'a profondément ému.

Mes tout aussi chaleureux remerciements s'adressent à Alexandra, pour sa correction efficace ainsi que son infographie méticuleuse et créative.

Enfin, clin d'œil à mon épouse qui accepte toutes les heures passées devant l'écran de mon ordinateur !

Annexes

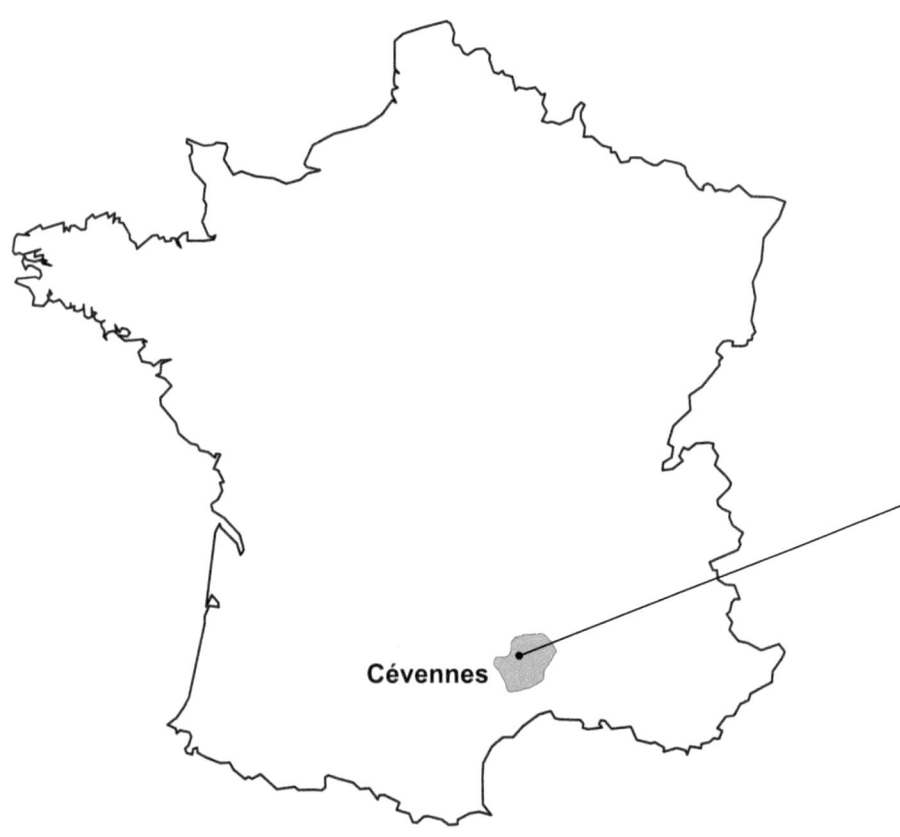

Le Hippie cévenol

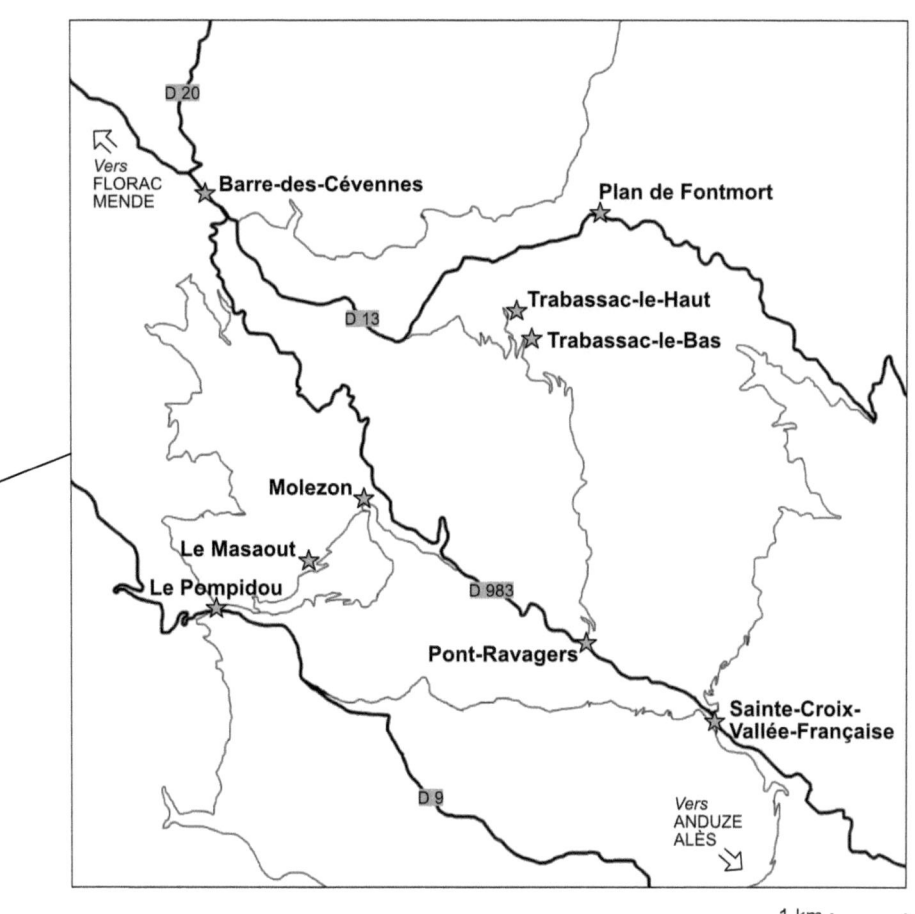